PAS UN CRI

ALTON & KANE

TOME 3

D.K. HOOD

TRADUIT DE L'ANGLAIS PAR

THÉO ELRIC

CHAMBRE NOIRE

Première publication en Angleterre en 2018 sous le titre original *Follow Me Home* par Storyfire Ltd sous la marque Bookouture.

PROLOGUE

AVANT

Arrêtez. Par pitié, vous allez la tuer.

Enfermée dans une cage crasseuse, la fille pressa ses deux mains contre ses oreilles et se roula en boule. Mais rien ne pouvait étouffer leurs remarques, ou l'odeur infecte de leur sueur qui lui attaquait les narines. La fine couverture était trop petite et ses coudes s'enfonçaient dans le sol froid constitué de lames de bois rugueuses et pleines d'échardes qui lui arrachaient la peau. Elle tremblait de terreur sous les cris de Jodie.

Ce serait elle, la prochaine, elle le savait.

Le lit au-dessus de sa tête grinça dans un nuage de poussière. Le rituel restait le même. Les hommes aboyaient des ordres, puis on entendait le *clic, clic, clic* de l'appareil photo. À chacune de leurs visites, Bobby-Joe la sortait de son enclos grillagé et la fourrait dans la cage sous le lit. Quand ils en auraient assez de Jodie, elle subirait le même sort.

Car elle était la propriété de ces hommes.

Un silence suivi d'une série de jurons. Et l'instant d'après, Jodie s'effondrait sur le sol. Son visage sans vie se tourna vers elle comme pour la regarder. La chaîne en or que son amie chérissait tant avait laissé une marque affreuse sur son cou. Mais la fille qu'elle avait connue n'existait plus. Ses grands yeux gris étaient fixes désormais et sa bouche déformée dans un rictus aux couleurs violacées rappelait celui des clowns qui l'avaient emmenée dans cet endroit. Transie de peur, elle se mordit le poing pour ne pas hurler. Il ne fallait pas crier. *Les filles qui crient finissent encore plus mal.*

— Putain, Bobby-Joe, t'as encore déconné, elle est morte !

— Ta gueule, Ely. Et merde. Il va me falloir une autre blondinette maintenant.

— Ramasse-la, Ely.

— T'es fou, je touche pas à une fille morte, moi !

— Amos, attrape-la par les pieds, on va la mettre par là.

Elle aperçut la face transpirante de Bobby-Joe alors qu'il se penchait pour soulever le corps de son amie. Puis Ely se baissa à son tour, pour lui parler à travers les barreaux.

— Sois une gentille fille, tu veux ? Ferme-la et fais ce qu'on te dit.

— T'inquiète, elle t'obéira au doigt et à l'œil. À moins qu'elle ait envie que mon couteau et moi, on aille rendre une petite visite à sa môman.

Bobby-Joe lâcha un rire malsain, puis passa lui aussi sa tête hideuse sous le lit.

— Félicitations, ma belle, tu vas avoir le rôle principal maintenant.

— On en fait quoi, de l'autre ? interrompit Chris. On peut pas la laisser pourrir ici, ça va puer la mort.

— Emballe-la dans du plastique, on va l'enterrer à Craig's Rock comme les autres. Je vais demander à Stu de lui trouver une remplaçante dès que possible.

— Les bestioles les déterrent à Craig's Rock. Va falloir trouver un nouvel endroit. Pourquoi pas chez le vieux Corkey ? C'est en pente descendante depuis ici, ça facilite la tâche. Et il y a plein de place sous le plancher. Pour au moins six filles, peut-être même plus.

— Ouais. Faisons ça, dit Bobby-Joe, en la tirant hors de sa cage.

Elle n'essaya pas de se débattre et se laissa tomber sur le lit, tête la première. Puis elle mordit l'oreiller et ferma les yeux.

Je vais m'en sortir. Je vais m'en sortir. Je vais m'en sortir. Je vais survivre. Un jour de plus. Au moins un jour de plus.

Pour tenir, elle se répétait les mêmes choses en boucle, comme un mantra.

J'ai 13 ans. Ma mère s'appelle Daisy et mon père Luke. J'habite à Black Rock Falls dans le Montana. Je suis ici depuis cent quarante jours.

— Laisse tomber, il est trop tard, on doit aller enterrer l'autre dès ce soir, lança Amos. Tu pourras t'amuser avec celle-ci demain.

— Je suis d'accord, ajouta Ely. Elle est tout emballée, prête pour le jardinage.

— OK, OK, OK. Vous la portez et moi je m'occupe de prendre les outils.

Bobby-Joe la remit dans la cage à contrecœur.

— Allons-y ; comme ça, c'est fait. Oubliez pas les lampes torches, ni le fusil, ça me plairait pas de tomber sur un ours.

Alors que le bruit de leurs pas s'estompait, la maison devint silencieuse et la fille resta bouche bée devant la porte de sa cage. Le verrou et la chaîne gisaient sur le sol. Ils étaient partis sans la refermer. Terrifiée, elle posa une main sur l'un des barreaux qui émit un grincement familier. Puis jeta un coup d'œil autour d'elle.

Elle était seule.

Le cœur battant à toute allure, elle fixa les marches de la cave, surprise de voir la porte légèrement entrouverte et de la lumière provenant de la pièce du dessus. Elle resta figée un instant, regardant d'un côté puis de l'autre, à l'affût du moindre bruit.

Mais elle n'entendit rien.

Est-ce que j'ai le temps de m'échapper ?

Elle enfila un vieux t-shirt et une paire de chaussettes qui traînaient là, puis, tremblante, s'aventura dans les escaliers d'un pas incertain. En haut, elle arriva dans le garde-manger et après un coup d'œil anxieux à travers l'entrebaillement, elle se glissa dans la cuisine. La table était jonchée de bouteilles de bière et de barres chocolatées. Elle regarda nerveusement autour d'elle, mais la cabane semblait vide ; il y avait une porte à l'arrière.

Je peux m'en sortir. Je peux m'échapper.

L'estomac noué, elle tenta de tourner la poignée. La porte s'ouvrit sans problème. Prise d'une angoisse incommensurable, elle se recroquevilla sur le sol. Si elle ouvrait, la lumière jaillirait dans l'obscurité et alerterait les hommes. Paniquée, elle chercha l'interrupteur et éteignit la cuisine puis elle attendit que ses yeux s'adaptent à l'obscurité et tendit l'oreille de nouveau. Aucun bruit à l'extérieur. Elle attrapa quelques bonbons et une bouteille d'eau laissés sur la table. Puis prit une grande inspiration et ouvrit la porte.

Elle pouvait apercevoir les lampes torches, à peine quelques mètres plus loin, qui s'enfonçaient dans la forêt. À sa gauche, le rugissement de l'eau et dans la brise, l'odeur familière des cascades de montagne. Black Rock Falls. *Je sais où je suis.*

Elle s'élança en direction de la rivière, malgré les pierres et les brindilles qui lui lacéraient les pieds. L'été dernier, elle était déjà venue camper non loin, avec sa famille, l'endroit lui était familier. Il suffisait qu'elle rejoigne le sentier qui longeait les chutes. Elle n'aurait qu'à le suivre jusqu'au pied de la montagne. Mais les hommes pouvaient découvrir sa disparition à tout moment.

Guidée par le grondement de l'eau, elle quitta l'épaisse forêt de pins et rejoignit l'étroit sentier bordé de rochers, sous la lueur fantomatique des rayons de lune. Elle courut encore et encore, en faisant de son mieux pour ne pas glisser.

Je dois m'enfuir. Je dois m'enfuir.

La gorge sèche et la poitrine en feu, elle perdit l'équilibre et tomba, déboulant le long de la pente raide, jusqu'à heurter un gros buisson épineux. Dieu merci, elle n'était pas tombée dans la rivière. Allongée, haletante, une main toujours fermement serrée autour de la maigre poignée de bonbons, elle poussa un soupir de soulagement quand sa bouteille roula à côté d'elle. Elle avait l'impression de courir depuis une éternité et avait besoin de reprendre son souffle.

Étalée sur le dos, elle observa le ciel, rempli d'étoiles, jusqu'à ce qu'un son vienne se superposer au bruit des chutes. Elle se redressa de tout son long et jeta un coup d'œil derrière elle, transie d'horreur.

Ils arrivent.

Terrifiée, elle plongea sous le buisson et se fit toute petite, alors que des bruits de pas annonçaient l'arrivée de deux des hommes, si proches qu'elle pouvait presque les toucher. Son cœur battait à tout rompre et elle retint sa respiration.

— Si elle a couru par ici, je pense qu'elle est tombée par-dessus bord, dit Bobby-Joe.

— Ouais et en plus, on a passé tout un tas de crottes d'ours, encore fraîches. Elle n'a pas pu aller bien loin et quand bien même ce serait le cas, elle se fera bouffer avant le matin. Retournons voir à la cabane. On va dire à Ely et Amos de rentrer chez eux, au cas où elle viendrait demander de l'aide.

— Bonne idée.

Les pas s'éloignèrent et elle attendit que les lumières disparaissent pour ramper hors de sa cachette et longer le flanc de montagne.

À l'aube, elle atteignit une cabane située non loin des chutes. Craignant qu'un des hommes ne soit à l'intérieur, elle se fit discrète, mais parvint à voler des vêtements de femme sur la corde à linge et des œufs dans le poulailler. Après s'être changée dans les buissons, elle décida de s'éloigner du sentier pour se cacher pendant la journée et se reposer.

Plusieurs jours plus tard, malade et affamée, elle finit par atteindre la route. Et fit signe à un bus scolaire, expliquant au chauffeur qu'elle s'était perdue. Le chemin du retour vers Black Rock Falls fut une torture. Bobby-Joe savait où elle vivait et si elle dénonçait ces hommes, il allait tuer sa mère. Non. Elle mentirait et dirait qu'elle avait fugué. Personne ne saurait jamais la vérité.

En regardant la montagne par la fenêtre, elle sourit pour la première fois depuis longtemps.

Ça y est. Je suis enfin libre.

MAINTENANT

1

MARDI, SEMAINE 1

Amos Price ouvrit le sac en papier et passa en revue les articles qu'il avait achetés la veille. La fille avec qui il discutait avait insisté pour qu'il apporte une bouteille de bourbon, entre autres choses. *Pour que ce soit un vrai rendez-vous galant*. À croire qu'elle aimait faire comme les grandes, du haut de ses 14 ans. Il avait l'impression de l'avoir attendue une éternité. Mais la chance lui souriait enfin. Ses parents travaillaient et elle séchait l'école pour être avec lui. Il avait fallu des semaines pour la convaincre. Il l'avait cuisinée pendant des heures, en ligne. Elle pensait qu'il avait 18 ans et était impatiente de le rencontrer. Il lui avait filé le numéro de son téléphone prépayé et, la nuit dernière, elle avait enfin appelé. Sa voix était si douce. Si jeune et innocente. Si naïve.

Il gara son véhicule à une certaine distance de l'adresse qu'elle lui avait donnée, puis, trouvant l'allée vide, il se dirigea vers la porte d'entrée. C'était ouvert comme elle l'avait promis et il se glissa à l'intérieur.

— Hey ! Salut, c'est moi, Pete.

— Je suis là.

Il aperçut furtivement le dos de la fille et ses nattes décorées de rubans roses qui passaient en haut de l'escalier.

— J'arrive, je descends dans un instant.

Impatient, il se dirigea vers les marches.

— Non, je viens vers toi.

— *Nooon !* Je vais me changer, c'est une surprise. Va dans la cuisine, j'ai préparé une boisson fraîche. Tu as apporté l'alcool, j'espère ?

— Oui, tout ce que tu m'avais demandé, dit-il avec un sourire.

— Super. Sers-toi à boire, j'arrive tout de suite.

Amos se dirigea à contrecœur vers l'immense cuisine et déposa le sac sur le comptoir. Nerveux et excité à la fois, il sortit la bouteille de bourbon, en ajouta dans le cola maison qu'avait préparé la fille et en but la moitié d'un verre.

Elle finit par le rejoindre, téléphone à la main, de grandes lunettes de soleil sur le visage. Et s'arrêta dans l'encadrement de la porte, à contre-jour.

— Approche-toi un peu, que je puisse te voir correctement.

— Je veux une photo de toi d'abord. Tu n'as pas du tout 18 ans, hein ? Pourquoi tu m'as menti ?

Elle brandit son téléphone et prit des photos de lui, mais resta dans l'encadrement de la porte, hésitante.

— Tu n'aurais jamais accepté si je t'avais dit mon véritable âge. Mais j'avais tellement envie de te rencontrer, tu es spéciale et on s'entend vraiment bien.

Ses mains tremblaient et sa poitrine se serra. Les filles essayaient souvent de se défiler, mais il saurait la maîtriser. Et il pourrait glisser des pilules dans son verre.

— Allez, viens prendre un verre, qu'on apprenne à se connaître.

— Finis le tien d'abord.

Elle se rapprocha un peu et, avec la lumière du soleil derrière elle, elle avait l'air d'un ange.

— C'est bon ? Tu aimes bien ?

Son cœur battait la chamade et il s'appuya sur le comptoir pour se lever, mais ses jambes semblèrent se dérober sous lui et il se rassit. Elle se rapprocha un peu plus, laissant la lumière baigner son visage. Elle ne faisait pas plus d'un mètre soixante et avait le corps frêle d'une jeune fille, mais de près, elle avait clairement la vingtaine, voire plus. Alors que son esprit s'embrumait, il tenta de faire le tri parmi ses souvenirs.

— Vous êtes qui ? Est-ce que je vous connais ? Votre visage me dit quelque chose.

— Je suis la Faucheuse et l'heure est venue pour toi de mourir. La boisson était empoisonnée. Prépare-toi à une mort lente et douloureuse.

À cet instant, la peur s'empara de lui. Il essaya de parler, mais sa langue avait gonflé, il commençait à s'étouffer.

— Alors comme ça, on a du mal à respirer ? Est-ce que chaque centimètre de ton corps hurle de douleur ? Tant mieux. C'est bien fait pour toi. J'aurais aimé que ça dure des semaines, mais tu ne mérites pas de me faire perdre mon temps.

Elle ramassa le verre puis se dirigea vers la porte d'entrée.

— Au revoir, Amos. On se reverra en enfer.

L'agonie se répandit le long de ses membres tremblants et il tomba de sa chaise, s'écroulant lourdement sur le sol. Dans le flou de sa vision brouillé, il aperçut une fourmi qui se précipitait vers lui sur le bois poli, invitant quelques-unes de ses copines à en faire de même. Il essaya de bouger pour les chasser, mais n'y parvint pas. *Oh, merde*.

2

MERCREDI

Jenna sortit de son véhicule et contempla le paysage. En cet après-midi d'automne, les nuances de vert se mariaient au brun doré et l'air sentait les fleurs sauvages. Elle adorait cette saison, mais ses projets de prendre quelques jours de vacances hors de la ville, qu'elle attendait depuis si longtemps, venaient d'être réduits à néant.

À croire que je suis maudite.

Levant les yeux vers le ciel sans nuages, elle lâcha un long soupir. Dès l'instant où la vie reprenait son cours normal à Black Rock Falls, quelque chose de nouveau venait gâcher ses plans. Même si, en vérité, pour elle, rien ne serait plus jamais « normal » de toute façon. Menacée de mort, elle avait quitté sa vie en tant qu'Avril Parker, agent de la DEA[1], pour prendre une nouvelle identité, celle du shérif de Black Rock Falls. Mais la petite bourgade n'était pas aussi tranquille que prévu et son expérience du trafic de drogue n'avait pas servi à grand-chose face aux multiples meurtres auxquels elle avait dû faire face depuis. D'autant plus qu'au début, elle n'était accompagnée que de deux bleus totalement inexpérimentés. Et du vieux Duke Walters, qui, malgré toute sa gentillesse, était facilement dépassé par les événements. Enfin. Il fallait admettre que depuis la mort de Pete Daniels, l'adjoint Rowley avait beaucoup progressé et était devenu un vrai atout, mais ce n'était rien comparé aux deux ex-marines qui avaient rejoint l'équipe entre-temps.

Après des débuts difficiles, elle avait découvert que son second, David Kane, était lui aussi un agent des forces spéciales mis au vert, possédant des compétences inestimables en profilage en plus d'être tireur d'élite. Et l'arrivée ensuite de Shane Wolfe, qui était médecin légiste et hacker de génie, avait été la cerise sur le gâteau. Le père de famille et ses trois filles s'étaient bien intégrés dans la vie de Black Rock Falls et il était devenu un élément clé de son équipe. Ces nouveaux adjoints ultra qualifiés lui rendaient la vie bien plus facile et sans eux, elle n'aurait jamais survécu à la deuxième vague de meurtres en série qui avait frappé la ville, seulement quelques mois après la première.

Jenna entra dans la maison au style typique de la région, ombragée par les érables et les pins et se couvrit le nez tout en jetant un œil à travers la porte de la cuisine. Le corps bouffi d'un homme d'âge moyen était étendu sur le plancher. Ses yeux étaient exorbités et son visage teinté de bleu. Elle se tourna vers l'adjoint Kane qui leva un sourcil.

— Manifestement, il est là depuis un moment.

— Vu l'odeur, on dirait bien, oui. L'agent immobilier dit qu'il n'est pas le propriétaire. On l'a simplement trouvé ici, alors que la maison est à vendre.

— Pourquoi fait-il si chaud ?

Elle se tourna vers l'adjoint Wolfe, son nouveau légiste attitré.

— Vous pensez qu'il lui est arrivé quoi ? Aucun signe de lutte à première vue. Si la maison n'était pas inoccupée, on pourrait croire qu'il est tombé raide mort en déballant ses courses. Je vous laisse élucider tout ça, Wolfe. Nous, on va fouiller le reste de la demeure.

— Le thermostat a été réglé sur trente degrés, dit Wolfe en tapotant d'un doigt ganté la commande murale. Vous voulez que je baisse, madame ?

— Oui et ouvrez les fenêtres. Kane, suivez-moi !

Son équipement en main, elle suivit Kane à travers le rez-de-chaussée méticuleusement meublé. Ils examinèrent la cave puis l'étage, mais ne trouvèrent pas grand-chose. Trois chambres qui n'avaient apparemment pas été dérangées ; un robinet qui gouttait dans la salle de bains principale, laissant de petites éclaboussures d'eau à l'intérieur du lavabo.

— C'est un peu étrange, vu que tout le reste ici est parfaitement rénové. Je vais chercher des empreintes digitales. Récupérez le contenu du siphon pour moi, voulez-vous.

— Ça a l'air propre, lança Kane en achevant son prélèvement. Je ne pense pas que quelqu'un soit venu ici.

— On a quelques empreintes, mais effacées. Probablement celles de l'équipe de nettoyage. Mais quelqu'un a laissé le robinet goutter, comme si le lavabo avait été utilisé à la hâte.

— C'est peut-être juste un oubli. Une erreur d'inattention.

— Peut-être.

Ils retournèrent voir Wolfe pour lui rapporter leurs découvertes.

— Je veux savoir comment cet homme est entré dans la maison et ce qu'il faisait ici. Fouillez ses poches, voyez s'il a les clés. Qui a trouvé le corps ?

— Alison Saunders, agent immobilier au service de monsieur Davis. Elle est avec Rowley, à ce que j'ai cru comprendre.

Jenna suivit Kane à l'extérieur.

— Je me demandais pourquoi elle pleurait autant, penchée sur le cadavre.

— J'imagine que trouver un corps dans une maison qu'elle comptait vendre à un jeune couple est pour le moins traumatisant. Peut-être qu'elle saura nous éclairer sur la façon dont il est entré ?

— Peut-être un acheteur potentiel ?

Jenna se dirigea vers Rowley, qui consolait tant bien que mal une jeune femme aux cheveux noirs vêtue d'un tailleur chic.

— Mademoiselle Saunders ? Je suis le shérif Jenna Alton. Seriez-vous prête à répondre à quelques questions pour nous aider ?

— D'accord, mais je vous en prie, appelez-moi Alison.

— À quelle heure avez-vous trouvé le corps ?

— Il y a environ vingt minutes. J'ai appelé Jake immédiatement.

— Pas le 911 ? demanda Jenna en sortant son bloc-notes. Connaissez-vous le défunt ?

— Non et il n'était pas là lundi quand monsieur Davis a inspecté la maison. Je ne sais pas comment il est entré. La porte était fermée à clé quand je suis arrivée. Je voulais juste m'assurer que la moquette avait été nettoyée, avant de faire visiter aux clients.

— Combien de personnes ont les clés de la maison ?

— Laissez-moi réfléchir, dit Alison en mordillant ses longs ongles carmin. C'était une location. Nous avons des doubles des clés, il y en a deux supplémentaires au bureau et le propriétaire en a un aussi. J'en ai un sur moi. J'en ai donné un au charpentier, Adam Stickler et un aux femmes de ménage. Il s'agit du service d'entretien *« Propre comme un sou neuf »*, ici à Black Rock Falls. Nous faisons appel à elles depuis longtemps, elles sont fiables.

— Est-ce qu'elles vous ont rendu la clé ?

— Elles gardent un passe-partout en permanence, c'est plus simple, mais elles ont terminé ici avant l'inspection de monsieur Davis. Je pense qu'elles sont passées après le départ du charpentier vendredi.

Après une courte pause, elle ajouta.

— Comment est-il mort ? Une crise cardiaque ?

— Je ne sais pas et nous n'aurons pas la cause du décès tant que le légiste n'aura pas examiné le corps. Vous allez devoir annuler la visite de ce soir, je le crains. Nous serons là jusqu'à demain au moins et quand nous aurons nettoyé la scène, vous devrez faire revenir les femmes de ménage pour enlever l'odeur.

— Oh, Seigneur, plus personne ne va acheter ce bien maintenant.

— À qui appartient la propriété ? interrompit Kane.

— C'est l'une des sept propriétés que monsieur Rockford nous a confiées. Et je l'ai rencontré récemment, je sais donc que ce n'est pas lui. Monsieur Rockford a déménagé au Texas après l'incarcération de son fils. Monsieur Davis est son agent pour toutes les ventes. C'est pour ça que je suis revenue travailler à Black Rock Falls : il y a tellement de propriétés sur le marché depuis que ces adolescentes ont été assassinées l'été dernier.

Jenna laissa échapper un long soupir. Elle se souvenait très bien de l'affaire Rockford.

— Avez-vous fait appel à des artisans pour réparer quelque chose après la dernière inspection ?

— De ce que je sais, toutes les réparations avaient déjà été effectuées. Je vais demander à monsieur Davis.

— Appelez-moi dès que vous saurez, dit Kane en lui tendant sa carte. Je suis disponible à toute heure du jour ou de la nuit.

Jenna observa un instant son adjoint, avant de reporter son attention sur Alison.

— OK. C'est tout ce dont j'avais besoin pour l'instant. On va vous laisser, mademoiselle.

— Je suis désolée, c'est que. je ne suis pas sûre de pouvoir conduire, avoua Alison d'un air fébrile.

— C'est normal. Vous êtes en état de choc. Rowley, raccompagnez-la. Passez-moi vos clés, je me charge de ramener votre véhicule de patrouille au bureau. Et pendant que vous y êtes, allez vérifier si Davis a fait appel à des artisans.

— Oui, madame.

Rowley ne put s'empêcher de sourire alors qu'il accompagnait sa petite amie jusqu'à sa voiture.

— Shérif, j'aurais besoin de vous parler, interrompit l'adjoint Wolfe. La victime s'appelle Amos Price, 49 ans et selon son permis de conduire, il habite une cabane dans les montagnes, sur Sunset Ridge. D'après ce que j'ai trouvé dans son sac, je pense qu'il était là pour un rendez-vous galant, mais il avait aussi des tranquillisants dans ses poches.

Jenna écouta attentivement la liste des objets trouvés sur le corps.

— Je vois. Heure de la mort ? Cause probable ?

— Difficile à déterminer. Je dirais il y a environ quarante-huit heures, mais comme quelqu'un a monté le chauffage, je pourrais me tromper de plusieurs jours. Si on se fiait uniquement à la température, ce serait il y a à peine quelques heures, mais d'après la décomposition, ça pourrait tout aussi bien être. Je ne sais pas, peut-être hier après-midi ? Je vais devoir noter « indéterminée » dans mon rapport. La cause devra attendre l'autopsie. Peut-être une crise cardiaque, mais pour l'instant je ne suis sûr de rien.

Wolfe retira son masque pour passer une main dans sa barbe blonde.

— Un homicide n'est pas à exclure. Il va falloir fouiller la maison au peigne fin. J'aurai besoin des empreintes des agents immobiliers et de toutes les personnes qui avaient accès à la propriété.

— Entendu. Je vais demander à Rowley de prélever les empreintes de Stickler, Saunders et Davis.

— Je me demande si ce vieux camion cabossé garé en bas de la route appartient à la victime. dit Kane, avant de s'en approcher.

À l'aide de son téléphone, il scanna la plaque et conclut que c'était bien le cas.

— Avez-vous trouvé des clés sur le corps ?

— Ouais, dit Wolfe en fouillant d'une main gantée ses sachets de pièces à conviction. Je les ai testées, elles ne correspondaient pas à la porte d'entrée. Vous avez des gants ?

Jenna en sortit deux paires et en passa une à Kane.

— Nous ferions mieux d'inspecter le véhicule.

Alors qu'ils procédaient, Kane posa sur elle un regard inquiet.

— Madame, je voudrais vous parler de quelque chose.

— Allez-y.

— Vous savez, je discutais avec Rowley de la difficulté à accéder à certains endroits un peu reculés, en périphérie de la ville. Et il a suggéré que nous acquérions un cheval. Et comme vous n'utilisez pas les écuries chez vous et que vous avez un corral avec de l'herbe haute de plus d'un mètre, je me disais.

Elle hocha la tête.

— Ce n'est pas une mauvaise idée. Mais je vous préviens, les écuries sont un peu délabrées.

— Je peux vous aider à rénover, ça ne prendra pas longtemps. Quelques nouvelles charnières par-ci par-là et elles seront comme neuves. Vous montez ?

— Oui, un peu, lui lança Jenna avec un sourire en coin. Enfin, j'ai fait de l'équitation quand j'étais petite, quoi.

Elle aimait beaucoup le fait que Kane vive chez elle, dans un cottage non loin de sa maison. Ça lui permettait de passer beaucoup de temps avec lui et ils étaient devenus très proches. Il était fiable, intelligent et assurait toujours ses arrières. C'était dans ses habitudes de changer de sujet après avoir examiné une scène de crime, pour détendre l'atmosphère et Jenna appréciait beaucoup. Ça l'aidait à ne pas perdre pied.

— Mais ça représente un sacré budget, peut-être que nous ferions mieux de louer des chevaux, au besoin.

— Ce serait être dépendants des disponibilités. dit Kane avec un soupir. Je me chargerai personnellement des soins et de la nourriture, si c'est ça qui vous inquiète. Avec tout ce qu'il y a de forêt et de montagne dans le comté, ça pourrait s'avérer utile plus d'une fois. Je vous rappelle que sur notre dernière enquête pour homicide, il nous a fallu parcourir des kilomètres de sentiers à la recherche de preuves. Un cheval nous aurait facilité la vie. Et si cet Amos Price vit vraiment en montagne. Certains ranches sont vraiment au milieu de nulle part et les voisins sont rares. Sa propriété pourrait être à des kilomètres de toute piste.

Jenna réfléchit un instant puis haussa les épaules.

— J'en doute. Il a un camion et pas vraiment la silhouette de quelqu'un qui parcourt des kilomètres à pied. Mais si vous tenez tant à acheter des chevaux, faites-vous plaisir, moi, ça me va.

— Je vais aller voir Gloria dimanche et arranger les écuries.

— Gloria ?

— Oui. Selon Rowley, Gloria Smithers est *la* meilleure personne en ville à qui s'adresser pour ce genre de choses. J'ai déjà été en contact avec elle, je sais qu'elle a plusieurs montures disponibles en ce moment.

Quand Kane ouvrit le véhicule, tout un tas de canettes et d'emballages en plastique tomba en cascade par la portière et il dut se boucher le nez et enfiler un masque avant de s'aventurer à l'intérieur.

— Nom de Dieu, mais ce mec était un porc ! Ça avait même commencé à moisir !

— Comment des gens peuvent-ils vivre comme ça ?

— Ah, mais qu'est-ce qu'on a là. ? Attrapez ça, j'y retourne.

Kane lui tendit un fusil puis se pencha de nouveau à l'intérieur. Quelques instants plus tard, il émergea avec un sac en papier rempli de médicaments.

— Diazépam. Probablement ce que Wolfe a trouvé dans ses poches.

— Des tranquillisants, vous voulez dire ? Vous pensez qu'il comptait droguer la fille avec qui il avait rendez-vous ? Ça semble assez plausible, étant donné qu'il était dans la maison de quelqu'un d'autre.

— Oui, dit Kane en fronçant les sourcils. Mais si vous découvriez qu'un gars essaie de vous droguer, vous partiriez ou appelleriez les flics, non ?

— Je ne me mettrais pas dans cette situation, en premier lieu, dit Jenna, la tête haute.

Elle posa une main sur son arme pour se rassurer, puis lâcha un soupir.

— Peut-être qu'elle n'est pas venue et qu'il est mort d'ennui en l'attendant, dit-elle en haussant les épaules. Il y avait une bouteille de bourbon sur le comptoir. Peut-être que ce n'était pas du tout un rendez-vous, mais un suicide. Du Diazépam et de l'alcool. Il y a de quoi faire.

— Ce serait bien la première fois que quelqu'un emporte préservatifs, lubrifiant et boîte de chocolats pour célébrer son suicide.

Jenna se retint de rire.

— Il faut une première fois à tout, non ?

Embarrassée, elle jeta un coup d'œil autour d'elle.

— Oh, Seigneur, ce n'est pas très professionnel de dire ça. Le pauvre homme est mort, probablement assassiné et on se moque de lui.

— Non. Je ne fais qu'énoncer les faits, la rassura Kane. Et puis vous savez, ce n'est pas si rare que des gens rient autour d'une scène de crime.

— Ça m'étonnerait, mais dites-m‘en plus.

— Non pas qu'ils pensent que la mort soit drôle, loin de là. Mais ça permet d'exorciser, de se prémunir contre l'angoisse. À vrai dire, dans notre métier, je suppose qu'il vaut mieux en rire que de souffrir de troubles post-traumatiques, dit-il avec un regard lourd de sens.

Puis il s'arrêta un instant, le temps d'observer sa dernière trouvaille. Un petit objet qui tenait dans la paume d'une main.

— Qu'est-ce que c'est ?

— J'ai trouvé une clé USB dans la boîte à gants. Ça pourrait nous éclairer un peu sur sa vie. En dehors du fait qu'il aimait les plats à emporter et le bourbon, je veux dire.

Kane remit le bric-à-brac à l'intérieur du véhicule puis verrouilla la porte.

— Il était probablement ici depuis plusieurs jours. Ce qui serait cohérent s'il vit en montagne dans un coin très reculé. Peut-être a-t-il du bétail sur sa propriété qui avait besoin d'être gardé pendant son absence ?

— Peut-être. Retournons au bureau, on va voir si Walters le connaît, lui ou ses proches. Je vais voir qui vit près d'ici et leur demander s'ils savent quoi que ce soit.

— Entendu.

Alors que Kane retirait son masque, ses lèvres se retroussèrent dans un sourire.

— Si on ne trouve rien, je me dis que je vais peut-être en profiter pour vous emmener faire une balade dans les montagnes. Au milieu des vues spectaculaires et de tout le calme dont vous pourriez rêver. On pourra trouver l'emplacement de sa maison en suivant le GPS.

Les projets de vacances de Jenna allaient devoir attendre, mais il fallait admettre que l'idée de s'échapper pendant une matinée, pour humer l'air frais de la montagne, était assez alléchante.

— Parfait. Et si on arrêtait de rêvasser, maintenant et qu'on se remettait au travail ?

---

1. Drug Enforcement Administration. L'équivalent américain de la brigade des stupéfiants.

3

JEUDI

Tôt le lendemain matin, adossé à sa chaise de bureau, Kane resta bouche bée devant le contenu de la clé USB qu'il avait trouvée dans le camion d'Amos Price. Il détourna le regard, écœuré par les images qu'il avait devant lui. Presque un an plus tôt, Jenna avait retrouvé des images similaires sur le téléphone portable du fils de l'ancien maire, mais son père avait détruit son ordinateur, éliminant tout indice d'un potentiel réseau de pédopornographie dans la région. Le FBI avait été appelé en renfort, mais, malgré tous ses efforts, n'avait rien trouvé. On pensait que Josh Rockford avait agi seul et qu'en le jetant en prison, le problème était résolu. *Apparemment pas*.

C'était comme ouvrir une boîte de Pandore : si Price était mêlé à ça, il y en avait peut-être plusieurs autres. Kane se précipita dans le bureau de Jenna.

— Excusez-moi, madame. J'ai trouvé quelque chose qui change tout dans l'affaire Amos Price.

— Entrez, installez-vous, dit Jenna en lui souriant. Dites-moi tout.

Kane grimaça.

— Des images pédopornographiques. Prises avec son téléphone portable, ce qui suggère le fait qu'il a participé. Je dirais que c'est toujours le même enfant.

— Je vois. Les a-t-il envoyées à quelqu'un ?

— Non. Enfin. Il était trop malin pour envoyer les images directement avec son téléphone. Il faudrait qu'on cherche s'il a un ordinateur quelque part. Et vite. Si la nouvelle de sa mort se répand, on risque d'avoir le même problème qu'avec Rockford. Un de ses amis pourrait très bien récupérer les disques durs et les détruire.

Jenna tapota nerveusement sur la table.

— Décidément, les prédateurs se multiplient comme des petits pains par ici. Je vais recontacter le FBI et voir s'ils ont une enquête en cours dans la région.

— Oui. Il ne faudrait pas qu'on ruine une mission d'infiltration.

— Il y a ça, mais c'est aussi que je veux qu'ils soient impliqués. Ils ont les ressources pour et savent où chercher, y compris en ligne.

Elle lâcha un long soupir, interrompu par des coups annonçant l'arrivée de Wolfe.

— Ah, Wolfe, vous ne pouviez pas tomber mieux ! Que dit l'autopsie ?

— Pas grand-chose, j'en ai peur. La cause de la mort reste indéterminée en attendant le rapport de toxicologie. Il avait bu juste avant sa mort. Et en dehors du cocktail cola-bourbon trouvé dans son estomac, j'ai détecté une très forte odeur de cigarette alors que ses poumons semblaient étonnamment propres. Je ne pense pas qu'il fumait.

Kane fronça les sourcils.

— On n'a pas non plus trouvé de tabac dans son camion.

— Ni de canette de Coca vide dans la maison.

— Exactement. Tout semble indiquer une mort par empoisonnement et, d'après la torsion des membres, une mort très douloureuse, aaccompagnée des spasmes violents. Il existe un certain nombre de poisons qui agissent immédiatement, comme l'arsenic ou la strychnine par exemple, mais en plus d'être difficile à obtenir, ça laisse des indices assez voyants. Alors que là, c'est plus subtil. Je pense à du sulfate de nicotine, qui expliquerait l'odeur de tabac. C'est un pesticide très toxique qui produit les symptômes que j'ai détectés chez la victime. C'est incolore et le goût peut facilement être dissimulé avec du bourbon.

— Un homicide donc ?

— Ce n'est pas à exclure.

— Si c'est le cas, nous avons un mobile. Il a des images pédopornographiques sur son téléphone, qu'il a, semble-t-il, prises lui-même.

Après un soupir, Jenna ajouta :

— Apparemment, Price n'avait aucun voisin à des kilomètres à la ronde et aucune des personnes que j'ai appelées n'est prête à s'aventurer sur ses terres. À ce stade, je pense qu'il y a plusieurs choses à faire. La première, c'est d'aller voir sa cabane pour embarquer son ordinateur et découvrir si quelqu'un d'autre est impliqué. Si on trouve quoi que ce soit, on transmet tout au FBI pour qu'ils enquêtent. Et l'autre chose, c'est d'identifier l'enfant sur les images. De ce qu'on en sait, la mort de Price pourrait tout aussi bien être le fait de parents qui se font justice eux-mêmes.

— C'est pas faux, dit Wolfe avec un regard noir. J'avoue

que si quelqu'un s'en prenait à mes filles, ça me traverserait l'esprit aussi.

— Pas de ce genre de choses ici, adjoint Wolfe ! Peu importe qui est impliqué, est-ce que c'est clair ?

— Oui, madame. Par ailleurs, je me dis que le poison est une arme de choix pour une femme. Il avait une bouteille de bourbon ouverte, mais je l'ai analysée, elle n'a rien donné. Il y avait des verres dans un placard de la cuisine, mais ils semblaient propres. Je vais les analyser dans le doute, mais je n'y crois pas trop. Le siphon sous l'évier de la cuisine n'a rien donné non plus. Celui ou celle qui a fait ça avait bien planifié son coup.

— Des idées, Kane ? Comment est-il entré dans la maison selon vous ?

— J'y travaille, madame. Dans un premier temps, il faudrait savoir ce qui la mené là-bas. Une rencontre avec une jeune fille mineure, peut-être ?

— C'est une possibilité. Disons que c'est notre hypothèse pour l'instant. Que savez-vous des méthodes employées par les pédophiles ?

— Ils ont tendance à choisir des enfants plutôt solitaires, vulnérables et faciles à influencer. Ils passent généralement des heures à discuter par écrit, en ligne, pour gagner leur confiance, expliqua Kane dans un soupir. Comme vous le savez, le FBI a des agents qui se font passer pour des enfants dans les forums et autres *chats* de discussion, pour tenter de les débusquer. Les prédateurs sont légion sur les réseaux sociaux et les jeux en ligne et se font passer pour des adolescents sous des pseudonymes, grâce à des images volées. Le FBI se débrouille pour engager une discussion avec eux et leur faire admettre qu'ils cherchent à avoir des relations sexuelles avec une personne mineure puis prétextent une rencontre et les arrêtent.

— Et j'imagine que si un tueur veut se la jouer justicier et attirer un pédophile, ce schéma fonctionne tout aussi bien. Vu ce que Price avait sur lui, il s'attendait très clairement à avoir des rapports sexuels et avait l'intention de droguer sa victime si nécessaire.

— Oui. C'est à se demander combien de fois il l'avait déjà fait, il était probablement expérimenté. Comme je le disais, ça prend du temps de convaincre un enfant en ligne et il faut aussi un lieu. On en revient donc au même point : comment Price a su que la maison était vide et comment il est entré ?

— Nous devons absolument le découvrir. Il avait une clé, c'est évident. Enquêtez.

— Oui, madame. Dès que nous serons revenus de la fouille de sa cabane.

— Ça nous fait tout un tas de suspects. Alison a mentionné le fait que des artisans avaient travaillé dans la maison. N'importe lequel d'entre eux aurait pu faire un double. Wolfe, avant de partir, aidez Rowley à trier les archives. L'affaire Rockford n'a rien donné, vous allez donc devoir fouiller dans la base de données nationale. Comparez les photos de la fille à celles des personnes disparues. Remontez plusieurs années en arrière s'il le faut.

— Sans vouloir vous offenser, madame, ça fait plusieurs centaines de milliers d'enfants, interrompit Kane. Vous demandez l'impossible. Je suggère de nous en tenir aux villes voisines pour le moment.

— Par ailleurs, ajouta Wolfe, tout ça n'est que spéculation. Nous ne sommes même pas sûrs qu'il avait l'intention de rencontrer un enfant.

— Très bien. J'imagine qu'il va falloir attendre de trouver l'ordinateur de Price avant de tirer des conclusions.

Sur ces mots, Alton décrocha le téléphone.

— Adjoint Walters, avez-vous localisé la famille de monsieur Price ? OK. Donnez-moi les coordonnées de son domicile. Merci. Price n'a aucun parent vivant, expliqua-t-elle après avoir raccroché. Mais Walters dit que la route menant à sa cabane devrait être praticable, malgré le fait qu'elle ne soit pas goudronnée. Vérifiez si on peut accéder à la zone en 4x4. Apparemment, il y a un autre chemin qui mène sur le flanc nord de la montagne, jusqu'à plusieurs cabanes louées par des pêcheurs de la région près de la cascade, mais un éboulement a bloqué la route. L'eau de ces chutes alimente le lac de Black Rock, une immense zone située de l'autre côté de la montagne. Apparemment, l'éboulement n'apparaît pas sur le GPS. Mais je suis sûre que votre bolide peut braver une petite colline, après tout ce que vous lui avez fait, lança-t-elle à Kane avec un sourire en coin.

— Oh oui, sans aucun problème, répondit-il avec un petit rire. Je vais vérifier l'état de la route et rassembler le matériel. Est-ce que l'un de vous vient avec moi ?

— Oui, moi ! dit Jenna d'un air déterminé. Wolfe, coordonnez les tentatives d'identification de l'enfant sur les photos et prévenez le FBI. Dites-leur qu'on a un potentiel réseau pédophile dans la région. Insistez pour que nous soyons tenus au courant. Et pour ce qui est de récupérer les verres sur la scène du crime, vous pouvez envoyer Rowley. Je l'ai formé à la collecte de preuves médico-légales, il saura faire maintenant.

— Oui, madame.

— Je vous veux tous les deux prêts à partir dans dix minutes.

Kane suivit Wolfe hors de la pièce et aperçut Rowley en pleine conversation avec Alison Saunders, la jeune femme qui avait trouvé le corps. Intrigué, il s'avança à leur rencontre et toussota.

— Un problème ?

— Non, pas vraiment, dit Rowley en rougissant. Alison voulait juste savoir combien de temps il faut attendre avant de faire nettoyer la maison.

— Je ne voudrais pas que Jake ait des problèmes, dit la femme aux grands yeux bruns.

Puis, d'une voix hésitante, elle ajouta :

— Je voulais aussi savoir si l'homme a été assassiné.

— Et que vous a dit l'adjoint Rowley ?

— Que le shérif tiendrait monsieur Davis au courant une fois l'enquête terminée.

Kane réprima un soupir de soulagement.

— Ne vous inquiétez pas, vous aurez votre réponse. Mais pour l'instant, nous n'avons aucune idée de la façon dont cet homme est mort. À vrai dire, ça pourrait prendre des semaines. Si monsieur Davis fait pression sur vous pour obtenir des informations, mademoiselle, dites-lui de contacter le shérif Alton.

— C'est noté.

— Si c'est tout, mademoiselle Saunders, l'adjoint Rowley est attendu ailleurs.

— Oui, bien sûr, on se revoit plus tard, lança Alison à l'élu de son cœur.

— Je suis sûr que je n'ai pas besoin de vous rappeler que ces informations sont confidentielles, murmura Kane en la regardant partir. Ça pourrait très bien être un homicide et il ne faut surtout pas que ça fuite, c'est compris ?

— Oui, monsieur. Comptez sur moi, je ne lui dirai rien du tout. Qu'a donné l'autopsie ?

— Rien d'affirmatif pour l'instant. Mais nous pensons que le défunt était impliqué dans une sorte de réseau pédophile. Wolfe vous en dira plus, mais on a une enfant sur des images qu'il va falloir identifier. En parallèle, faites une analyse complète de l'historique des emplois de Price. Trouvez s'il a travaillé avec des enfants ces dernières années. Tout ce qui pourrait nous aider à déterminer s'il a pu en kidnapper dans d'autres villes par exemple.

— C'est noté.

— Le shérif et moi allons nous absenter pour fouiller sa cabane.

— Oh. Dans ce cas, assurez-vous d'avoir un fusil avec vous. Les montagnards ont tendance à tirer d'abord et à poser les questions après, dit Rowley avec un sourire.

Merveilleux.

4

La poussée d'adrénaline du meurtre s'était dissipée, laissant place à une vague de satisfaction. Et la jeune femme jeta un coup d'œil à sa maison, bien rangée, avec chaque chose à sa place, chaque surface luisante comme un sou neuf. Elle aimait la propreté. En vérité, le moindre grain de poussière l'agaçait au plus haut point et en ce moment, *elle en avait, du ménage à faire*.

Elle ouvrit l'armoire de la chambre d'amis et fixa avec horreur les photographies des monstres. Pour renforcer sa motivation à débarrasser la Terre des prédateurs, elle avait collé les images à l'intérieur de la porte, en face de celles des jeunes filles disparues dont elle avait trouvé les portraits dans les journaux. Elle caressa du bout des doigts chaque jeune visage. *Je vous rendrai justice à toutes, je vous le promets*.

Puis, elle reporta son attention sur les clichés des hommes qui faisaient monter en elle une rage incommensurable. *Ça y est*, elle avait découvert les noms des monstres et où ils vivaient. Et maintenant, elle allait les empêcher de faire du mal à d'autres filles.

Elle avait retrouvé la trace d'Amos Price après avoir entendu parler du comportement étrange d'un clown lors d'un anniversaire. Elle se demandait combien de fois les parents ignoraient les attouchements et les plaintes de leurs gamins, simplement parce qu'ils avaient trop honte pour admettre qu'une telle chose avait pu leur arriver, juste sous leur nez. Mais depuis, elle lui avait réglé son compte. À ce monstre qui se cachait derrière un sourire maquillé.

Avec un grand sourire, elle arracha le portrait d'Amos Price puis le déchira en mille morceaux, avant de le jeter dans les toilettes. Le souvenir d'avoir vu cet homme se tordre de douleur, la peur dans ses yeux, alors que la vie s'échappait de lui, avait ravivé en elle une force obscure. Elle avait apprécié sa souffrance, incomparable à quoi que ce soit d'autre et elle aurait aimé que cela dure longtemps, longtemps, longtemps. L'idée d'en attirer un autre dans sa toile et de le prendre lui aussi au piège devenait une obsession.

Un besoin absolu de chasser et de tuer.

Elle caressa une nouvelle fois les photos du regard, ne parvenant pas à faire son choix. Puis elle fit crisser ses ongles sur l'image d'un des monstres. *Es-tu prêt à mourir, mon joli ?*

5

Alors que le véhicule de Kane négociait sans peine les routes de montagne, Jenna laissa échapper un soupir. Ils avaient parcouru des kilomètres et la vue était d'une beauté indescriptible. Les immenses forêts de pins semblaient s'étendre à l'infini, grimpant le long des flancs de montagnes, décorés de rivières tourbillonnantes et de cascades qui reflétaient les rayons de soleil en arc-en-ciel, donnant au paysage des allures féériques.

— C'est vraiment magnifique. J'aurais aimé m'aventurer par ici plus tôt.

— C'est beau, mais il vaut mieux ne pas venir seule. Comme me l'expliquait Rowley, les montagnards sont très méfiants et ils ont tendance à tirer et à poser les questions après, expliqua Kane dans un sourire. Et puis il y a aussi les ours et les lynx qui ne feraient qu'une bouchée de vous.

— Alors que vous, ils ne vous toucheraient même pas ! Vous êtes tout en cartilage, pas une once de gras !

— Merci. Je vais prendre ça comme un compliment, dit-il avec un petit rire.

— La cabane de Price devrait se trouver sur un chemin à droite, à une centaine de mètres.

La voiture s'engagea sur un chemin de terre, plein de trous et de rochers. Les arbres se rapprochaient de plus en plus de la route, projetant des ombres zébrées à l'allure spectrale.

— Là, sur la droite. Vous voyez le panneau « propriété privée » ?

— Oui.

Kane donna un coup de volant et, à sa manière de négocier le virage, prouva qu'il était un conducteur hors pair.

— Pas étonnant que son pick-up soit en si mauvais état. J'ose même pas imaginer ce que ça donne en hiver. Voilà la maison.

Jenna observa attentivement la cabane de rondins, plus grande qu'elle ne l'avait imaginé, avec une petite grange et un hangar à bois. Un vieux chien de chasse les accueillit en aboyant. Il avait la peau sur les os.

— Vous aviez raison concernant les animaux. Je me demande ce qu'il y a dans la grange.

— On va aller voir ça en premier.

Kane descendit de la voiture et fronça les sourcils.

— Pas d'odeur de bétail.

Jenna caressa prudemment la tête du vieux chien.

— Ne t'inquiète pas, mon grand, on va te trouver quelque chose à manger.

— Son seau d'eau est vide, dit Kane, en fulminant. Et un chien de chasse ne devient pas aussi maigre en quelques jours !

Il se pencha et remplit le seau à partir d'un réservoir

d'eau de pluie.

— Viens ici, mon beau. Voilà. Bon chien.

Puis il ouvrit la porte de la grange.

— Rien à signaler ici.

— OK, allons voir dans la maison.

Jenna enfila une paire de gants puis sortit le trousseau de clés qu'ils avaient prélevé sur le défunt. En ouvrant la porte d'entrée, elle fit quelques pas en arrière.

— Nom de dieu, mais ça pue la mort !

— Pas la mort, non, simplement l'odeur des gens qui ne se lavent pas.

La bouche de Kane se recourba dans un sourire.

— On dirait bien qu'Amos Price n'était pas au top de l'hygiène. Attendez ici. Je vais ouvrir les fenêtres.

— Je vais voir dans les chambres, dit Jenna en entrant dans la cabane.

Dans ce qui semblait être la chambre principale, elle fut surprise de trouver tout un ensemble de perruques sur la table de nuit.

Puis elle ouvrit l'armoire, où trônaient plusieurs costumes de clown aux couleurs vives. Elle grimaça de dégoût.

— Beurk. Un clown. Je déteste les clowns.

— Compréhensible, dit Kane en la rejoignant. C'est une vraie phobie, n'est-ce pas ?

— Oui et il faut dire que John Wayne Gacy n'a pas aidé non plus. dit-elle en frissonnant. C'était un tueur en série de petits garçons, au cas où vous ne l'auriez pas.

— Oh, croyez-moi, je ne suis pas près d'oublier. Ça va aller ? ajouta-t-il en posant une main réconfortante sur son bras.

— Oui. Ne vous inquiétez pas pour moi, dit-elle en

détournant le regard.

Elle se fraya ensuite un chemin jusqu'au salon, relativement vide en dehors d'une cheminée et de deux vieux canapés. Elle ensuite la cuisine dont l'évier débordait de vaisselle sale.

— Je vais voir s'il y a quelque chose à donner au chien. Attendez. Vous avez entendu ça ?

— Quoi ?

Jenna tendit l'oreille, alors qu'un sentiment étrange la figeait sur place.

— J'ai cru entendre une voix. Un son vraiment effrayant, comme un gémissement. Écoutez.

— C'est peut-être juste le vent, ou un chat. J'avais un siamois, il fut un temps. Ses cris ressemblaient à des pleurs de bébé, c'était vraiment troublant.

— Je crois que c'est un enfant.

Kane s'élança à nouveau dans le couloir, poussant les portes des chambres à coucher, scannant les environs du regard. Puis il remarqua une porte scellée par une poutre en bois.

— Oh non, pas encore une cave. J'ai déjà assez donné.

Biceps gonflés, il s'attaqua à l'imposante pièce de bois qui barrait la porte.

— C'est du solide. À croire que c'est pour empêcher les ours d'entrer. Vous ne pensez tout de même pas qu'il a une panthère domestique ? Particulièrement affamée ?

Le gémissement se fit entendre de nouveau, digne des pires films d'horreur. Et Jenna dut se forcer à garder les pieds sur terre.

— Ça ne peut pas être un fantôme, ils passent à travers les murs.

— Un fantôme, je ne sais pas, mais certaines personnes

disent que les esprits restent plus facilement piégés dans ce genre d'endroits. C'est plus probablement un gros chat, dit Kane en haussant les épaules.

— À choisir, je préférerais presque un fantôme. Tenez-vous prêt à refermer si c'est vraiment une panthère. Il paraît que leur cri sonne un peu comme ça.

— Oui, comme des pleurs ou des hurlements. Je me tiens prêt, madame.

Alors que Kane entrouvrait la porte, Jenna lança :

— Ici le shérif Jenna Alton ! Il y a quelqu'un en bas ?

Une petite voix tremblante résonna dans l'obscurité. Si frêle que Jenna en eut la chair de poule.

— Oui, je suis en bas.

— Tu es toute seule ?

— Est-ce que vous êtes vraiment shérif ?

Jenna fit signe à Kane d'ouvrir un peu plus la porte.

— Oui, je suis ici avec l'adjoint Kane, expliqua-t-elle en manquant de s'étouffer face à l'odeur de mort qui s'élevait de la cave.

Il était hors de question qu'elle s'y aventure dans le noir.

— Vous voyez un interrupteur quelque part ?

— Oui, ici, près de la porte, murmura son adjoint. Soyez prudente, Jenna, ça pourrait être sa vieille mère folle, ou peut-être qu'elle n'est pas toute seule.

Jenna sortit son Glock de son étui.

— Ouvrez la porte.

Pressant une main sur son nez, elle avança jusqu'au petit palier au milieu des escaliers et inspecta la cave de là. Un grand lit double et une cage. Et à l'intérieur de la cage, une petite fille, de 10, 12 ans tout au plus, habillée de haillons.

Oh, mon Dieu.

6

Rengainant son arme, Jenna s'élança vers la captive.

— Tout va bien, tu es en sécurité, maintenant. Comment tu t'appelles ?

— Zoé. Zoé Channing.

— On va te sortir d'ici, Zoé. C'est elle sur les photos, ajouta-t-elle en se tournant vers Kane. Trouvez-moi quelque chose pour ouvrir la cage et allez lui chercher de l'eau !

Alors que Kane s'éloignait, Jenna sourit à la petite.

— On va te ramener chez toi. Où est-ce que tu habites ?

— À Helena.

— C'est un très joli endroit, dit Jenna en s'accroupissant près d'elle. Ça fait combien de temps que tu es ici ?

— Longtemps. Beaucoup de week-ends. Je ne sais même plus combien, dit Zoé, le regard vide.

Pourquoi est-ce qu'elle compte en week-ends ? Détournant les yeux de la fille, Jenna balaya la pièce du regard. Elle remarqua une pile de couvertures sur une étagère.

— Tiens, enroule ça autour de toi. L'adjoint Kane va casser les barreaux et te faire sortir.

— Est-ce que je pourrai prendre une douche ? Amos ne me laissait pas me laver. Aucun d'eux ne me laissait jamais me laver.

— Aucun *d'eux* ?

— Oui. Amos amenait trois de ses amis ici, chaque week-end, expliqua-t-elle en frissonnant. Quand il est sorti, il a dit qu'il allait me chercher une amie. Il a dit qu'elle s'appelait Viande Fraîche.

C'est donc pour ça qu'elle compte en week-ends. Jenna réprima un élan de rage en comprenant la gravité de la situation.

— Amos ne t'embêtera plus, maintenant, il est mort.

Les pas de Kane se firent entendre dans l'escalier et Zoé recula, s'aplatissant au fond de sa cage, les yeux emplis de terreur. Jenna lui tendit une main à travers les barreaux.

— C'est bon, Kane est mon adjoint et il est là pour t'aider, tout comme moi. On va attraper les hommes qui t'ont fait ça.

Elle prit la bouteille d'eau que Kane lui tendait et la passa à la fillette.

— Mon père est avocat, expliqua la petite. Il dit que les méchants vont en prison.

Osant à peine détacher ses yeux de Kane, elle finit par ouvrir la bouteille et but à grand soif.

— Oh, ne t'inquiète pas, ils iront en prison. Reste loin de la porte, je vais te faire sortir, dit Kane en glissant un pied de biche entre les barreaux.

Le métal grinça dans un gémissement terrible et quelques instants plus tard, la porte s'effondrait sur le sol. Jenna tendit la main vers la jeune fille.

— Viens avec moi.

Mais Zoé recula de nouveau, terrifiée. Et Jenna fit signe à Kane de s'éloigner.

— Je crois qu'elle a eu sa dose d'hommes. Laissez-la-moi. On va l'amener à l'hôpital. Appelez-les et demandez une femme médecin. Le chien aussi devra venir avec nous. On le déposera au refuge pour animaux.

— Oui, madame. J'ai trouvé un ordinateur portable dans une des chambres. Je vais l'emballer pendant que vous aidez Zoé.

— Bien sûr, prenez tout ce que vous pouvez, mais la petite est notre priorité.

Elle attendit que Kane les laisse seules puis aida la fille à se lever.

— Je t'emmène à l'hôpital. Les médecins vont t'examiner, puis tu pourras prendre une douche.

— J'ai faim. Je n'ai pas eu à manger.

Jenna plaça un bras sous celui de la petite fille et l'aida à monter les escaliers.

— J'ai des barres de céréales dans ma voiture et du jus d'orange. Je préfère ne rien toucher ici.

— C'est très bien, j'aime bien les barres de céréales. Je suis contente que vous m'ayez trouvée.

— Et moi donc. dit Jenna en la conduisant dans la cuisine. Assieds-toi ici une minute et bois un peu d'eau. On va bientôt sortir d'ici.

— Vous pouvez nourrir le chien ? dit Zoé d'une voix tremblotante. Amos le regardait mourir de faim, il trouvait ça drôle. Je suis contente qu'il soit mort.

— Pour tout te dire, moi aussi. Ce n'était pas un homme très gentil, hein ? On va nourrir le chien, oui, ne t'inquiète pas.

Jenna jeta un œil dans le couloir et aperçut Kane qui sortait d'une pièce avec l'ordinateur portable, deux disques durs externes et un certain nombre de DVD dans un sac pour pièces à conviction.

— Kane ! Vous avez trouvé de la nourriture pour chien ?

— Pas encore.

Jenna fronça les sourcils.

— Il doit bien y avoir quelque chose quelque part. Vérifiez le congélateur.

— Oui, madame.

Alors qu'il revenait avec deux steaks congelés, Kane s'avança prudemment dans la cuisine pour les mettre au micro-ondes, tout en essayant de montrer à Zoé qu'il était inoffensif.

— Je te promets qu'on va attraper les hommes qui t'ont fait ça, lui lança-t-il.

Zoé s'agrippa à Jenna, puis ses grands yeux parcoururent le visage de Kane, évaluant la menace.

— Au lieu de les attraper, vous feriez mieux de tous les tuer, dit la fille avec un regard noir.

7

Kane se força à contenir la rage qui bouillonnait en lui. Il devait maintenir une apparence calme et professionnelle devant la fille. Le moindre geste pouvait la terroriser encore plus et avoir des conséquences dévastatrices. Il serra les dents et détourna les yeux. Amos Price était peut-être mort, mais selon elle, il en restait encore trois, de ces animaux, et il n'avait qu'une seule envie, les traquer et les massacrer un par un. *Quel genre de monstre est capable de faire ça à des enfants ?*

Il attendit que le vieux chien ait fini de manger, puis le fit monter à l'arrière du pick-up. Jenna avait emmitouflé Zoé dans plusieurs couvertures et toutes deux s'étaient assises sur la banquette arrière, avec du jus d'orange et des barres de céréales. Alors qu'il s'installait au volant, il vit bien la réaction de Zoé. Personne ne se remet de ce genre d'abus, elle en subirait les conséquences toute sa vie. Et pour avoir étudié le passé de nombreux tueurs psychopathes, il savait aussi que les traumas d'enfance étaient souvent un élément déclencheur, à faire surveiller de près par des psychiatres. Il observa la fille à travers le rétroviseur. Elle semblait communiquer raisonnablement bien, ce qui était assez inhabituel après une séquestration de longue durée. Il en avait vu, des enfants qui se renfermaient complètement et ne parlaient plus pendant plusieurs années. Quant à ceux qui réprimaient le traumatisme, eh bien, ils ne faisaient pas long feu.

— Demandez à Wolfe et Rowley de venir ici immédiatement, pour fouiller l'endroit. On doit trouver qui d'autre est impliqué. Dites-leur qu'on a identifié la fille des photos.

— Bien reçu.

Il contacta Wolfe et s'arrangea pour qu'il dirige une équipe médico-légale qui viendrait fouiller la cabane. Comme Zoé avait mentionné d'autres hommes, ils avaient besoin de preuves et de traces d'ADN. Wolfe travaillerait main dans la main avec les médecins de l'hôpital, avant de traiter les résultats dans son tout nouveau laboratoire.

— Je vais contacter les parents. Zoé, est-ce que tu te souviens de leur numéro de téléphone ?

— Je connais le numéro de mon père, dit la fille en plissant les yeux pour se concentrer. Enfin. Je crois. Je ne suis pas sûre.

— C'est normal. On va réessayer jusqu'à ce que ce soit le bon. Partons d'ici.

Obéissant aux ordres du shérif, Kane s'engagea de nouveau sur le flanc de montagne, négociant les routes crevassées et inégales et lâcha un soupir de soulagement quand ils atteignirent enfin l'autoroute. Puis, gyrophares allumés et sirène hurlante, il fonça en direction de l'hôpital de Black Rock Falls.

Jenna n'avait pas dit grand-chose à monsieur Channing.

Seulement que sa fille était en vie et qu'elle l'emmenait à l'hôpital. Dès l'instant où elle avait raccroché, Kane s'était tourné vers elle.

— Ça va lui prendre un peu de temps de venir d'Helena.

— Il va s'arranger pour se faire amener en hélico. J'en informerai l'hôpital à notre arrivée. Mais d'abord, il passe chez lui, chercher sa femme.

Jenna sembla blêmir pendant un instant.

— Ça fait six mois que Zoé est portée disparue.

Bon sang. Kane se racla la gorge, pour se forcer à garder son sang-froid.

— Puisqu'elle accepte de vous parler, vous devriez peut-être lui poser des questions maintenant, sur les personnes qu'elle a mentionnées. Avant que l'hôpital ne la mette sous sédatifs.

— Oui. Vous avez raison.

Jenna prit une grande inspiration et sortit son bloc-notes.

— Zoé. Comment s'appelle le chien ?

— « Stupide », mais je ne pense pas que ce soit son vrai nom, dit Zoé en haussant les épaules.

— Oh, je vois. Il était déjà là quand tu es arrivée ?

— Non, Amos l'a ramené il y a environ trois semaines. Il a dit qu'il venait du refuge pour animaux.

Zoé sirota son jus d'orange, puis ajouta :

— Et il n'est pas du tout stupide. Je l'aime bien. Quand Amos l'enfermait dans la cave, il s'asseyait avec moi et m'écoutait parler. Je crois qu'il sait ce que je lui ai dit parce qu'il n'aimait pas Amos et qu'il lui grognait dessus. Vous n'allez pas le ramener au refuge pour animaux, hein ? Ils n'ont pas une belle vie, là-bas.

Kane se laissa attendrir. La fille avait touché une corde sensible.

— Je vais m'occuper de lui, lança-t-il avec un sourire. On va trouver son vrai nom. Le refuge doit savoir.

— D'abord des chevaux et maintenant un chien ? s'époumona le shérif. Vous comptez adopter des vaches aussi, tant que vous y êtes ?

— Je ne suis pas sûr, dit Kane dans un haussement d'épaules. Je vais devoir demander à ma propriétaire, mais je ne pense pas qu'elle dirait non à un gentil chien.

La forêt de Stanton bordait l'autoroute et les pins ressemblaient à des sentinelles, gardant le chemin de la cascade. Kane observa un instant le sublime flanc de montagne qui baignait dans le soleil, attristé qu'un paysage d'une beauté si majestueuse puisse cacher de telles atrocités.

— On est bientôt arrivés.

Jenna lui lança un regard complice, comprenant qu'elle devait accélérer l'entretien.

— Zoé, te souviens-tu des noms des autres hommes qui sont venus… te rendre visite ?

— Non, dit Zoé, en gobant une nouvelle barre de céréales.

— OK.

Jenna maintenait un ton léger et conversationnel, presque détaché, pour la rassurer.

— Combien d'hommes as-tu vus ? C'était toujours le même nombre ?

— Oui. Trois plus Amos, comme je l'ai déjà dit.

Incapable de se taire un instant de plus, Kane prit une profonde inspiration.

— Te souviens-tu de ce à quoi ils ressemblaient ?

— Je ne veux pas vous parler, dit la petite en se renfrognant.

— OK, il ne dira plus un mot.

Jenna fusilla son adjoint du regard, puis sourit à la jeune fille.

— De quelle couleur étaient leurs cheveux ?

— Je ne sais pas à quoi ils ressemblaient. Ils portaient des masques, expliqua la petite alors que les larmes commençaient à couler. L'un d'eux est passé hier matin, très tôt. Il n'arrêtait pas de demander où Amos était parti. Il ne m'a pas laissée sortir, mais il m'a donné un peu de nourriture.

Intéressant. Kane jeta un coup d'œil à Jenna, par le rétroviseur.

— Il vit sûrement dans le coin. Disons dans un rayon de dix kilomètres, peu ou prou, vu la façon dont les cabanes sont réparties.

— Oui. Ça va être un sacré chantier de fouiller la montagne. dit Jenna dans un soupir, avant de reporter son attention sur la fille. Te souviens-tu de quoi que ce soit à leur sujet ? Avaient-ils des cicatrices ou des tatouages ?

— L'un d'eux avait une araignée noire avec un gros point rouge sur la main. Il était méchant, dit-elle d'une voix tremblotante. Et un autre avait une cicatrice sur le ventre, en bas, sur le côté droit... Je ne veux plus parler d'eux.

Jenna lui sourit et lui attrapa la main, tendrement.

— Je suis fière de toi, que tu m'aies raconté toutes ces choses. Tu peux te reposer, maintenant, nous serons bientôt à l'hôpital. Tes parents sont en chemin.

— Est-ce qu'ils vont m'en vouloir de m'être enfuie ?

— Non, ma belle, ne t'inquiète pas. Tu sais, j'ai parlé à ton père. Et je peux te dire qu'il est très heureux de savoir que tu vas bien.

— D'accord. Si vous lui reparlez, dites-lui que j'ai été vraiment bête de m'enfuir juste parce qu'il avait jeté mes poissons morts dans les toilettes. J'imagine que c'était nul comme idée, de vouloir les enterrer dans le jardin.

Jenna fixa Kane d'un regard tragique et il put voir que ses yeux s'emplissaient de larmes. Elle s'éclaircit la voix, mais n'y parvint pas vraiment et dit d'un ton à fendre le cœur :

— Oui, ne t'inquiète pas, on le lui dira.

8

La journée d'Ely Dorsey n'aurait pas pu être pire. Son ami avait disparu depuis trois jours. Il avait fini par entrer dans la cabane en utilisant la clé cachée sous le pot de fleurs. La fille lui avait dit qu'Amos n'était pas revenu depuis mardi. Inquiet, il l'avait nourrie et était reparti. Il avait appelé Amos depuis une cabine téléphonique, mais pas de réponse, il était donc rentré bredouille, à ne pas trop savoir quoi faire. Il avait attendu la fin de l'après-midi, puis s'était décidé à passer devant la maison où Amos avait prévu de rencontrer une nouvelle fille. Son camion était garé à quelques mètres de là et, à sa grande horreur, du ruban de police barrait la porte d'entrée.

Comprenant de quoi il s'agissait, il était tout de suite retourné chez Amos, pour déplacer la fille, *via* l'itinéraire alternatif. Il avait garé son véhicule le long d'une vieille route forestière puis s'était tapé la randonnée d'un kilomètre de chemin de montagne jusqu'à la cabane.

Ça grouillait d'adjoints du shérif et Ely s'estima heureux

d'avoir pris des précautions supplémentaires. Amos n'était pas le plus malin, ils auraient dû deviner qu'il finirait par tout faire foirer.

À travers ses jumelles, il observa la cabane. Les véhicules de patrouille étaient là depuis des heures, mais aucune trace d'Amos ni de la fille. Une pensée anxieuse lui retourna l'estomac. Sûrement que les parents de la nouvelle fille étaient rentrés plus tôt et avaient surpris Amos la main dans le sac. Les flics l'avaient arrêté et la fouille de sa maison était la procédure normale.

Il rebroussa chemin pour réfléchir. Les adjoints entraient et sortaient de la maisonnette, avec des sachets en plastique à la main. Pas besoin d'être un génie pour comprendre qu'ils recueillaient de l'ADN. Mais ils ne trouveraient rien. Ses amis et lui avaient été prudents, aucun d'eux n'était jamais entré chez Amos sans porter de gants. Ils lavaient les draps après chaque séance et rinçaient à l'eau de javel la bâche en plastique qui recouvrait le lit. Après la dernière frayeur en date, ils ne laissaient rien à la légère. Amos avait beau vivre comme un porc, chaque week-end, quand les garçons et lui quittaient les lieux, la cave était laissée impeccable. Ils incinéraient même le sac en papier de l'aspirateur. Car ils savaient que le moindre détail comptait.

Et la fille enfermée dans la cave ne serait pas non plus capable de les identifier. Ils vivaient dans la peur depuis qu'une des filles de Bobby-Joe s'était échappée. Non, les adjoints n'obtiendraient rien d'elle. Elle était effrayée comme tout et avait trop peur qu'ils tuent sa famille si elle osait parler.

Comme il se faisait tard, il retourna à sa propre cabane, nichée sous un surplomb et cachée par les arbres. Et arriva juste à temps pour le dîner, alors que sa servante s'affairait dans la cuisine. Elle avait déjà 18 ans, elle commençait à devenir un peu vieille pour lui, mais elle remplissait son rôle. Elle cuisinait et nettoyait, sans jamais se plaindre. Elle disait même qu'elle aimait s'occuper de lui. Mais il la gardait tout de même enchaînée, juste au cas où.

Il observa le visage maigrichon de la fille et soupira. Toute la semaine, il avait attendu avec impatience l'arrivée d'une petite nouvelle chez Amos.

Mais maintenant, il va falloir que je me fasse chier à en trouver une moi-même, putain.

Il repoussa l'envie d'appeler les autres. Ils s'étaient mis d'accord sur ce point. Ne jamais communiquer qu'en face à face, ou depuis une cabine téléphonique. À tout moment, les flics pouvaient arrêter l'un d'entre eux, comme ils venaient de le faire avec Amos, il fallait donc s'assurer de ne laisser aucune trace.

Après avoir avalé son dîner, il se rendit dans sa chambre et alluma l'ordinateur. La nouvelle antenne-relais au sommet de la montagne lui donnait un accès haut débit à Internet. Déterminé à trouver une remplaçante à son goût, il écuma les réseaux sociaux et autres salons de discussion. Et après avoir fait défiler les demandes, tomba sur un message des plus croustillants. Une jeune fille qui disait que son *rencard* n'était pas venu et qu'elle était extrêmement déçue qu'il lui ait posé un lapin. Elle était parfaite. 14 ans tout pile. Il s'empressa de lui répondre. Et à sa grande joie, ils entamèrent une conversation.

Au fil des messages, il finit par comprendre qu'il s'agissait d'une des filles qu'Amos cuisinait depuis des semaines. Sachant très bien ce qu'elle voulait entendre, il lui raconta tout un tissu de mensonges. C'était une des choses qu'il avait appris à perfectionner au fil des années : son pouvoir de persuasion. Lui promettant monts et merveilles, il la rassura, en lui disant qu'elle serait en sécurité avec lui, qu'il était gentil. Puis il lui laissa le numéro d'un téléphone prépayé et attendit avec impatience qu'elle l'appelle.

Quand la sonnerie retentit, il prit une grande inspiration.

— Oui, allô ?

— *Coucou, c'est moi, Needy_Girl*[1]. *Comme tu es mon premier vrai petit ami, j'aimerais vraiment connaître ton vrai nom. Juste ton prénom, ça ira.*

Frappé par la douceur de sa voix, il ne réfléchit pas aux conséquences et lâcha :

— Ely.

— *C'est joli, dit-elle en gloussant. À très bientôt, Ely.*

---

1. Fille en manque.

9

VENDREDI

Complètement déprimée, Jenna resta un long moment à la fenêtre de son bureau. La ville avait repris ses airs de carnaval. Pas de rodéo cette fois, mais le festival d'automne et comme on était vendredi, il y avait une exposition dans la salle des fêtes et un défilé dans la rue principale, en plus des habituels stands d'artisanat, de pâtisseries maison et autres, qui s'étalaient tout le long du trottoir. Elle aurait aimé sortir et s'amuser elle aussi, au lieu d'être confrontée à l'horreur d'un réseau pédophile. Non seulement installé dans sa ville, mais, pire, qui opérait sous son nez depuis plusieurs années. Enfouissant son visage dans ses mains, elle soupira.

Sa vie de shérif était décidément beaucoup plus compliquée que prévu. On était loin des disputes de voisinage et des contraventions auxquelles elle s'attendait. Après qu'elle eut quitté sa vie d'agent de la DEA et se fut offert un nouveau visage, sa vie aurait pu être plus tranquille. Mais non. Au lieu de ça, la petite bourgade de Black Rock Falls révélait chaque jour de plus sombres secrets. C'était comme si tous les voyous et tous les meurtriers s'étaient concertés en douce pour hanter cette ville.

Heureusement qu'elle avait des adjoints compétents pour l'épauler, en plus des deux nouvelles recrues qui allaient bientôt arriver. Ce qui était un soulagement de taille, d'un côté, mais en même temps, comme sa petite équipe commençait à bien fonctionner, elle était un peu anxieuse à l'idée que ce remaniement vienne changer ses habitudes.

Des voix dans le couloir lui rappelèrent la réunion sur le point de commencer. Elle allait devoir faire bonne figure et cacher son anxiété, à Kane en particulier. Ils étaient devenus très proches tous les deux, et ses compétences en matière de profilage étaient efficaces à tout niveau, y compris pour ce qui était de lire en elle comme dans un livre ouvert.

Alors qu'on frappait à la porte, elle se redressa.

— Oui, entrez !

Les adjoints prirent place, chacun leur tour, à l'exception de Walters, qui montait la garde toute la journée à l'hôpital. Zoé avait beau être placée à un étage spécial, réservé par le département du shérif, Jenna tenait à cette sécurité supplémentaire. Si ses tortionnaires se rendaient compte de sa disparition, Dieu sait ce qu'ils pourraient faire pour l'empêcher de les identifier.

Posant sur ses adjoints un regard strict, elle croisa les mains sur sa poitrine.

— J'ai appelé le shérif d'Helena au sujet de Zoé. Il m'a dit qu'il avait fait appel à l'équipe de déploiement rapide du FBI au moment de sa disparition. Une équipe spécialisée dans les enlèvements d'enfants. Mais ils n'ont trouvé aucune trace d'elle, il a dit que c'était comme si elle s'était volatilisée. Il est en train de ressortir les dossiers et va les notifier, ils me contacteront donc bientôt. Comme Zoé va être renvoyée à Helena dès sa sortie de l'hôpital, j'ai suggéré que les agents l'interrogent là-bas, au lieu de venir ici et de la bouleverser davantage.

— Je ne pense pas qu'ils auront des infos pertinentes sur le meurtre de Price, interrompit Kane en haussant les épaules.

Jenna acquiesça.

— Adjoint Wolfe, avez-vous quoi que ce soit à signaler ?

— Eh bien, oui et non. Je vous avais mentionné la forte odeur de tabac qui se dégageait du contenu de l'estomac de Price et comme vous le savez, j'avais une théorie à ce sujet. J'ai donc procédé au test spécifique à ce type de poison et c'est positif. Sulfate de nicotine.

Intriguée, Jenna se pencha en avant et griffonna dans son carnet.

— Pourriez-vous m'en dire plus ?

— C'est un liquide clair, utilisé comme pesticide entre autres choses. Une substance hautement toxique, qui entraîne une mort extrêmement violente et douloureuse. Ce n'est donc pas quelque chose qu'on ingère volontairement, si vous voyez ce que je veux dire. Aussi, en raison de cette découverte, je suggère d'écarter la thèse du suicide et de considérer sa mort comme un homicide.

Wolfe se tut un instant, puis ajouta :

— La façon dont il a bu la substance reste un mystère. Elle n'était pas présente dans la bouteille de bourbon et nous n'avons pas trouvé de verre ou de canette de Coca dans la maison. Mais, en même temps, s'il avait ingéré le poison plus tôt, il n'aurait pas pu se rendre sur place. Ça agit presque instantanément.

— En plus d'être une excellente réceptionniste, Maggie est très douée pour faire des recherches. Je vais lui demander de vérifier si ce produit est disponible en ville. Si c'est inhabituel, un commerçant pourrait se rappeler en avoir vendu. Avons-nous une heure de décès ?

— Non. La forte chaleur à l'intérieur de la maison a faussé les tests. Il est évident que le tueur a augmenté le thermostat dans ce but précis. Tout ce qu'on sait, c'est que la mort a eu lieu entre l'inspection de monsieur Davis et la visite de mademoiselle Saunders, mais c'est un laps de temps assez long.

— Et au niveau des empreintes digitales ? Qui d'autre était dans la maison ?

— Nous avons trouvé les empreintes d'Amos Price sur la porte d'entrée, le bas de la rampe d'escalier et le comptoir de la cuisine. Les empreintes de mademoiselle Saunders également sur la porte d'entrée et la porte de cuisine. Les autres sont celles des femmes de ménage et du charpentier. Les deux femmes sont passées deux jours avant la découverte du corps. Elles ont pu le prouver grâce au GPS de leur camionnette. Il s'agit d'une équipe mère-fille, Rosemarie et Lizzy Harper.

— Quant au charpentier, ajouta Kane, Adam Stickler a emménagé en ville il y a deux mois. Il vivait à Blackwater avant et il y a huit ans, sa sœur Jane a disparu en rentrant de l'école, sans laisser de trace, l'enlèvement est donc un mobile possible. Le shérif de Blackwater a mené une enquête et là encore, le FBI a apporté son aide, mais après plusieurs fausses pistes, ils n'ont jamais rien trouvé. Ça pourrait lui faire un mobile.

— Il faudra plus que ça pour me convaincre, Kane.

Il lui tendit un document.

— L'enquête n'a rien donné, *mais* sa mère a porté plainte contre Price, pour attouchements sur des enfants lors d'une fête d'anniversaire. Et Jane Stickler avait elle aussi participé à une fête, le week-end avant sa disparition. Price était le principal suspect du FBI. Vous voyez, c'est dans le *Blackwater News*.

Jenna lâcha un long soupir.

— Si Jane était à une fête, alors tout le monde là-bas aura fait l'objet d'une enquête. Price était-il ne serait-ce que présent ?

— Oui, il a été interrogé, mais n'a rien révélé. Le shérif a fouillé son domicile et n'a rien trouvé, mais nous avons des informations cruciales qu'ils n'avaient pas à l'époque. Il y a plus d'un homme dans le coup. Il pouvait très bien avoir caché Jane ailleurs.

— OK, on va interroger Stickler. Il devait avoir environ 14 ans à l'époque et aurait pu attendre d'être plus âgé pour se venger. Je me suis renseignée sur Lizzy Harper. Elle a les clés de la maison et aussi un mobile, figurez-vous. Elle a purgé une peine de trois ans de prison pour avoir poignardé à mort son père abusif. Et elle a un fils de 7 ans dont il est le père. À l'époque, les journaux pensaient que d'autres personnes étaient impliquées. Mais le tribunal a scellé son dossier, donc tout ce qu'on a, c'est le dossier de l'enquête initiale et quelques vieux articles de journaux. Si son père faisait partie du réseau pédophile, elle pourrait très bien vouloir se venger des autres prédateurs. Et tout comme

Stickler, elle savait que la propriété était vide. La question est : comment auraient-ils fait pour attirer leur victime dans la maison ?

— Si Price cherchait activement un enfant, disons, en ligne, ils ont dû le prendre à son propre jeu. Comme je vous le disais, le FBI est actif dans les salons de discussion depuis des années pour attraper les pédophiles. On en parle tout le temps à la télé, il n'y a pas besoin d'être un génie pour faire pareil.

— Ce n'est pas faux. Mais ce n'est pas si facile de se faire passer pour une adolescente. Les jeunes ont leur propre langage, de nos jours. Et puis, ils ne passent pas tous par Internet, si ? J'ai entendu parler d'affaires impliquant des membres de leur famille ou des amis proches.

— Il faut se rappeler que les prédateurs sont très rusés, dit Kane. Ils travaillent souvent auprès d'enfants. Price était clown, vous vous souvenez ? Certains gagnent la confiance des parents avant d'attaquer. L'un des cas les plus fréquents, c'est celui de l'homme qui se lie d'amitié avec une veuve ou une mère célibataire. Il prétend prendre soin de la mère et, derrière son dos, abuse de ses enfants. Il devient le père qu'ils n'ont jamais eu ou qui leur manque ; les enfants se lient à lui. Et la plupart des victimes se taisent, parce qu'elles ne veulent pas être à nouveau sans père ou parce qu'il menace de tuer leur mère. Le problème, c'est que les pédophiles agissent à la fois seuls et en groupe, ce qui les rend difficiles à traquer.

— Je sais très bien tout ça, Kane, dit Jenna en tapotant nerveusement sur son bureau. Tout ça nous ramène à la même question : pourquoi attaquer Price maintenant ? Après tant d'années. Pourquoi Lizzy Harper s'attaquerait-elle si soudainement à Price ?

— Elle travaille comme femme de ménage, je suppose donc qu'on l'emploie aussi pour les fêtes d'anniversaire, dit Wolfe, d'un air inquiet. Peut-être qu'elle a vu un homme agir de façon inappropriée et que ça a réveillé son propre traumatisme. Je vous rappelle qu'elle a tué son père. Ce serait assez extrême, on est d'accord, mais c'est plausible.

Jenna ravala sa salive.

— Je n'arrive pas à croire que des gens puissent agir comme ça. Était-il le seul clown de la ville ?

— Non, j'ai vérifié.

Les yeux bruns de Rowley croisèrent le regard du shérif.

— Il y a généralement au moins deux clowns qui installent le château gonflable dès qu'il y a une fête, c'est-à-dire au moins une fois par mois. Les enfants s'y bousculent, ils adorent ça.

Merde, encore des foutus clowns.

— À qui appartient le château gonflable ?

— À la municipalité.

— Contactez-les et trouvez les noms des clowns.

Jenna se passa les deux mains dans les cheveux. Elle détestait cette enquête. Rester calme alors qu'on parlait d'abus sexuels sur des enfants n'était pas une mince affaire. D'autant plus que Kane et Wolfe avaient eux aussi du mal à garder la tête froide. Savoir que Kane tuerait sans hésiter si elle en donnait l'ordre n'était pas une responsabilité qu'elle voulait endosser.

— N'avez-vous pas dit que Zoé avait mentionné d'autres hommes ? dit Rowley en relisant ses notes. Avons-nous des pistes concernant leur identité ?

Jenna lui décocha un sourire.

— Très bonne question, adjoint Rowley. Avez-vous

recueilli à la cabane des preuves que nous pourrions utiliser ?

— Non, répondit Wolfe. De ce que je sais, seuls Price et la fille y vivaient. Toutes les empreintes digitales sont les siennes ou celles de Zoé. Si quelqu'un d'autre y est allé, il a fait très attention et portait des gants. À vrai dire, je reste estomaqué d'à quel point la cave était propre. Je sais que c'était dégoûtant dans la cage où il gardait l'enfant, mais il semblerait qu'il ait nettoyé le reste de la pièce très consciencieusement. Les draps étaient fraîchement lavés également et l'alèse en plastique sentait fort l'eau de Javel. Si on prend en compte le fait que le reste de la maison est une vraie porcherie, c'est assez étrange, vous ne trouvez pas ? Pourquoi nettoyer la cave tout en laissant la cage sale ?

— Il n'y a qu'une personne qui pourrait nous le dire, dit Kane en étirant ses longues jambes. Vous devez reparler à Zoé, madame.

— Je le ferai dès que j'aurai la permission des parents et du médecin, mais elle a déjà dit qu'ils portaient des masques. Si les amis de Price venaient tous les week-ends comme elle l'a dit, ils devaient prendre leurs précautions.

— Visiblement. Ils ne se risqueraient pas à laisser de l'ADN derrière eux, hein ?

— Et pourtant, Amos ne l'a pas autorisée à prendre une douche depuis le départ de ses amis. Vous ne croyez pas que s'il s'inquiétait des traces d'ADN, il l'aurait obligée à se laver ?

— Nous allons devoir attendre les résultats d'analyses, notamment vaginales, dit Wolfe. Selon le médecin de l'hôpital, Price a abusé d'elle sur une longue période. Et on sait qu'elle a disparu pendant six mois, c'est cohérent.

Le père de famille lâcha un long soupir.

— La seule façon de savoir ce qui lui est arrivé, c'est de le lui demander et de voir si elle est prête à en parler.

— J'imagine que Price ne s'intéressait pas à elle *que* le week-end, dit Jenna. Il avait son *jouet fétiche* à portée de main. Si vous voulez mon avis, les preuves de viol n'impliqueront que Price et pas les autres.

— J'ai trouvé du liquide séminal dans son lit. Mais les tests ADN vont prendre un certain temps.

Le shérif se tut un instant, puis se leva, posant un regard noir sur Kane et Wolfe.

— Lorsque nous attraperons ces salopards, j'attends de vous deux que vous agissiez de manière calme et professionnelle, c'est bien compris ? Vous les ramenez ici pour que nous puissions les interroger et voir jusqu'où s'étend ce réseau pédophile. Je ne veux pas découvrir que l'un d'eux s'est brisé la nuque en résistant à son arrestation. Est-ce que c'est bien clair ?

— Oui, madame, dit Kane, les lèvres pincées. Comment voulez-vous procéder ?

— Descendez dans la rue. Voyez si quelqu'un connaît un homme avec un tatouage de veuve noire sur la main. Cherchez parmi les gens qui dirigent des camps d'été et autres colonies de vacances. Les chefs scouts, les religieux, les profs, tout ce qui concerne les enfants !

— Et on enquête aussi sur l'homicide d'Amos Price ? demanda Rowley, d'un air inquiet. Ou bien est-ce qu'on se concentre uniquement sur le réseau pédophile ?

— On va s'occuper des deux affaires en même temps. Je veux tout savoir de Lizzy Harper et de sa mère, mais allez-y doucement. Kane, contactez d'abord la mère par téléphone et voyez ce que vous trouvez. Après tout, comme le mentionnait Wolfe, le poison est souvent la méthode préférée des femmes. Nous devons savoir si Lizzy et sa mère sont impliquées.

— Et j'imagine qu'après ça, on les interroge en face à face ?

— Oui, dès que possible. Je vais voir si je peux obtenir des détails sur l'affaire Lizzy Harper, mais il va me falloir une ordonnance du tribunal et pour l'instant, nous n'avons rien sur elle. Je veux toutes les informations que vous pouvez découvrir à son sujet. Notamment si quelqu'un d'autre que son père a pu abuser d'elle.

Jenna se tourna vers Rowley.

— Faites-moi une liste de tous les artisans que les agents immobiliers ont employés pour cette maison et allez voir Stickler. Demandez-lui de venir pour un interrogatoire et observez sa réaction ; s'il semble avoir quelque chose à cacher, contactez Kane en renfort.

— Avez-vous assigné à Walters quelque chose à faire pour passer le temps à l'hôpital ? Il a un ordinateur portable avec lui. Donnez-lui quelque chose à faire, sinon il va jouer au solitaire toute la journée.

Jenna réfléchit un instant puis hocha la tête.

— Oui, appelez-le pour moi, vous voulez bien ? J'aimerais qu'il fouille la base de données du Montana, qu'on voie s'il existe des cas similaires au cours des dix dernières années.

— Bien reçu.

Les adjoints étaient à peine partis que Maggie, la réceptionniste, frappait déjà à la porte.

— Est-ce que je peux faire quelque chose pour vous, shérif ? Vous m'avez l'air épuisée.

Jenna se força à sourire.

— Je vais bien, merci. Juste surchargée de travail. Y a-t-il autre chose ?

— Les nouveaux adjoints sont arrivés. Ils passeront plus tard dans l'après-midi.

Et moi qui pensais que cette journée ne pouvait pas être pire.

10

— Si le mec tatoué est du coin, il est sûrement connu du café Chez Tante Betty ou des commerçants, lança Kane à Wolfe.

— Oui. Je propose de nous séparer, ça ira plus vite. Sauf si vous comptez passer au Triple Z, alors là, mieux vaut être deux.

Le Triple Z était un repaire de motards à quelques kilomètres de la ville, sur la route en direction des montagnes, et Wolfe avait raison, ce n'était pas un endroit où l'on pouvait entrer sans renforts.

— Oui, on devrait peut-être essayer là-bas d'abord. Rien n'illumine plus ma journée que de voir des hommes s'enfuir à toutes jambes à la vue d'un badge.

— Vous voulez dire qu'on les intimide ? dit Wolfe avec un sourire. Avoir l'air méchant peut avoir du bon.

— On va prendre ma voiture. Je vous ramènerai ici sur le chemin du retour. Vous vous chargerez du nord de la ville et moi du sud et comme ça, on pourra couvrir la plupart des commerces et se retrouver chez Tante Betty pour le déjeuner. Je vais appeler Walters, puis on pourra se mettre en route.

— Bien reçu.

Wolfe jeta un coup d'œil à son téléphone.

— Pendant le trajet, je vais voir ce que je peux trouver sur Lizzy Harper et sa mère.

— Si vous trouvez son numéro, je m'arrêterai pour lui parler.

Alors qu'ils étaient bloqués dans les embouteillages, Kane se demanda pourquoi les habitants de Black Rock Falls célébraient toutes les fêtes du calendrier. Certainement que ça faisait marcher l'économie locale. Il se frotta le ventre, heureux de constater que ses abdos ne souffraient pas trop de sa surconsommation de biscuits et autres bonbons faits maison qu'il achetait en grandes quantités sur les étals qui bordaient les rues. Son entraînement physique quotidien avec Jenna le maintenait en forme et il fallait avouer que les compétences du shérif étaient devenues redoutables. Après avoir été kidnappée l'hiver précédent, elle avait changé de manière significative et travaillait dur pour surmonter la réminiscence de ses mauvais souvenirs. Et le fait qu'il devienne son professeur d'arts martiaux avait aussi fait d'eux des amis intimes. Ils avaient noué une relation des plus précieuses et s'étaient promis de ne plus parler du travail pendant leurs moments de détente.

Tout en conduisant, Kane balaya les environs du regard. Le parc ressemblait à une grosse flaque multicolore avec ses chapiteaux à rayures et son château gonflable. Il se hérissa à la vue de deux clowns qui guidaient des enfants sur des poneys et s'empressa de trouver une place de parking.

— Des clowns, marmonna-t-il. Je me demande s'ils sont syndiqués ou quelque chose comme ça.

— Il faut un permis et une assurance pour les tours de poney, dit Wolfe en dégainant son téléphone. On doit pouvoir vérifier ça sur Internet. Je vais devoir me mettre à jour sur les lois locales.

— Bonne idée. Cherchez ça pendant que je vais les voir.

Il se glissa hors du véhicule puis se dirigea vers la file d'enfants qui faisaient la queue, ticket à la main. Alors qu'un clown arrivait à son niveau, il lui tapota l'épaule.

— Bonjour. Je peux vous parler une minute ?

— J'ai des enfants qui attendent.

La lueur d'agacement dans les yeux ambrés de l'homme contrastait avec le sourire factice sur son visage blanc.

Kane le prit par l'épaule et le força à s'éloigner.

— Ce ne sera pas long, dit-il en sortant son bloc-notes. Quel est votre nom ?

— Pourquoi ? Je n'ai rien fait de mal !

Le clown avait un accent français et était visiblement très méfiant.

— Je n'ai pas dit que c'était le cas. Mais vous travaillez avec des enfants et comme vous le savez, il faut un permis et une assurance pour mener ce genre d'activités. Veuillez décliner votre identité s'il vous plaît. À moins que vous ayez envie que je vous passe les menottes devant tout le monde ?

— J'ai un permis, dit l'homme en dézippant son costume pour passer une main à l'intérieur. Mon nom est Claude Bouval. Je travaille avec mon frère, Pierre, qui est mon associé. Il y a nos deux noms sur le permis comme vous pouvez le voir.

Kane recopia les informations, prenant soin de noter l'adresse.

— Où étiez-vous cette semaine ?

— C'est le festival d'automne, nous sommes ici, dans le parc, tous les jours de 9 h à 18 h. Nous logeons au motel de Black Rock Falls et avant que vous demandiez, non, nous n'avons quitté le motel à aucun moment. Nous utilisons le room service pour les repas.

A priori, hors de cause pour le meurtre de Price, donc. Mais ils pourraient très bien faire partie du réseau pédophile.

— Pourriez-vous retirer vos gants, s'il vous plaît ?

— Pourquoi ?

— J'enquête sur un incident impliquant un clown avec une araignée tatouée sur la main. Connaissez-vous quelqu'un qui corresponde à cette description ?

— Non, dit Claude en s'exécutant. Vous voyez ? Pas de tatouages.

Kane leva les yeux et aperçut l'autre clown qui approchait.

— Pierre Bouval ?

— Quelque chose ne va pas ?

— Montre-lui tes mains, lui lança son frère avec un soupir exaspéré. Il cherche un clown avec un tatouage.

— Bien sûr, pas de problème.

Pas de tatouage non plus.

Déçu, Kane tenta un autre angle d'attaque.

— Connaissez-vous un clown du nom d'Amos Price, ou d'autres clowns qui fréquentent les festivals ou vivent à proximité ?

— Nous ne fréquentons pas la concurrence, dit Claude dans un haussement d'épaules. Et puis beaucoup d'entre eux sont clowns un jour, elfes le lendemain. Alors que pour nous, c'est un vrai métier, pas juste une occasion d'enfiler un costume. Enfin, les clowns de rodéo, c'est différent.

— Je ne parle pas des clowns de rodéo, mais de ceux qui travaillent auprès d'enfants.

— Ah. J'en déduis qu'un membre de notre profession a agi de manière... peu professionnelle ?

Le sourire rouge vif de Pierre s'inversa d'une façon presque comique.

— On s'y connaît en agresseurs d'enfants, vous savez. Ils ruinent notre réputation. Mais ce ne sont pas toujours des clowns. C'est un magicien qui a enlevé notre sœur, Angélique, lors d'une fête d'anniversaire. Elle a disparu pendant trois jours, mais a réussi à s'échapper de chez lui pendant que ce monstre dormait. Il a écopé de sept ans de prison.

— Quand est-ce que c'est arrivé ?

— Il y a huit ans, à Blackwater. Elle n'avait que 12 ans à l'époque, expliqua Pierre, les yeux humides. Elle n'a plus jamais été la même depuis. Et malgré les années de thérapie, elle dort toujours avec un couteau sous son oreiller.

— C'est pourquoi je dois trouver cet homme. Comment s'appelle ce magicien ?

— Stuart James Macgregor.

— Merci, dit Kane en griffonnant dans son carnet. Est-ce que d'autres personnes étaient impliquées dans cet enlèvement ?

— Nous ne savons pas. Angélique ne nous a jamais parlé de son calvaire. Quand elle s'est échappée, c'est une femme qui promenait son chien devant la maison de Macgregor qui l'a aidée. Elle l'a emmenée au bureau du shérif et a pu identifier la maison.

— Vous vivez toujours à Blackwater ? demanda Kane en faisant référence à l'adresse sur le permis.

— Non. Nous avons une maison à quinze kilomètres à l'est d'ici. On y a emménagé il y a trois mois. C'est un petit ranch qu'on a acheté à l'ancien maire, monsieur Rockford. Mais Angélique vit toujours chez nos parents à Blackwater.

Il soupira.

— Et comme vous devez vous poser la question, là, tout de suite, on est au motel parce que notre véhicule est en réparation au garage Miller. Vous pouvez vérifier si vous voulez.

— OK, merci.

Kane sortit sa carte et la tendit aux deux hommes.

— Si vous croisez un homme avec un tatouage de veuve noire sur la main, appelez-moi. Ou si vous entendez des rumeurs sur quelqu'un travaillant avec des enfants et agissant de manière inappropriée. Je garderai vos noms en dehors de l'enquête. Je veux juste attraper ce type.

Les deux hommes prirent chacun une carte et hochèrent la tête, puis Kane s'en retourna vers son véhicule.

Alors qu'il s'installait au volant, il lança à Wolfe :

— Nous avons une autre femme qui a été abusée dans son enfance. Son nom est Angélique Bouval. L'incident s'est produit il y a huit ans, à Blackwater. Il y aurait eu un procès, l'accusé s'appelait Stuart James Macgregor. Voyez ce que vous pouvez trouver.

— Est-ce qu'on ajoute la femme à notre liste de suspects ?

— Je pense que toute personne ayant un possible mobile devrait être considérée comme telle, oui. Angélique Bouval est devenue instable après que Macgregor l'a kidnappée et si elle a remarqué que Price agissait de manière inappropriée avec des enfants, elle aurait très bien pu vouloir se venger.

— Intéressant… murmura Wolfe, les yeux fixés sur son

écran. J'ai découvert où Macgregor travaillait juste avant son arrestation. Une société du nom de Party Time, qui emploie Macgregor *et* Price. L'activité principale de cette société est de fournir des numéros de clowns, de magiciens, de pères Noël. Toutes sortes de personnages pour les fêtes et les festivals dans les villes alentour, dont Black Rock Falls et Blackwater. J'ai vérifié la liste des employés sur leur site web, en la comparant au registre des délinquants sexuels. Ils sont tous clean en dehors de Macgregor qui est listé comme disponible, mais avec une capacité de mouvement limitée. Il a le droit de se produire dans la rue, mais pas dans des fêtes privées. Il est étiqueté comme « délinquant sexuel peu dangereux ». Mais je doute qu'il ait beaucoup de travail.

— Intéressant, en effet.

— Et j'ai aussi trouvé le numéro de Rosemarie Harper. Vous voulez lui parler dès maintenant ?

— Oui.

Kane gara le véhicule sur le bas-côté et prit le téléphone de Wolfe pour passer l'appel.

— Bonjour. Rosemarie Harper ? Ici l'adjoint Kane, du bureau du shérif de Black Rock Falls. J'aurais besoin de vous poser quelques questions, dans la plus stricte confidentialité.

Après quelques minutes, il rendit son téléphone à son collègue.

— OK. C'est trop fou pour que je vous explique ça maintenant. Je vous en parlerai après avoir soumis les infos au shérif, dit-il en redémarrant le véhicule.

— Pas de problème. Je sais ce que veut dire *confidentiel*.

. . .

À environ dix kilomètres de la ville, Kane gara le véhicule sur le parking du Triple Z.

— Je me demande combien d'hommes travaillant à Party Time ont réellement des antécédents judiciaires. D'après ce que nous savons de Price, il ne travaillait pas seul. Et il est plus que probable qu'il fasse ça depuis longtemps, il a peut-être même été impliqué dans l'enlèvement d'Angélique Bouval. Mais elle n'a mentionné qu'un seul homme, Stuart Macgregor. Ça ne peut pas être une coïncidence qu'ils aient travaillé au même endroit. S'ils travaillaient en festival ici ou à Blackwater. mademoiselle Bouval aurait très bien pu l'apercevoir en costume et peut-être que ça lui a déclenché un souvenir. Bien que ce type de meurtre nécessite beaucoup de planification.

— Elle aurait pu l'identifier il y a longtemps et mettre des années à planifier son acte. Ce n'est pas quelque chose dont on se remet facilement.

Kane ouvrit la voie jusqu'au Triple Z et s'approcha du comptoir. Dans sa vision périphérique, il aperçut plusieurs hommes qui s'éclipsaient par la porte de derrière et ne put s'empêcher de sourire. Mais il avait d'autres chats à fouetter : pas le temps de leur courir après.

— Qu'est-ce que je vous sers ? demanda le barman au regard fuyant.

— Des informations. Avez-vous un client avec une veuve noire tatouée sur la main ?

— Même si c'était le cas, je vous le dirais pas, répliqua le barman avec une grimace. On n'est pas du genre à balancer ici.

— OK. Je vais voir par moi-même dans ce cas.

Kane se retourna et balaya la pièce du regard. Puis se rapprocha de Wolfe.

— Séparons-nous et jetons un coup d'œil. Je doute qu'on trouve quoi que ce soit.

Après une brève observation, ils retournèrent au véhicule, bredouilles. Et furent surpris de trouver une femme qui les attendait là, appuyée contre la voiture. Jean moulant, un haut qui ne laissait rien à l'imagination, talons aiguilles et rouge à lèvres carmin.

— On peut vous aider, madame ?

— Vous cherchez un homme avec un tatouage de veuve noire ?

— Oui. Vous connaissez son nom ?

— Tout se paie, mon bonhomme. Cinquante balles, dit-elle en se penchant pour montrer ses seins.

— Vingt. À prendre ou à laisser.

— OK, dit la femme en glissant le billet dans son soutien-gorge. Il y a quelques années, peut-être cinq ou six ans, un groupe de motards qui se faisait appeler Les Veuves Noires a débarqué ici depuis Blackwater. Ils avaient tous le même tatouage, sur la main. Juste ici, dit-elle en désignant l'espace entre son pouce et son index. Mais je les ai jamais recroisés depuis.

— On dirait bien que tout nous mène vers Blackwater.

11

Elle se promenait dans le parc, se fondant dans la foule qui mangeait de la barbe à papa et profitait des festivités. Dans un mélange d'odeur de hot-dogs et de crottin, elle s'attarda près des poneys. L'adjoint Kane discutait avec les clowns. Il leur avait donné sa carte, leur avait souri, puis s'était enfui. Alors qu'elle l'observait, un frisson de haine s'était emparé d'elle. Il pouvait très bien être l'un des monstres. Un homme en position de pouvoir, dont personne ne se méfiait. Et il n'avait pas de femme et ne sortait jamais. Cela faisait de lui un candidat de choix. Elle allait peut-être le suivre un moment et voir ce qu'il fabriquait en ville aujourd'hui.

Je vous ai à l'œil, monsieur Kane.

Il lui fallait une excuse pour se déplacer afin de garder Kane en vue. Elle se rapprocha donc d'un des clowns, qui aidait un enfant à enfourcher sa monture. Caressant la crinière de l'animal, elle fit semblant de s'y intéresser.

— Combien de temps restez-vous ici ? J'aimerais bien

emmener ma petite sœur faire un tour de poney. Elle adore les clowns.

— On est là pendant tout le festival, mademoiselle.

Le clown avait un accent français.

— Oh, d'accord, merci, lui lança-t-elle avec un sourire. Nous avons toujours eu des clowns pour les fêtes d'anniversaire de ma sœur. Vous faites ça aussi ?

— Parfois, mais on préfère les festivals. Je suis désolé, mademoiselle, mais je dois y retourner, dit-il en désignant la file d'enfants qui attendaient.

— Oui, oui, bien sûr.

Elle sourit, mais en vérité, elle avait la chair de poule. Fixant son attention sur Kane, elle retraversa lentement la foule et s'assit de l'autre côté du manège à poneys, à côté d'une mère épuisée et de trois enfants visiblement ingérables. De là, elle pouvait garder un œil sur les mouvements de l'adjoint. Comme il se dirigeait vers sa voiture, elle se leva, avec l'intention de le suivre. Il fallait absolument qu'elle sache ce qu'il manigançait et qui il avait sur sa liste de suspects. Elle jeta un coup d'œil à sa montre, prise d'un élan d'excitation. Elle allait bientôt rencontrer le prochain monstre sur sa liste. Il avait été facile à attraper. Elle l'avait pris à son propre jeu, en le brossant dans le sens du poil et l'abruti avait accepté un rendez-vous.

Au matin, un autre monstre serait mort.

12

Jenna observa attentivement les nouvelles recrues. Cole Webber, 28 ans, cheveux bruns et yeux bruns, se présenta le premier, avec un joli accent de Nouvelle-Angleterre. Il avait été transféré depuis Boston et n'était donc pas inexpérimenté. Remarquant son allure assurée, elle lui tendit une main ferme.

— Bienvenue à Black Rock Falls. Asseyez-vous, je vous en prie.

— Ravi d'être à votre service, madame.

Elle se tourna ensuite vers Paula Bradford, une blonde aux yeux verts d'un bon mètre quatre-vingts. Elle, par contre, était en tout début de carrière et n'avait exercé que six mois, à Helena.

— Ce n'est pas rien de quitter votre famille pour venir ici.

— Oh, vous savez, je viens d'une famille nombreuse. Croyez-moi, un peu de solitude ne me fera pas de mal, dit

Paula tout en s'asseyant. Merci beaucoup de nous loger, j'aime beaucoup mon appartement.

— Oui, merci beaucoup, répéta Webber.

Il hésita un instant, puis ajouta :

— Même si, à ce que j'ai cru comprendre, c'est la maison d'un ancien adjoint, mort en service ?

Jenna s'éclaircit la gorge.

— Oui, Pete Daniels, un membre estimé de notre équipe. Mais il n'a pas été tué chez lui, si ça peut vous rassurer. De plus, c'est sa famille qui a fait don de la maison au bureau du shérif.

— Ses assassins sont-ils en prison ?

— Ils sont morts.

L'esprit de Jenna se brouilla alors qu'elle se remémorait avoir tué son agresseur. Le bruit des os brisés, le couteau sous sa gorge, les coups de feu et le sang. Ses mains se mirent à trembler et elle serra les poings.

— Jenna ?

La voix inquiète de Kane vint la ramener à la réalité. Elle cligna des yeux et l'aperçut dans l'embrasure de la porte, puis remarqua l'expression confuse des petits nouveaux. *Oh, mon Dieu, mais ça fait combien de temps que je suis paralysée ?*

Se forçant à ranger ces souvenirs dans un coin de sa tête, elle essaya de sourire.

— Adjoint Kane, j'aimerais vous présenter Cole Webber et Paula Bradford, qui commencent dès demain. Je vais avoir besoin que tout le monde fasse des heures supp' ce week-end, malheureusement. Demandez à Wolfe de les *briefer* sur l'enquête en cours. Et venez me faire votre rapport dès que vous aurez terminé.

— Oui, madame. J'ai parlé à Rosemarie Harper. Et je suis allé vous chercher de quoi déjeuner, dit-il en déposant du café et un sac de chez Tante Betty sur le bureau.

Elle jeta un œil à l'horloge ; il était déjà plus de 14 h.

— Merci, j'ai été très occupée. On se voit demain matin, lança-t-elle aux deux nouveaux.

Dès l'instant où ils quittèrent la pièce, Jenna enfouit son visage dans ses mains. Les flash-backs de son enlèvement s'étaient un peu atténués, mais ils étaient toujours là, prêts à ressortir à tout moment. Elle se sentait si mal de passer pour une idiote devant ses nouveaux adjoints. Mais Kane la couvrirait, comme il l'avait fait tout au long de cette épreuve.

Adossée à son siège, elle sirota son café, puis jeta un coup d'œil dans le sac et sourit. Dinde et pain de seigle, son sandwich préféré. Elle en prit une bouchée alors que la porte se rouvrait. Kane vint s'installer en face d'elle, se laissant tomber sur une chaise.

— Merci, dit-elle en ravalant sa salive. Je n'avais même pas remarqué que j'avais sauté le repas.

— Est-ce que tout va bien, Jenna ?

— Nous discutions de la mort de Pete et… j'ai eu un flash-back. J'espère que ça n'a pas duré trop longtemps.

— Je ne pense pas, dit Kane avec un demi-sourire. Webber s'est simplement dit que Pete devait beaucoup compter pour vous et il s'est senti un peu bête d'avoir abordé le sujet. Vous savez, on est tous affectés par ce qui est arrivé à Pete, mais il faudrait vraiment que vous alliez consulter, Jenna. Le stress post-traumatique, ce n'est pas un mythe. C'est une vraie maladie qu'il ne faut pas prendre à la légère.

— Vous êtes bien placé pour parler. L'autre soir, pendant

le film, vous vous êtes endormi, puis vous vous êtes réveillé en sursaut et m'avez attrapée à la gorge, je vous rappelle.

— C'était juste un cauchemar, dit-il en haussant les épaules. Et je n'étais pas en Afghanistan, je vous défendais contre un zombie ! Je ne devrais peut-être pas regarder ce genre de choses avant de dormir. La prochaine fois, c'est moi qui choisis le film, OK ?

— OK, dit-elle avec un sourire.

Léchant la mayonnaise sur ses doigts, elle ajouta :

— Trêve de plaisanterie, on du neuf ?

Kane lui expliqua les détails à propos de la sœur du clown, la connexion entre Macgregor et Price, qui travaillaient tous deux à Party Time et sa visite au Triple Z.

— Nous avons vérifié environ la moitié des entreprises locales et demandé aux serveuses de chez Tante Betty. Susie Hartwig dit connaître quelqu'un avec ce tatouage. Elle a dansé avec, au bal du rodéo, l'été dernier. Un blond, cinquantaine d'années, ventre à bière. Elle pense l'avoir recroisé en ville. Elle a dit qu'il était malpoli et qu'il sentait mauvais. Et qu'il avait des yeux étranges. J'ai essayé de la pousser à me donner une description plus détaillée, mais elle ne se souvenait pas de grand-chose.

— C'est un bon début, dit Jenna avec un soupir. Je n'ai pas pu accéder aux dossiers du procès Lizzy Harper. Ils sont scellés, je n'ai rien.

— J'ai une autre information. J'ai appelé Rosemarie Harper et je lui ai dit que nous enquêtions sur une affaire similaire à celle de sa fille et que nous avions besoin de son aide. Elle a d'abord refusé, mais dès que j'ai dit que plusieurs hommes semblaient être impliqués, elle s'est montrée plus intéressée. Elle a récemment découvert que son mari n'était pas le père du fils de Lizzy. L'enfant est tombé malade, il y a un an, une maladie génétique. Le médecin a donc effectué un test ADN, qui a prouvé que ce n'était pas lui, le père. Et comme Lizzy refuse de raconter quoi que ce soit, sa mère est persuadée que c'est la preuve qu'elle a été abusée par au moins un autre homme en plus de son père.

— Voilà qui ne me rassure pas. Autre chose ?

— Les Harper vivent à un pâté de maisons de la scène de crime. Et Lizzie est sous traitement médical, elle souffre d'accès de colère assez violents.

— Je vois où vous voulez en venir. Mais il me faut des preuves.

— Je n'en ai pas, mais j'ai une théorie. Vous voyez, de nombreuses personnes en ville font appel aux Harper pour leur service de nettoyage, notamment après les fêtes d'anniversaire, ou autres événements pour enfants. Aussi, il n'est pas totalement déraisonnable de s'imaginer qu'elles aient pu croiser les clowns, voire qu'elles les aient surpris en train de faire des choses pas très catholiques à des enfants. Si elle souhaitait se venger, Lizzy a très bien pu se faire passer pour une enfant que Price avait rencontrée en tant que clown et lui demander de la retrouver à la maison.

— Ça se tient. D'autant plus qu'elle avait un passe-partout. Mais est-ce qu'elle fréquente les salons de discussion que vous mentionniez ?

— Si elle regarde ne serait-ce qu'un peu la télé, je suis sûr qu'elle est déjà tombée sur une de ces émissions qui parlent du danger d'Internet. Il est de notoriété publique que les prédateurs se font passer en ligne pour des enfants. Il y en a tellement qui rôdent sur Facebook que le FBI ne peut pas tous les attraper. J'ai fait des recherches sur la fréquence des cas : il y en a des milliers en cours dans le Montana. C'est une vraie épidémie.

— Oui, Rowley ? demanda Jenna alors que le jeune adjoint passait sa tête dans l'embrasure de la porte.

— J'ai monsieur Stickler dans la salle d'interrogatoire. Il nous a suivis sans problème, mais semble un peu confus quant à la raison pour laquelle vous souhaitez lui parler. Voici la liste des artisans auxquels l'agence fait appel pour les propriétés qu'elle gère, expliqua-t-il en s'avançant vers le bureau. J'ai surligné ceux qui ont travaillé sur les lieux de crime. Autre chose : les propriétés appartenant à Rockford étaient toutes gérées par l'agence. Les mêmes passe-partout leur donnent accès à toutes. Le service de nettoyage en a un et Stickler aussi.

— OK, merci. Je vais ajouter cette info sur le tableau et la mettre au dossier plus tard. Ne faisons pas attendre monsieur Stickler.

Elle griffonna rapidement sur le tableau blanc puis s'empressa de quitter la pièce.

Stickler, âgé d'une vingtaine d'années, était maigre, musclé et transpirant. Il était visiblement nerveux. Jenna s'assit à côté de lui et lui sourit.

— Merci d'être venu. Voici l'adjoint Kane. Ça vous dérange si on enregistre l'entretien ?

— Mais c'est quoi, cette histoire ? J'ai rien fait, je vous jure ! Allez-y, enregistrez l'entretien, mais je vous rappelle que vous ne m'avez pas lu mes droits.

On dirait que quelqu'un à des choses à cacher.

Jenna alluma l'enregistreur.

— Vous n'êtes pas en état d'arrestation, monsieur Stickler. Ce que vous nous dites aujourd'hui ne serait pas recevable au tribunal si une audience avait lieu. C'est une simple discussion dans le cadre d'une enquête en cours. Pour information, il est 14 h 30 et dans la pièce avec monsieur Adam Stickler se trouvent le shérif Jenna Alton et son adjoint David Kane. Monsieur Stickler s'est porté volontaire pour nous parler aujourd'hui, après que mademoiselle Alison Saunders, agent immobilier, a découvert le corps d'un homme dans la propriété située au 3 Maple Lane. Je suppose que vous y avez travaillé récemment, monsieur Stickler ?

— Un corps ? C'est quelqu'un que je connais ? s'écria l'homme en blêmissant.

— Veuillez répondre à la question, lâcha sèchement Kane.

— Je devais fixer de nouvelles poignées sur les armoires de la cuisine. J'ai terminé la semaine dernière, le vendredi matin.

Jenna se pencha en avant.

— Vous étiez là avant l'équipe de nettoyage ? Je veux dire, est-ce que l'endroit avait l'air d'avoir été nettoyé, comme avant une visite ?

— Non, j'étais là avant. Mademoiselle Saunders m'a dit de partir pour midi et je suis parti vers 11 h.

— Sauriez-vous me donner le détail de vos déplacements entre vendredi et mercredi ?

— Oui. Samedi, j'ai travaillé à Blindman's Peak, sur le toit du vieux Starkey. J'y suis resté toute la journée. Le dimanche, j'étais avec mes parents. Puis, de lundi à jeudi, je suis retourné finir le toit de monsieur Starkey. Je peux vous donner leurs numéros, si vous voulez vérifier, lança-t-il avec un regard méfiant.

Après les avoir notés, Jenna ajouta :

— Connaissez-vous un homme du nom d'Amos Price ?

— Jamais entendu parler. Non, attendez une minute ! Si, son nom me dit quelque chose ! Est-ce que ce ne serait pas le clown que mes parents engageaient pour les fêtes d'anniversaire de mes sœurs quand nous vivions à Blackwater ? Je suis l'aîné de sept, vous savez. Six filles.

— Oui, c'est lui qu'on a retrouvé mort dans la maison sur Maple Lane. Saviez-vous qu'Amos Price était un pédophile ?

— Quoi ? Non ! Doux Jésus.

Une lueur d'angoisse s'invita dans les yeux du jeune homme.

— Est-ce que vous pensez qu'il est impliqué dans la disparition de ma sœur ?

— Je ne suis pas sûre, dit Jenna en lui servant un verre d'eau. Saviez-vous que votre mère avait déposé plainte contre lui, pour comportement inapproprié ?

— Non, je ne savais pas. Je me souviens juste que les flics sont venus quand Jane a disparu. Je suppose qu'ils ont enquêté sur lui. Mais j'en ai aucune idée, j'étais tout gamin.

— OK.

Jenna se pencha en arrière, jouant la carte de la nonchalance. Stickler s'énervait beaucoup trop. Était-ce sincère ou bien une ruse pour cacher qu'il était coupable ?

— Il y a combien de temps que votre sœur a disparu ?

— Huit ans, dit Stickler, les yeux voilés de larmes. Mais si le type est mort, on ne la retrouvera jamais, n'est-ce pas ?

Il but à grandes goulées pour s'empêcher de pleurer.

— On va faire tout ce qu'on peut pour la retrouver, ça fait partie de notre travail. Mais on a besoin de votre aide. Ce qu'on cherche à savoir, c'est si Price avait des amis, expliqua Kane, le regard dur. Est-ce que vous vous souvenez s'il travaillait en duo avec un autre clown ? L'avez-vous déjà vu avec quelqu'un ?

— Oui, je me souviens d'un magicien, qui se faisait appeler le Grand Dungini. Et d'un autre clown, mais je ne me souviens d'aucun autre nom.

Le regard figé de Stickler laissait croire qu'il était sincère, traumatisé même.

— Je pourrais demander à mes parents, ils ont probablement des photos. Ils en prenaient des tonnes et des vidéos aussi. Même si j'imagine que ça va être difficile de les identifier avec tout ce maquillage.

— Merci beaucoup, monsieur Stickler, vous nous avez été d'une aide précieuse. Toute image serait fort appréciée, effectivement. Entretien terminé à 14 h 50, dit Jenna en stoppant l'enregistrement. L'adjoint Kane va vous laisser son contact. Si vous pensez à quoi que ce soit d'autre, appelez-nous.

— Ce sera fait, madame. Je peux y aller, maintenant ?

— Oui.

Jenna passa son badge sur le scanner de la porte, qui s'ouvrit devant elle. Décidément, Wolfe avait fait du bon travail.

— L'adjoint Rowley va vous raccompagner vers la sortie.

Après avoir refermé derrière eux, le shérif se tourna vers Kane.

— Vous en pensez quoi ?

— D'après sa réaction en apprenant la mort de Price, ce n'est pas lui, le tueur. Le problème, c'est qu'il est très en colère et qu'il croit que sa sœur est encore en vie, ce qui, après tant d'années, relève plus ou moins du délire. Et on sait que Stuart Macgregor est magicien, c'est très certainement lui le Grand Dungini. Espérons juste que Stickler ne cherchera pas à se venger s'il pense que Macgregor est impliqué.

— Ah, ça, je n'espère pas. On a déjà assez de soucis comme ça.

13

Attirer le prédateur dans sa toile était un jeu d'enfant. Avec quelques mots au sujet de son appréhension à faire le mur, elle finit par le convaincre de la rencontrer au motel de Black Rock Falls. L'endroit était parfait. On pouvait y louer une chambre pour une heure ou deux et le propriétaire acceptait tout le monde sans commentaire. Des cow-boys de rodéo avec leurs aventures d'un soir jusqu'aux fans de hockey venus soutenir leur équipe favorite. Et puis les hommes comme lui aimaient les chambres de motel. Elles contiennent tellement de traces ADN qu'il est difficile d'en déduire quoi que ce soit.

Elle lui demanda de laisser la clé sous le grand arbre à côté du portail de l'école et promit de l'y rejoindre à 19 h. Après l'avoir observé faire ce qu'elle lui avait demandé, elle attendit que son 4x4 tourne au coin de la rue. Puis, en passant devant l'école, elle fit mine de faire tomber les oranges qu'elle portait dans un sac en papier et se baissa pour récupérer la clé.

En arrivant chez elle ce soir-là, elle consulta ses messages et passa quelques appels nécessaires, avant de se grimer en jeune adolescente. Avec son petit mètre soixante et des œufs au plat à la place des seins, elle pouvait facilement passer pour plus jeune. En journée, elle portait des talons et se coiffait de manière travaillée, ce qui lui donnait l'air plus grande et son soutien-gorge rembourré donnait à sa silhouette un aspect plus voluptueux. Et une fois maquillée, elle faisait complètement ses 21 ans, voire plus.

Après avoir enfilé des gants chirurgicaux et un sweat à capuche, elle traversa sa cuisine pour se rendre dans le garage. Elle avait choisi une berline blanche, comme il y en avait tant en ville. Le motel était le lieu parfait : aucune caméra de surveillance et les grands érables qui entouraient la cour lui permettraient d'entrer sans se faire remarquer.

Elle arriva à six heures et demie et se glissa hors de la voiture, laissant les clés cachées sur le dessus d'une des roues puis, tapie dans l'ombre, traversa le parking du motel. Le monstre avait suivi ses instructions et pris une chambre à l'arrière. La dernière, la plus proche des arbres. *Quel idiot.* Jetant un coup d'œil autour d'elle, elle traversa la cour en trottinant puis utilisa la clé pour entrer.

Elle poussa un soupir de soulagement en trouvant la chambre vide. Puisque l'homme semblait chasser en meute, elle aurait des ennuis s'il décidait de ramener ses amis. Après avoir retiré son manteau, elle sortit de son sac un long pic à brochette en métal et le glissa sous l'oreiller. Pas de poison cette fois-ci. Celui-là méritait un traitement spécial.

Jetant un coup d'œil à l'heure, elle éteignit et attendit qu'il arrive. À sept heures moins cinq, un véhicule s'arrêta à l'extérieur et elle vit la lumière scintiller sur son crâne chauve alors que l'homme se dirigeait vers la porte. Son cœur battait à toute allure. L'homme était grand et pourrait très bien lui tordre le cou.

Si le plan échouait, elle serait à sa merci.

Avant qu'il ne passe la porte, elle se glissa dans la salle de bains et se tint sous la lumière venue de l'extérieur, pour qu'il ne voie sa silhouette qu'à contre-jour. Elle se délectait déjà à l'idée de le tuer. Elle allait jouer son rôle jusqu'au bout, puis le faire payer.

— T'es là ? demanda l'homme d'une voix stridente.

Elle prit une grande inspiration pour se calmer, puis gloussa. Ils adoraient quand elle faisait ça.

— Oui, je suis là. Tu as apporté toutes les choses que je t'avais demandées ?

— Oui. Mais pourquoi les bas et le bandeau ? Je ne veux pas que tu portes des bas, j'aime mieux les filles au naturel. Je peux allumer pour mieux te voir ? Tu es si jolie.

— Pas encore, je suis timide, dit-elle en jouant avec ses cheveux. Tu m'as l'air plus vieux que sur ta photo. Je croyais que tu avais 18 ans.

— Je me rase la tête pour paraître plus vieux.

Il lui lança un regard triste.

— OK, j'ai un peu menti sur mon âge. Mais je voulais tellement te rencontrer.

— C'est pas grave, dit-elle en gloussant de plus belle. Tu aimes jouer à des jeux ?

— Oh, oui, j'adore ça. Qu'est-ce que tu as en tête ?

— J'ai espionné ma grande sœur et son petit ami. Quand ils faisaient du baby-sitting et pensaient que je dormais. Je t'ai demandé d'apporter ces choses parce que je veux faire tout pareil qu'eux.

— Ça m'a l'air amusant. Qu'est-ce qu'ils faisaient exactement ?

— Eh bien, ma sœur a attaché son mec au lit avec des bas et elle lui a bandé les yeux. Puis elle est montée à califourchon sur lui.

L'homme en rugit de plaisir.

— Ça te tente ?

— Oui, oui, faisons ça, ça me tente bien.

Sa voix tremblait alors qu'il se débarrassait de ses vêtements puis sortait les objets du sac. Il ouvrit un paquet de préservatifs et lui sourit.

— Pourquoi ne pas te déshabiller et venir ici pour m'attacher.

Dégoûtée par son regard lubrique, elle secoua la tête.

— Non. Les yeux bandés d'abord. Je suis timide. On fera à ta manière la prochaine fois, d'accord ?

— Bien sûr. Il y a beaucoup de jeux auxquels jouer. Je peux t'en faire découvrir plein. On va bien s'amuser…

Il enfila le bandeau puis s'allongea sur le lit.

— Allez, viens, je ne peux plus attendre.

Elle récupéra les bas qu'il avait déposés en boule sur le lit, puis alluma la radio, à plein volume.

— Je n'ai pas envie qu'on nous entende.

— Oui, tu as raison. Très bonne idée.

Elle se déplaça rapidement et lui attacha les chevilles, puis chevaucha son gros ventre pour attacher ses poignets à la tête de lit. Sa respiration ponctuée de gémissements et d'encouragements lui donnait la chair de poule. Alors, elle fit glisser la broche en métal de sous l'oreiller. Comme il était solidement attaché, elle se pencha pour allumer la lampe de chevet et souleva son bandeau.

— Regarde-moi.

Une expression de terreur s'invita sur le visage de l'homme.

— Mais t'es qui, bon sang ? T'es flic ?

— Pas exactement, non. Je suis ici pour te tuer.

Elle appuya fortement sur sa poitrine, sentant son cœur battre contre ses paumes et le regarda droit dans les yeux.

— Qu'est-ce que ça fait de savoir que tu vas mourir ?

— Pas si je te tue en premier, salope !

— Je te souhaite bonne chance.

À la vue de cet homme pathétique qui tremblait devant elle, elle ne ressentait plus aucune peur. Mais elle ne pouvait pas non plus avoir pitié de lui. Elle les détestait, les hommes de son espèce.

— Je vais te tuer de la manière la plus douloureuse possible. Tout comme j'ai tué ton pote.

— Mais pourquoi ?

Son visage était devenu cramoisi.

— Pourquoi ? répéta-t-elle, abasourdie. Mais pour toutes les jeunes filles que tu as agressées, enfin ! C'est ce qu'on appelle le karma, mon vieux.

Elle appréciait l'observer se débattre et la façon dont ses yeux étaient exorbités. Elle avait réussi à le terroriser, tout comme il terrorisait ses victimes.

— Ton ami est mort lentement, très lentement. Toi, ce sera plus rapide, mais tellement plus douloureux.

— Tu n'as pas besoin de me tuer. Je te donnerai de l'argent, tout ce que tu voudras ! lança l'homme entre deux sanglots. Tu veux quoi ?

— La justice ! Ouvre la bouche.

À sa grande surprise, il obtempéra et elle lui enfonça des chaussettes dans la gorge. Enfin, elle prit une grande inspiration et lui enfonça le pic jusqu'au fond de l'oreille. Alors que les cris étouffés emplissaient la pièce, elle ne ressentait rien. Aucun remords, aucun regret. Son esprit était comme vide. Ce type était un nuisible et elle, elle était simplement là pour débarrasser le monde des sales bêtes comme lui. Alors que la vie s'échappait de l'homme dans une agonie infâme, elle se pencha vers lui et lui murmura :

— C'est bien fait pour toi.

Il tressaillit dans un dernier frisson et ses yeux, dont on ne voyait plus que le blanc, demeurèrent fixes. Elle retira le pic à brochette et l'essuya sur l'oreiller avant de l'emballer dans un sac en plastique. L'instant d'après, elle sortit un rouleau de scotch et en tamponna méticuleusement une bande sur le lit, retirant du drap une myriade de preuves de sa présence. Satisfaite qu'il ne reste plus rien d'elle, elle vida le portefeuille de l'homme pour faire croire à un vol, puis rassembla ses affaires et s'éclipsa.

Va pourrir en enfer, ordure.

14

SAMEDI

Tôt le lendemain matin, après leur séance d'entraînement habituelle, Kane se rendit chez Jenna pour boire un café. Le chien de Saint-Hubert dormait à ses pieds. Un appel au refuge pour animaux leur avait révélé que celui-ci s'appelait Duke et que, malgré les apparences, il n'avait que 5 ans et était un excellent pisteur. Et après avoir bu, mangé et pris un bain, il avait déjà bien meilleure mine.

— J'espère avoir le temps de passer chercher les chevaux demain. Ça pourrait nous être utile pour l'enquête. J'ai réparé le corral hier soir et les box dans la grange sont en parfait état. Tout ce qu'il manque, c'est un peu d'équipement et du foin.

— Est-ce que vous avez vraiment l'argent pour tout ça ? lui lança Jenna. Vous avez dépensé une fortune en viande pour Duke, plus que vous ne le faites pour vous-même ! Et la facture vétérinaire va être salée.

Il sourit en caressant son chien.

— Non, pas de souci, j'ai l'argent. Et c'était hors de question pour moi de le renvoyer au refuge, surtout si c'est un pisteur. Une fois remis en forme, il fera un atout de taille pour l'équipe, vous verrez. Et puis j'aime sa compagnie, je suis sûr que vous apprendrez à l'aimer.

— Mais je l'aime déjà, il a de ces yeux. J'espère juste que Walters ne se vexera pas trop d'avoir un homonyme.

— Non, il a dit qu'il était habitué. Apparemment, Duke est un nom très répandu chez les limiers.

Le téléphone de Jenna les interrompit au milieu de la conversation.

— Ici le shérif Alton. Oui, monsieur Ricker, je vous écoute. Qu'est-ce qui se passe ?

Kane put lire sur son visage une incrédulité qui ne présageait rien de bon.

— Ne touchez à rien, fermez la porte et gardez Rosa dans votre bureau jusqu'à notre arrivée. Je vais envoyer quelqu'un dès que possible.

Elle raccrocha et appela instantanément Rowley.

— Rendez-vous au motel de Black Rock Falls et attendez-nous là-bas. La femme de ménage a trouvé un corps attaché à l'un des lits. Sécurisez la scène jusqu'à notre arrivée. Je contacte Wolfe.

— Je m'en charge, interrompit Kane, allez vous habiller.

— Non, mais pourquoi les gens veulent tous mourir pendant mes jours de congé ? Ils se concertent ou quoi ?

— C'est pas de chance. Vous voulez que je m'occupe de ça sans vous, madame ? Pour que vous puissiez vous reposer un peu ?

— Alors que c'est le deuxième corps en une semaine ? Hors de question ! Je veux être présente du début à la fin.

Jenna s'agitait dans tous les sens et ses cheveux noir corbeau étaient sens dessus dessous.

— Espérons que ce ne soit pas un nouvel homicide. À force, Black Rock Falls va finir par devenir célèbre pour ça.

Une demi-heure plus tard, Kane garait son véhicule sur le parking du motel, à côté de celui de Wolfe. Rowley émergea de l'accueil pour venir à sa rencontre, le visage blême et habillé d'une expression sinistre.

— Qu'est-ce qu'on a ?

— Un homicide. Très clairement. Un type dans une des chambres à l'arrière, attaché au lit avec des bas et avec du sang qui a coulé de son oreille. Wolfe y est en ce moment même.

— Avez-vous pris les déclarations de Rosa et de monsieur Ricker ? Je suppose qu'elle a trouvé le corps alors qu'elle s'apprêtait à nettoyer la chambre ?

— Oui, c'est ça. La chambre a été louée hier. Le patron pense que c'était pour un « rendez-vous galant », si vous voyez ce que je veux dire. C'est courant par ici. Les gens font exprès de prendre ce côté du motel, un peu plus à l'écart, pour ne pas être vus. On a un SUV garé sur le parking, appartenant à un certain Ely Dorsey, qui est visiblement notre victime.

— Je vois. D'autres clients séjournant de ce côté du motel ?

— Non, c'est le seul. Et Ricker a dit qu'à part le véhicule de Dorsey, il n'avait pas vu d'autres voitures garées ici. Mais Rosa a remarqué une berline blanche alors qu'elle revenait de chez elle. Modèle dernier cri, garée sur la route un peu plus loin. Elle a dit que c'était assez inhabituel de voir une voiture à cet endroit, parce que les arbres laissent tomber des fruits qui ruinent la peinture. La voiture était partie au matin, quand elle est revenue.

— Est-ce qu'elle a su dire à quelle heure elle l'a vue ?

— Vers 19 h hier soir. Elle travaille très tôt le matin, puis prend une pause, rentre chez elle, et revient pour le service du soir, 19 h-21 h.

— Savez-vous à quelle heure la victime est arrivée ?

— Il est venu chercher la clé en milieu de journée et a payé pour la nuit. J'ai localisé sa cabane dans les montagnes. C'est à environ un kilomètre de chez Amos Price. Il est possible qu'ils se connaissaient, mais les montagnards ne sont pas très sociables généralement. Dorsey a dit à Ricker qu'il était en ville pour le festival d'automne.

Kane réfléchit un instant.

— Attendez une minute, Ely Dorsey ? Bon sang ! Je suis quasiment certain d'avoir vu son nom sur la liste des employés de Party Time ! Il pourrait avoir travaillé avec Price.

— Qu'est-ce qu'on a ? lança Jenna, qui les rejoignait.

— Un autre homicide, madame. Il a réservé ici sous le nom d'Ely Dorsey. Je me demande si c'est le même homme qui travaille pour Party Time.

— C'est assez simple à découvrir. Je vais vérifier en ligne.

Jenna extirpa son smartphone et effectua rapidement la recherche.

— Oui, reprit-elle, il y a un clown du même nom juste ici. C'est bien lui, sa photo correspond à son permis de conduire. C'est à croire que quelqu'un fait le travail à notre place.

— Qu'est-ce que vous voulez dire ?

— Allons, Kane, un peu de jugeote ! Zoé a dit que quatre hommes lui rendaient visite. Et si Ely Dorsey était l'un d'entre eux, alors quelqu'un nous a doublés et s'improvise justicier, expliqua-t-elle, furieuse. Les gens en colère se fichent des lois et prennent les choses en main sans se soucier des conséquences. Ou peut-être que cette personne veut éviter aux enfants d'aller en procès. Demandez à n'importe quelle femme victime de violences conjugales, elle préférera toujours voir son agresseur mort, histoire d'être sûre qu'il ne fasse plus jamais de mal à personne. Moi-même, quand les hommes qui m'ont agressée sont morts, je n'ai rien ressenti. Aucune pitié, absolument rien. Rien, à part du soulagement.

— Je suis sûr que la plupart des femmes seraient d'accord avec vous. Et la plupart des hommes aussi, dit Kane avec un long soupir.

— Quelqu'un pourrait connaître les noms des agresseurs et se venger. Mais si les hommes portaient des masques, Zoé pourrait-elle identifier Ely ? Je suggère que nous ciblions ses associés de Party Time et que nous découvrions s'ils sont impliqués ou non.

— Ça, c'est si on arrive à les trouver avant qu'ils ne se fassent assassiner. interrompit Rowley, en détournant le regard. Ces hommes sont un groupe assez soudé. Ils ne se dénonceront pas entre eux.

— Ça va peut-être changer quand ils découvriront qu'Ely aussi a été tué. Ils vont vivre dans la peur.

Jenna releva la tête, d'un air déterminé.

— Les pédophiles les aiment jeunes, mais le tueur n'est

probablement pas un enfant. Peut-être plutôt un proche, un parent assoiffé de vengeance. Dans tous les cas, si réseau pédophile il y a, nous devons les arrêter. On dirait bien que je vais devoir passer un autre appel au FBI.

— Ils n'ont rien sur Price, interrompit Kane en haussant les épaules. J'ai vérifié et il n'était même pas listé comme délinquant sexuel, il n'avait aucun antécédent.

— Et maintenant qu'il est mort, ils n'ont plus de dossier à poursuivre, mais je vais quand même les tenir informés.

Jenna lâcha un long soupir exaspéré.

— Ils ont des enquêtes en cours dans tout l'État. Avec un peu de chance, les autres hommes du réseau pédophile tomberont dans leurs filets.

Kane secoua la tête.

— Avec Internet, ils peuvent opérer dans tout le pays, vous savez. Trouver qui est impliqué va prendre un temps fou.

— Alors, on presse leurs amis comme des citrons, jusqu'à ce que quelqu'un crache le morceau. Quelqu'un doit bien savoir quelque chose sur ces hommes ! Les gens d'ici adorent les ragots. Même s'il est vrai que les prédateurs savent garder leurs prédilections secrètes. Mais ils ont travaillé ensemble ! Il doit bien y avoir un lien. Quelqu'un qui les connaît tous les deux ! Bougez-vous et trouvez-les, nom de Dieu !

Kane avait bien remarqué combien le shérif était agité et dans un effort pour la calmer, baissa un peu la voix.

— Nous travaillons tous jour et nuit sur cette affaire, Jenna.

— Je sais, mais je veux des résultats, lança Alton, impitoyable.

Après avoir passé une main nerveuse dans ses cheveux,

elle ajouta :

— Quelle chambre ?

— La victime est par ici, madame, dit Rowley, en lui montrant le chemin. Cet homicide est très différent du précédent.

— D'accord. Êtes-vous déjà allé voir ? ajouta-t-elle avec un regard vers Kane.

— Non. Je viens d'arriver. Mais Wolfe y est déjà.

Une fois arrivés devant la porte déjà ouverte de la chambre, ils s'équipèrent de combinaisons et balayèrent la zone du regard.

— L'endroit est parfait pour commettre un meurtre. Pas de caméras de surveillance et des arbres qui cachent la vue. On peut aller et venir à sa guise.

— Parfait pour tuer quelqu'un ou parfait pour des relations sexuelles avec des mineures ? lança Jenna en fronçant les sourcils.

Kane passa la tête par la porte et salua rapidement Wolfe. La victime était nue et attachée au lit, un préservatif toujours en place, et une sorte de bâillon enfoncé dans la bouche. Un bandeau reposait sur son front et le visage de l'homme était d'un violet profond.

— Un jeu sexuel qui a mal tourné ?

— Non, je ne pense pas. C'est un homicide doublé d'un vol. On a pillé son portefeuille.

— OK, laissez-moi jeter un coup d'œil, lança Jenna avec un regard inquisiteur. Qu'avez-vous trouvé dans ses effets personnels ? Y a-t-il quoi que ce soit qui le relie à l'affaire Price ?

— Oui et non, dit Wolfe avec un soupir. Chocolats, vin,

préservatifs. Son portefeuille et ses vêtements sont là. Pas de liquide. Il avait peut-être rendez-vous avec une prostituée, mais si c'est le cas, elle portait des gants. Je n'ai trouvé aucune autre empreinte que celle de la victime sur son portefeuille. Il y en a des centaines d'autres dans la pièce, mais bien trop nombreuses pour être prises en compte.

— Les prostituées ne tuent généralement pas leurs clients, c'est mauvais pour les affaires. Et elles ne portent pas de gants non plus. Premières impressions ?

— Il a une cicatrice sur le côté droit qui correspond à la description que Zoé a faite d'un de ses agresseurs. Mais il faut dire que ces cicatrices sont assez courantes, typiques d'une appendicite. Je ne suis pas sûr à cent pour cent, mais je pense qu'il a été poignardé dans l'oreille avec quelque chose comme une aiguille à tricoter. Je vous donnerai la cause définitive après l'autopsie.

Il lâcha un long soupir.

— Ce serait un peu extrême pour une partie de jambes en l'air sado-maso, mais notre victime était manifestement là pour du sexe et comme son portefeuille est vide, je suggère que nous regardions quand même du côté des prostituées locales.

— Je ne pense pas, répliqua Jenna. De ce que j'en sais, elles travaillent toutes à l'hôtel Cattleman, sans se faire remarquer. Je n'ai pas l'impression qu'il y en ait qui acceptent les rendez-vous à l'extérieur. Et depuis que je suis ici, nous n'avons jamais eu aucune raison d'inculper l'une d'entre elles. Je n'ai jamais pu prouver qu'elles acceptent de l'argent pour des prestations sexuelles, expliqua-t-elle en mâchouillant son stylo. Et ce meurtre est beaucoup trop complexe. On sait que l'homme était clown et qu'il travaillait chez Party Time avec Amos Price. Mais on n'a rien qui prouve qu'il était impliqué dans le réseau pédophile. Sauf si jamais Zoé arrivait à se souvenir d'un détail et pouvait nous aider à l'identifier. Dans ce cas, on pourra creuser la piste du justicier autoproclamé. Des suggestions ?

Elle lança un regard inquiet vers Kane.

— Deux meurtres en une semaine. Oui, je n'exclus pas cette possibilité pour l'instant. Si c'est un complice de Price, je suis d'accord, le tueur pourrait avoir mis le meurtre en scène exprès pour nous, pour nous laisser dans l'attente.

— Mais il se peut aussi que ce ne soit pas du tout lié au meurtre de Price. J'ai très hâte de voir ce que va donner l'autopsie. Des suspects ?

— Ça dépend, dit Kane en feuilletant ses notes. Si on part sur la piste du tueur justicier et qu'on inclut les femmes ayant été abusées dans leur enfance, alors Lizzy Harper et Angélique Bouval correspondent au profil. 18 à 25 ans environ, toutes deux fortement traumatisées et mentalement instables. Mais il faut aussi prendre en compte le fait que ces hommes voyageaient et ont très bien pu abuser d'enfants dans d'autres villes. Ce ne serait pas déraisonnable de s'imaginer que le tueur a fait le chemin jusqu'ici exprès pour les tuer.

— Vous voulez dire une personne qui a été agressée par eux quand elle était enfant et qui se vengerait à l'âge adulte ?

— Peut-être bien. Il faut qu'on enquête sur tout ce qui a pu se passer jusqu'au moins dix ans en arrière. Rowley, est-ce que vous vous souvenez avoir entendu parler de cas similaires quand vous étiez enfant ?

— Pour tout vous dire, oui, il y a quelqu'un d'autre à Black Rock Falls sur qui nous devrions enquêter. Je me rappelle avoir entendu parler d'une prof de primaire, il y a quelques années, qui avait « pété les plombs » suite à ses traumas d'enfance. Je ne suis pas sûr de savoir ce qui s'est passé exactement. Elle travaille toujours ici, mais c'est de notoriété publique qu'elle déteste les hommes.

— Vous connaissez son nom ?

— Oui, mademoiselle McCarthy. Patricia, je crois. Je ne suis pas sûr de l'endroit où elle vit, mais j'imagine près de Stanton Forest, pas loin du campus. Tous les profs semblent vivre dans ce secteur. J'ai entendu dire qu'elle quitte rarement sa maison, sauf pour aller enseigner.

— Merci. Bon boulot, Rowley, dit Jenna avec de l'espoir plein les yeux. Je veux que vous rentriez au bureau. Ouvrez un dossier pour cette victime et ajoutez les dépositions du propriétaire et de la femme qui a trouvé le corps. C'est la priorité. Après ça, continuez vos recherches sur les cas d'abus ou de disparition d'enfants, ici et dans les autres comtés. Remontez huit à quinze ans en arrière. Demandez à Bradford et Walters de vous aider et répartissez-vous les comtés pour aller plus vite. Pour les histoires de chiens écrasés et autres petites querelles domestiques, envoyez Webber. Il a assez d'expérience pour gérer ce genre de broutilles sans supervision. Quant à moi, je dépose ma voiture au bureau, puis je repars dans les montagnes avec Kane pour aller chez notre victime. Nous pourrions y trouver des preuves qui le relient au réseau pédophile.

— Bien reçu, madame, dit Rowley en s'en retournant à son véhicule de patrouille.

Kane se frotta l'arrière du crâne, pensif.

— Avec potentiellement deux autres pédophiles sur la liste, si le récit de Zoé est correct, il va falloir découvrir qui d'autre est impliqué avant que le tueur ne frappe à nouveau.

— Oui. On va interroger les clowns.

15

Jenna se rongeait les ongles de frustration. Ses vacances tant attendues venaient de sombrer dans l'oubli. Assise sur le siège passager, elle sirota son café tout en regardant le paysage défiler. Le Montana avait de quoi en inspirer plus d'un. Des paysages incroyables, des forêts de pins luxuriantes et des montagnes qui semblaient s'étendre à l'infini. Et elle aimait les habitants du coin. Dans l'ensemble, la vie n'était pas si mal à Black Rock Falls. Jusqu'à ce qu'un nouveau tueur en série se pointe et vienne tout gâcher.

La route était de plus en plus étroite et des rochers dévalaient le flanc de montagne, éraflant les portières au passage. Kane avait beau conduire prudemment, Jenna n'était pas rassurée. Il suffisait d'un rocher de trop sur le sentier non goudronné pour les envoyer dans le ravin. Et de l'autre côté, les pins ne laissaient aucun espace pour s'écarter si une autre voiture les croisait. Kane lui lança un regard inquiet.

— Vous êtes blanche comme un linge. Est-ce que tout va bien ?

— Oui, mais gardez vos yeux sur la route ! aboya-t-elle en se crispant sur son siège.

— Ne vous inquiétez pas. J'ai l'habitude. On ne va pas tomber dans le ravin, je vous le promets. La cabane est tout près, au prochain virage.

— Hâte d'y être.

Ils s'engagèrent sur une route un peu plus large, mais tout aussi cabossée. Quelqu'un avait placé des planches pour combler les ornières et le bois sec grinçait sous les pneus. La cabane, une petite structure en rondins grossièrement construite avait un réservoir d'eau complètement rouillé sur un côté. De l'autre, un tas de bois de chauffage, avec une hache plantée dedans, qui avaient l'air d'être là depuis la nuit des temps. Jenna était stupéfaite.

— Il y a vraiment des gens qui vivent dans ce taudis ?

— On dirait bien. Vous savez, il y a des gens qui aiment tout quitter pour vivre en ermite, loin de la civilisation.

— Hum. Ce ne serait pas une antenne parabolique sur le toit ?

— Si. Et avec la nouvelle antenne-relais perchée au sommet de la montagne, ils doivent mieux capter que la plupart des gens en ville. Est-ce que je pars devant, madame ?

Elle aimait la façon dont il lui demandait la permission avant d'agir. Ça lui avait pris un certain temps de s'habituer à ne pas être à la tête de l'équipe. Et même si elle lui vouait le plus grand respect, elle le surprenait parfois à vouloir prendre les devants et voyait bien sa frustration.

— Oui, allez-y, dit-elle en lui tendant une paire de gants.

Se tenant en retrait pour permettre à Kane d'ouvrir la

voie, elle attendit qu'il toque à la porte et annonce leur arrivée. En l'absence de réponse, elle finit par le rejoindre et utilisa la clé que Wolfe avait trouvée sur le corps.

— Bureau du shérif ! Il y a quelqu'un ?

Un bruit semblable à un cliquetis de chaînes se fit entendre et Jenna recula de plusieurs pas.

— Qu'est-ce que c'était ?

— Il a peut-être laissé son chien enchaîné dedans.

Kane jeta un coup d'œil furtif par une fenêtre, puis secoua la tête.

— Il y a quelqu'un ? s'exclama-t-il.

Un léger bruissement venu de l'intérieur, puis, plus rien. Alors que le vent hurlait à travers les arbres, une montée d'angoisse s'empara du shérif.

— Faites attention, murmura-t-elle à Kane, une balle de fusil traverserait ces murs sans problème.

— Bien reçu.

Kane se baissa puis s'avança prudemment vers l'entrée.

— Je suis sûre qu'il y a quelqu'un à l'intérieur. Je peux entendre les lames de parquet qui grincent.

— Si vous ne voulez pas que j'ouvre le feu, je vous suggère de vous rendre ! s'écria Kane depuis le perron. Je vous laisse trois secondes !

— Non ! Par pitié, ne tirez pas !

Jenna se mordit la lèvre au son de la voix féminine, visiblement terrifiée.

— Tout va bien. Nous ne vous ferons pas de mal. Sortez les mains en l'air.

— Je ne peux pas, s'écria la femme en pleurant. Je suis attachée au mur.

— Bon Dieu !

Le regard étonné de Kane croisa celui du shérif.

— Laissez-moi m'en occuper.

Son premier réflexe fut de protester, mais, après tout, Kane était un tireur d'élite.

— C'est d'accord.

— Surveillez mes arrières, dit-il en passant la porte, arme en main. Vous êtes seule ?

— Oui.

Jenna resta dos au mur alors que les pas de Kane tonnaient à l'intérieur de la cabane.

— RAS ! lança-t-il, après avoir passé en revue chaque pièce de la maison.

Jenna entra à son tour et dévisagea l'adolescente maigre, au visage pâle et creusé de cernes, qui était enchaînée au mur. Elle ne portait rien d'autre qu'un long t-shirt en lambeaux portant le logo d'un fabricant de bière local. Dans sa vision périphérique, elle aperçut Kane qui sortait une couverture d'un placard et se dirigeait vers elles. Elle la lui prit des mains et la posa autour des épaules de la petite.

— Je suis le shérif Jenna Alton de Black Rock Falls et voici l'adjoint Kane. Tu es en sécurité maintenant. Comment tu t'appelles ?

— Jane Stickler, dit la fille avec un regard effrayé vers la porte ouverte. Faites attention, il va revenir et il n'aime pas les étrangers.

Nom de Dieu, la sœur disparue d'Adam Stickler ?

— Non, il ne reviendra pas aujourd'hui, ne t'inquiète pas, dit Jenna en aidant la fille à s'installer sur une chaise. Tu saurais me dire comment il s'appelle ?

La fille secoua la tête.

— Je n'en suis pas sûre. Il me forçait à l'appeler « papa », mais ce n'est pas du tout mon père, expliqua-t-elle entre deux sanglots. Je ne sais même pas si ma famille est encore en vie.

Jenna lui sourit tendrement.

— Pour autant que je sache, ils vont bien. Et ton frère, Adam, il vit ici, à Black Rock Falls. L'adjoint Kane lui a parlé il n'y a pas longtemps.

— Vous pouvez me ramener chez moi, voir ma mère ? Je vis à Blackwater. Il m'a emmenée en ville, une fois, pour voir un médecin. Il a dit qu'on pourrait rendre visite à ma mère, mais il n'a pas eu le temps.

Jenna ouvrit la bouche, pour lui demander pourquoi elle n'avait pas dit au médecin que Dorsey la retenait prisonnière, mais Kane l'en empêcha. Se détournant de la fille, elle le suivit jusque dans une autre pièce.

— Qu'est-ce qu'il y a ? lui murmura-t-elle. J'ai besoin de parler avec elle !

— Elle a le syndrome de Stockholm. Elle a été retenue captive pendant si longtemps qu'elle se dit que sa place est ici, que c'est normal. Son cerveau la protège de ce qui se passe réellement. D'ailleurs, elle n'a pas l'air d'avoir peur de moi. C'est ça qui m'a mis la puce à l'oreille. Recevoir la visite d'hommes inconnus doit être normal pour elle. Et elle a probablement développé des sentiments pour son agresseur. C'est peut-être difficile à croire, mais certains enfants réclament leurs ravisseurs après avoir été sauvés, malgré tous les abus qu'ils ont subis. Vous devriez y aller doucement.

Jenna se contenta de hocher la tête, puis retourna voir Jane.

— Il nous a envoyés pour qu'on t'emmène voir un médecin, à l'hôpital, mais je te promets que tu pourras voir ta mère cette fois-ci, d'accord ? Est-ce que tu sais où il garde la clé de tes chaînes ?

— Avec ses clés de voiture.

— OK, on les a.

Jenna jeta un coup d'œil aux yeux sans vie des nombreuses têtes d'élan accrochées aux murs. La maison était étonnamment propre, contrairement à la fille qui se tenait devant elle et qui était d'une maigreur à glacer le sang. La peau de ses bras osseux était couverte de bleus et de marques de doigts, ses pieds et ses jambes étaient sillonnés de griffures ; elle avait une plaie suppurante à la cheville. Jenna avait déjà vu des marques similaires aux ecchymoses sur son cou sur des victimes de strangulation.

— Je peux te libérer de ces chaînes ? demanda Kane à la jeune fille.

Jane s'agrippa à Jenna et leva les yeux vers lui.

— Kane est très gentil, lui assura le shérif en lui caressant la main. Tout ce qu'il veut, c'est te libérer.

Jane acquiesça, mais trembla de tout son corps alors qu'il s'approchait.

— Allez-y doucement, Dave.

— OK.

Kane évita de croiser le regard de la fille et lui lança de la voix la plus douce possible :

— Adam m'a parlé de toi, il n'y a pas longtemps. Il n'a jamais cessé de te chercher, tu sais ? Je vais l'appeler tout de suite, il pourra nous rejoindre à l'hôpital. Et voilà, tu es libre !

Jane Stickler n'avait même pas remarqué que Kane l'avait détachée.

. . .

Alors que ce dernier fouillait la cabane de fond en comble, empochant un ordinateur et une multitude de clés USB, Jenna sortit son téléphone et afficha le permis de conduire d'Ely Dorsey.

— Est-ce que c'est lui, l'homme qui t'a attachée ?

La fille hocha la tête puis détourna les yeux.

— Est-ce qu'il a des problèmes ? demanda-t-elle.

— Non. Est-ce que tu saurais me parler un peu de lui ou de ses amis ?

La jeune fille secoua la tête, ses cheveux sales tombant sur son visage comme un rideau. Jenna s'assit à côté d'elle.

— Comment es-tu arrivée ici ?

La fille leva un regard vide vers le plafond.

— Ses amis vont tuer ma famille si je parle.

Se forçant à cacher sa détresse, Jenna prit une profonde inspiration.

— Non, on va protéger ta famille. Son nom est Ely Dorsey. Nous sommes à la recherche de ses amis. Et on a besoin de ton aide. Peux-tu au moins me dire comment tu l'as rencontré ?

— C'était il y a longtemps, je ne me souviens pas.

— OK. Quand il est parti, est-ce qu'il a dit où il allait ?

— Non. Il avait une nouvelle petite amie, c'est ça ? lui lança Jane avec un regard méfiant. C'est pour ça que les autres ont arrêté de venir ici.

Jenna laissa échapper un long soupir.

— Je ne suis pas sûre. Tu saurais me dire quoi que ce soit d'autre sur ces hommes ? Est-ce qu'ils avaient des cicatrices, ou des tatouages ?

— L'un d'eux avait un tatouage d'araignée sur la main, entre le pouce et l'index.

— J'ai fini la fouille, madame, interrompit Kane. Il y a

quelques poules en liberté derrière, mais elles survivront par elles-mêmes, il y a un ruisseau qui traverse la propriété. J'ai trouvé un énorme stock de pilules contraceptives dans la salle de bains. Je suppose que c'est pour ça qu'il l'a emmenée chez le médecin. Vous devriez peut-être le mentionner au médecin de l'hôpital.

— Bien reçu. Partons d'ici, maintenant. Est-ce que tu veux emporter quelque chose avant de partir ? demanda Jenna à Jane.

— Je ne vais pas revenir ? s'interrogea-t-elle d'un air agité. On devrait peut-être lui laisser un mot.

Jenna échangea un regard avec Kane.

— Ne t'inquiète pas, on le lui dira.

16

Après avoir déposé Jane à l'hôpital et laissé Walters en charge de la surveiller, Kane attendit que Jenna s'entretienne brièvement avec le médecin et le frère de Jane avant de repartir au bureau. Cette dernière resterait à l'hôpital pendant quelques jours, afin d'établir un bilan complet de sa santé physique et mentale, puis retournerait dans sa famille, à Blackwater. Tout entretien avec elle devait donc attendre que le médecin l'autorise.

— Qu'est-ce qu'on fait maintenant ? demanda Kane au shérif.

— Pour l'instant, on attend. J'ai demandé un autre entretien avec Zoé et le médecin va parler aux parents sous peu. Pendant que nous attendons les résultats de l'autopsie de Dorsey, on va faire du travail de fond. Puisqu'on n'a pas d'autres hommes qui pourraient être impliqués dans le réseau pédophile, on pourrait interroger les suspects des meurtres et voir ce qu'il en ressort, non ? L'une d'elles pourrait très bien être notre justicière, ou retenir des informations sur les hommes impliqués.

— J'en déduis que vous voulez trouver les deux pédophiles restants, mais comment cela va-t-il nous mener à la personne qui les tue ? Ils ont pu kidnapper des dizaines de filles au fil des années.

— Si on en trouve un, on pourrait l'utiliser comme appât. Et prendre la justicière sur le fait.

— Oui, j'imagine que nous n'avons pas le choix. Pour l'instant, ce ne sont que des suppositions, mais gardons un œil sur Harper, Bouval et McCarthy qui sont nos trois suspects principaux. Par où est-ce qu'on commence ? On ne peut pas monter une opération d'infiltration en nous faisant passer pour une jeune fille : il y a des milliers de salons de discussion. Ça prendrait trop de temps et ce serait marcher sur les plates-bandes du FBI. Sans compter que les prédateurs sont prudents, ils cuisinent les filles pendant des mois. Jamais ils ne prendraient le risque de venir voir une fille qui vient de les aborder. Ils connaissent les pièges. Le temps qu'on en attrape un, la justicière aura déjà les autres. Et on pourrait très bien tomber sur un homme d'un autre comté. Ces types parcourent des kilomètres.

— Oui, un agent du FBI m'a dit à peu près la même chose au téléphone. Mais il y a tout de même une piste que nous pouvons suivre. Zoé et Jane ont toutes les deux mentionné le tatouage d'araignée, on peut commencer par là. Je vais passer quelques appels et obtenir la permission de réinterroger Zoé. Puis parler aux parents des deux filles et voir s'ils ont un alibi. Prenez votre pause déjeuner maintenant, je décolle à votre retour.

— Je vous appelle si je découvre quoi que ce soit d'intéressant, dit Kane en la déposant au bureau.

— J'y compte bien !

Kane se dirigea alors vers le café Chez Tante Betty, son repaire favori, mais, à vrai dire, manger était la dernière chose à laquelle il avait envie de penser. En l'espace de seulement trois jours, ils avaient trouvé deux filles kidnappées et deux cadavres. Et ils n'avaient personne à arrêter pour ces crimes, puisque, selon les filles, les hommes qui étaient morts avaient agi seuls. Mais d'autres étaient impliqués et avaient abusé d'elles et il fallait absolument les arrêter. C'était comme chercher une aiguille dans une botte de foin.

Il entra dans le café, s'assit à sa place favorite, près de la fenêtre, puis commanda à déjeuner auprès de Susie Hartwig. Sirotant son café, il réfléchit aux suspects et aux scénarios possibles. Le ou les tueurs connaissaient l'identité des agresseurs, ce qui signifiait qu'à un moment ou un autre, les hommes ne s'étaient pas montrés aussi prudents qu'ils ne l'étaient aujourd'hui. Il repensa à sa rencontre avec les frères Bouval. Ils étaient furieux vis-à-vis de Macgregor et de ce qu'il avait fait subir à leur sœur, bien que l'homme ait déjà fait de la prison pour son crime. Mais ils n'avaient aucune raison apparente de traquer les autres hommes. À moins qu'ils aient des raisons de croire qu'eux aussi étaient impliqués dans l'enlèvement de leur sœur ? Leur en avait-elle parlé ?

Un enfant qui subit une telle épreuve est en état de choc et ne se souvient pas des détails. Angélique aurait très bien pu identifier Macgregor comme son kidnappeur et, des années plus tard, reconnaître deux des clowns travaillant avec ses frères comme étant les autres hommes impliqués. Peut-être ne voulait-elle pas s'engager dans un autre procès. Ou bien peut-être qu'elle pensait que trop de temps s'était écoulé depuis les événements pour que les complices soient traînés en justice. Mais si elle en avait informé ses frères, il n'était pas impossible qu'ils aient décidé de se faire justice eux-mêmes, pour éviter à leur sœur de revivre cet enfer.

Il connaissait les techniques des prédateurs pour manipuler les enfants et leurs mensonges qui vont au-delà de tout. Il est commun que le kidnappeur menace de tuer la famille de l'enfant s'il s'échappe et si l'agresseur retient l'enfant pendant des mois ou des années, ce conditionnement devient très difficile à défaire, c'est comme un lavage de cerveau. Que se passerait-il si l'une de ces filles tombait nez à nez avec son ravisseur à l'âge adulte ? Est-ce qu'elle aurait un flash-back qui l'inciterait à se venger ?

Il sortit son téléphone et relut le dossier de l'affaire, s'attardant tantôt sur les enlèvements et tantôt sur les meurtres. Mais rien ne semblait se recouper. Il allait tout de même falloir retrouver Stuart Macgregor, le kidnappeur d'Angélique Bouval. Et l'interroger elle aussi puisque le tribunal avait scellé son dossier. Peut-être qu'elle avait entendu parler des autres hommes et pourrait coopérer. Mais vu la date des événements, elle s'était sûrement échappée *avant* que les autres victimes ne soient kidnappées.

Reportant son attention sur la liste des suspects, il se demanda si Rowley avait découvert des cas similaires dans d'autres villes. L'alibi d'Adam Stickler ayant été vérifié, le jeune homme avait été innocenté pour le moment, mais il restait toujours les femmes ayant subi des abus pendant leur enfance. Lizzy Harper et sa mère étaient en tête de sa liste. D'autant plus qu'elles se déplaçaient fréquemment dans la région. Et il fallait aussi interroger l'institutrice, Pattie McCarthy. Comme Jenna était occupée, il emmènerait la petite nouvelle, Paula Bradford. Puisque mademoiselle

McCarthy avait un problème avec les hommes, autant avoir une femme avec lui.

Il déposa de quoi payer sur la table puis rentra au bureau. Heureux de voir que Rowley contrôlait parfaitement la situation, il s'assit dans son box le temps de planifier son après-midi. Si Angélique Bouval vivait toujours chez ses parents à Blackwater, il s'arrangerait avec Jenna pour lui rendre visite plus tard. Ses pensées quittèrent l'enquête un instant. Il s'inquiétait pour Jenna, qui souffrait elle aussi de stress post-traumatique. *Peut-être que je devrais essayer de lui changer les idées. Je me demande si elle accepterait une invitation à dîner ?* Peut-être que s'ils avançaient bien cet après-midi, elle accepterait de mettre le travail de côté pendant une heure ou deux ? Et puis il fallait bien qu'elle mange. *Oui, je vais l'emmener au Cattleman.*

Il chercha le numéro du service de nettoyage *« Propre comme un sou neuf »*. La personne au bout du fil lui indiqua où trouver les Harper. Puis, il chercha à se renseigner sur Pattie McCarthy. Comme Rowley le pensait, elle vivait sur School Road, près de Stanton Forest. Il nota l'adresse puis partit à la recherche de Bradford, la petite nouvelle.

— Je vais interroger un suspect, lui lança-t-il.

Elle le fixait avec de grands yeux de biche effarée et Kane se demanda comment elle se débrouillerait en temps de crise s'il lui faisait déjà peur, rien qu'en lui parlant. Cherchant à la rassurer, il lui sourit.

— J'aimerais que vous m'accompagniez.

— Très bien, monsieur.

Bradford hocha la tête d'un mouvement sec, puis rassembla ses affaires et le suivit jusqu'à son véhicule.

— Puis-je demander sur quelle affaire ?

Kane s'installa au volant et attendit qu'elle boucle sa

ceinture pour prendre la route, gyrophares en marche pour disperser la foule qui traversait n'importe où en dehors des passages piétons et semblait les ignorer complètement. Une fois en dehors de la rue principale, il lui expliqua :

— Nous avons une théorie selon laquelle un justicier ou une justicière s'attaque à un groupe de pédophiles. Soit une femme qui cherche à se venger des hommes qui ont abusé d'elle quand elle était enfant, soit un membre de sa famille.

— Qu'est-ce qu'on sait sur le réseau pédophile ?

— Pas grand-chose. Nous pensons qu'un groupe d'au moins quatre hommes est impliqué. Ils ont gardé une des filles pendant huit ans, ce qui veut dire qu'ils sont actifs depuis un certain temps déjà. Le FBI a enquêté l'an dernier, après l'arrestation d'un homme pour pornographie infantile, mais ça n'a abouti à rien. Je pense que ces hommes sont très intelligents et qu'ils ne traînent pas dans les salons de discussion et autres forums en ligne assez longtemps pour que le FBI les remarque. Et vu le temps écoulé entre les deux affaires, ils ont réussi à passer entre les mailles du filet.

— Comment est-ce possible, avec une enquête du FBI en cours ?

— Pas assez de monde sur le terrain, expliqua Kane avec une grimace. Aux dernières nouvelles, on n'avait pas moins de trois cent quarante-six délinquants sexuels répertoriés rien que dans le Montana, qui sont à surveiller en priorité. Ils ont un système pour les classer en fonction de leur degré de dangerosité, vous voyez. Mais il y a probablement des milliers de prédateurs qu'ils n'ont pas encore repérés.

Il soupira.

— Je me suis demandé combien d'enfants avaient

disparu au cours des dix dernières années, alors j'ai contacté le NCMEC[1] et ils m'ont dit qu'environ huit cent mille enfants sont portés disparus chaque année. Ce qui fait environ deux mille par semaine. C'est terrifiant, mais c'est vrai.

— Quelle horreur. Et Zoé ? Personne ne la recherchait ?

— Pas ici : elle a disparu à Helena. Quant à Jane Stickler, les registres de Blackwater l'ont listée comme fugueuse. J'ai trouvé une affaire locale impliquant Angélique Bouval. Une enquête menée par le shérif de Blackwater qui a conduit à l'arrestation de Stuart Macgregor qui est désormais fiché comme pédophile à faible risque. L'autre incident impliquait Lizzy Harper, qui a tué son père après avoir subi des années d'abus de sa part.

— Je vois. Que dois-je savoir sur l'individu que nous interrogeons aujourd'hui ?

— Nous allons interroger toute une série de femmes qui ont subi des abus au cours des quinze dernières années. La première s'appelle Pattie McCarthy, c'est une institutrice. J'ai trouvé une note sur son cas. Le shérif de l'époque était persuadé qu'elle s'inventait une histoire pour attirer l'attention. Mais il n'a procédé à aucun examen médical. C'était une enquête bâclée, si vous voulez mon avis. Mais je veux savoir ce qui s'est vraiment passé.

— Et vous avez besoin de moi parce que je suis une femme, c'est ça ?

Bradford avait l'air déçue.

— Étant donné que les femmes concernées ont un certain passif avec les hommes, je voulais juste faire en sorte que mademoiselle McCarthy se sente à l'aise pendant l'entretien. Ce sera donc à vous de l'interroger. Je doute qu'elle accepte de me parler, surtout autour d'un sujet aussi sensible.

— Que voulez-vous que je lui demande ?

— Tout d'abord, où elle se trouvait entre lundi et la nuit dernière. Ensuite, posez-lui des questions sur sa plainte ; quand elle a eu lieu, combien d'hommes étaient impliqués, etc. Si elle se souvient de certains noms. Dites-lui que nous avons trouvé deux filles qui avaient été kidnappées et que nous enquêtons sur des cas similaires pour voir s'ils sont liés. Mais allez-y doucement avec les questions, il ne faut pas la brusquer. Portez votre oreillette avec le micro activé pour que je vous entende. Si je pense à quelque chose d'autre, je vous le soufflerai à l'oreille.

— Vous ne venez pas avec moi ?

— Je ne serai pas loin, je ne veux pas l'effrayer.

Bradford frappa à la porte et Kane observa la femme qui vint lui ouvrir. Une vingtaine d'années, physique athlétique. À travers son oreillette, il écouta avec intérêt la façon dont Bradford expliquait les raisons de sa visite.

— Comme vous pouvez l'imaginer, nous suivons toutes les pistes possibles pour éviter que cela n'arrive à d'autres enfants.

Bradford parlait à voix basse, comme pour insister sur le caractère confidentiel de ces informations.

— Tout élément que vous pourriez fournir pourrait nous aider à sauver une fille d'un enlèvement, reprit-elle.

— Vraiment ? Pourquoi ne venir que maintenant, après tant d'années ? Personne n'a proposé de m'aider, moi, à l'époque ! Mes parents pensaient que je mentais et le shérif aussi !

— Moi, je vous crois. Sinon je ne serais pas là aujourd'hui. Pouvez-vous me parler de vos allées et venues de cette semaine ?

— J'étais à la maison la plupart du temps. Je ne sors pas beaucoup.

Pattie se mit soudainement à ricaner.

— Oh, je vois, enchaîna-t-elle. Ce n'est pas du tout à propos des filles que vous avez trouvées, en réalité, hein ? Je regarde les infos, vous savez. Vous pensez que j'ai quelque chose à voir avec les hommes qui tombent comme des mouches dans toute la ville. (Elle leva les yeux au ciel d'un air dégoûté.) Eh bien, voyons voir. Je suis sortie mercredi, en ville, pour faire mes courses et j'ai fait un tour au festival. J'ai croisé quelques personnes que je connais. Voyons voir : Susie Hartwig du café Chez Tante Betty, ça vous va ?

— Oui, très bien. J'irai lui parler. Quelqu'un d'autre ?

— Pas que je me souvienne, mais je suis sûre que beaucoup de gens m'ont vue en ville.

— Et samedi soir ? Êtes-vous sortie ?

— J'étais seule à la maison. Je ne suis pas du genre à avoir des rendez-vous galants.

— Quelle marque de voiture conduisez-vous ?

— Une Jeep.

Pattie lança un regard noir en direction de Kane, qu'elle avait repéré.

— L'oreillette, c'est pour que l'adjoint Kane puisse profiter de notre conversation ? Ça le fait bander d'entendre les détails croustillants ? (Elle ricana de nouveau.) Oui, je connais votre nom, adjoint David Kane. D'ailleurs, on ne vous voit pas souvent avec des femmes. Vous préférez les petites filles, c'est ça ?

Kane tourna la tête, perturbé par ces insinuations. Puis il activa son micro pour parler à sa collègue.

— Je n'arrive pas croire qu'elle soit autorisée à enseigner. Continuez à lui poser des questions.

— Mademoiselle McCarthy, si vos commentaires sont fondés, je suis sûre que le shérif Alton sera plus qu'heureux de prendre votre plainte, mais pour l'instant, nous avons besoin d'informations.

Kane avait remarqué la nervosité de Bradford, qui secouait la tête sans s'en rendre compte.

— Vous avez déclaré que quelqu'un vous avait kidnappée quand vous étiez enfant. Vous vous souvenez combien de personnes étaient impliquées ?

— OK, très bien, mais promettez-moi de surveiller les hommes comme l'adjoint Kane.

— Je vais m'en assurer.

Bradford se tenait de plus en plus voûtée, comme prête à disparaître.

— S'il vous plaît, mademoiselle McCarthy, tous les détails que vous pourriez fournir nous seraient d'une grande aide.

— Je me souviens de mon kidnapping comme si c'était hier. Un homme m'a attrapée alors que j'étais dans mon lit, m'a traînée par la fenêtre et m'a jetée dans sa voiture. Puis quatre hommes ont abusé de moi et après ça, l'un d'eux m'a ramenée dans ma chambre, en me lâchant par la même fenêtre. Mon père a dit que c'était juste un mauvais rêve. Ils n'ont même pas appelé de médecin pour m'examiner. Puis mon père m'a frappée, en me disant qu'il avait honte de moi.

Elle se mordait la lèvre jusqu'au sang.

— Il m'a emmenée chez le shérif, pour me punir. Pour

qu'on m'enferme toute la nuit, que ça me fasse la leçon. Personne ne m'a jamais crue, personne.

— Moi, je vous crois. Où l'agression a-t-elle eu lieu ? Dans une maison ?

— Non, pas dans une maison.

Pattie secoua la tête.

— C'était pendant le festival d'automne, comme maintenant. Je suis presque sûre que l'homme m'a emmenée dans une tente, dans le parc. Je pouvais entendre la toile qui bougeait.

Un frisson s'empara de Kane au son de cette information.

— Demandez-lui s'ils portaient des masques, souffla-t-il à l'oreillette.

Bradford relaya la question et il attendit nerveusement que Pattie réponde.

— Ils m'ont mis un sac sur la tête et j'étais bâillonnée, mais je me souviens de certaines choses. Leur odeur, par exemple, mais ça ne sert plus à rien maintenant. Ce serait leur parole contre la mienne n'est-ce pas ? Donc ça ne débouchera jamais sur rien.

— Peut-être pas. De quoi vous souvenez-vous ? N'importe quelle information, aussi futile puisse-t-elle paraître, pourrait nous aider à retrouver ces hommes.

— Ça suffit, avec vos questions ! Je n'ai pas envie de remettre ça sur le tapis. Ça me donne des cauchemars. J'ai suivi une thérapie pendant des années, ce n'est pas pour que vous me remettiez le nez dedans !

Pattie secoua la tête et recula de plusieurs pas avant de reprendre.

— Je n'en dirai pas plus. Il faut que je parte. J'ai rendez-vous en ville.

— Juste une dernière chose ! C'est arrivé il y a combien de temps ?

— Ça fera quatorze ans cette semaine.

Les yeux de Pattie vinrent se poser sur Kane dans la voiture. Si on pouvait tuer du regard, elle l'aurait désintégré.

Il aboya une question.

— Demandez-lui si l'un d'eux avait un tatouage d'araignée sur la main et regardez sa réaction.

Bradford posa la question et Kane put voir Pattie perdre de ses couleurs.

Dans un grognement, elle répondit :

— Je ne me souviens pas, mais je suis heureuse que ces hommes soient morts. Ils ont eu ce qu'ils méritaient.

---

1. National Center for Missing and Exploited Children. Organisation à but non lucratif qui s'occupe d'affaires d'enfants disparus ou exploités.

17

S*aletés de flics*. Elle déambula le long de la rue principale, pour tenter de calmer sa colère. Le shérif se focalisait manifestement sur les victimes au lieu de se concentrer sur la capture des monstres. Elle détestait les foules, détestait les hommes, mais se devait d'agir « normalement » pour débarrasser le monde des pédophiles. Passant devant la salle des fêtes, elle se força à sourire aux vieilles qui vendaient leurs produits sur les étals recouverts de draps blancs, puis se faufila entre les hordes d'enfants. Les petits garçons, elle les aimait bien, mais les hommes, on ne pouvait pas leur faire confiance.

Avec le département du shérif qui rôdait dans les montagnes, le prochain monstre devrait attendre. Elle allait prendre son temps avec lui et il fallait aussi distraire le shérif, pour ne pas l'avoir dans les pattes. Tuer un monstre prend du temps. Mais comme ils aimaient s'amuser, elle se prenait au jeu et leur rendait la pareille. La veille, en ligne, il lui avait avoué vouloir essayer quelque chose de spécial avec elle et elle avait accepté de bon gré. Levant les yeux vers le ciel d'été, elle sourit.

Je suppose qu'un condamné mérite un dernier souhait.

Sirotant un café à emporter, elle observa les jeunes filles qui profitaient du festival, inconscientes de la menace qui pesait sur elles. Les prédateurs se croyaient invincibles, introuvables et en sécurité. Sauf qu'elle les débusquerait et les tuerait tous. Un par un, sans exception.

Elle les tuerait tous.

18

Le téléphone de Jenna retentit. Numéro inconnu.

— Ici le shérif Alton.

— *Bonjour, ici le docteur Allan. Zoé sera bientôt prête à vous parler. Ses parents ont donné leur permission, mais je vais devoir vous demander de faire en sorte que l'entretien soit assez court. Vous connaissez les effets qu'un état de choc peut produire.*

Jenna lâcha un soupir de soulagement.

— Merci beaucoup, je vais prendre ça en compte et venir seule. Puis-je me mettre en route dès maintenant ?

— *Oui, je vais en informer les parents.*

Immédiatement après avoir raccroché, elle appela Kane pour le tenir au courant, puis ajouta :

— Comment ça s'est passé avec Pattie McCarthy ? Qu'est-ce qu'elle a dit ?

— Pas grand-chose. Elle ne saurait pas identifier les hommes qui l'ont kidnappée.

— OK. Je dois y aller, mais on en reparle plus tard.

Retournez parler aux frères Bouval et voyez si leur sœur pourrait s'entretenir avec nous.

— C'est ce que j'avais l'intention de faire. Bon courage avec Zoé.

— Merci.

Vingt minutes plus tard, elle arrivait à l'hôpital. Les odeurs lui rappelaient de mauvais souvenirs, ceux de l'hiver précédent, et elle lutta de toutes ses forces contre son envie de faire demi-tour. *Je dois arrêter de me comporter comme une idiote.*

Zoé était méconnaissable, les cheveux attachés en queue de cheval et assise dans son lit, tandis que ses frères et sœurs s'agitaient dans la pièce. Une femme se tenait debout près d'elle et avait visiblement beaucoup pleuré.

— Madame Channing ? Je suis le shérif Alton. Je souhaiterais échanger quelques mots avec Zoé, si ça ne vous dérange pas.

— Oui, oui, bien sûr. Je suis tellement heureuse que vous l'ayez ramenée à la maison. Mon mari est parti nous chercher du café. Il sera bientôt de retour, dit la femme qui tentait tant bien que mal de faire sortir les gamins.

Les petites mains de Zoé agrippaient fermement les draps.

— Maman. Je veux parler au shérif Alton seule.

— Mais je devrais être ici avec toi ! Tu as besoin de ta mère à tes côtés.

— Je ne veux pas te parler de ce qui s'est passé et je ne veux pas que Papa écoute non plus.

Jenna échangea un regard avec madame Channing.

— J'en ai pour cinq minutes, pas plus. Et je ne vais pas la bouleverser, ce sont juste des questions de routine.

— OK, je serai juste derrière la porte.

Une fois seule avec Jenna, Zoé ajouta :

— J'ai besoin de savoir quelque chose. Quand vous aurez attrapé les hommes. Mon père a dit que je devrais être très courageuse et raconter au juge tout ce qui s'est passé. Mais je ne suis pas sûre de pouvoir le faire devant tout le monde.

Jenna s'installa sur la chaise à côté du lit.

— Non, tu ne seras pas devant tout le monde si ça arrive jusqu'au tribunal. Ce sera ce qu'on appelle un huis clos. Et si tu dois témoigner, il n'y aura que toi dans une pièce, toute seule avec une caméra. Personne en dehors du tribunal ne verra ton visage ou ne connaîtra ton nom. (Elle soupira.) Ton père ne t'a pas expliqué qu'on ferait tout pour te protéger ?

— Il a dit quelque chose, mais je ne veux pas lui parler pour le moment. Pourquoi vous êtes ici ?

Jenna sortit son bloc-notes, puis alluma son enregistreur.

— Tu m'as parlé des hommes qui venaient te voir le week-end. Mais pendant la semaine, tu dormais dans la cave ou avec Amos ?

— Avec Amos.

Zoé se mit à rougir et baissa les yeux. Il allait falloir s'éloigner du sujet.

— Qui a nettoyé la cave après le départ des hommes ?

— Eux. Ils l'ont fait avant de partir.

— D'accord. Ça m'aide beaucoup. Amos te laissait-il prendre des douches ?

— Oui. Il ne me laissait pas utiliser l'eau chaude en semaine, mais le week-end, il me laissait me doucher et me laver les cheveux avec du bon savon, dit la fille entre deux sanglots. Il m'enfermait dans la cage toute la journée.

Jenna fit de son mieux pour ne pas laisser transparaître de colère dans sa voix et lui parler le plus doucement possible.

— Si je te montre des photos de trois hommes, saurais-tu me dire si tu reconnais l'un d'entre eux ?

— D'accord.

Zoé se redressa, comme pour se donner des forces.

Sur son téléphone, Jenna lui montra des portraits d'Amos Price, d'Ely Dorsey et d'un inconnu pioché au hasard dans les fichiers.

— Reconnais-tu l'homme qui t'a kidnappée ?

— Oui, lui, c'est Amos. Je ne suis pas sûre, mais celui-là, dit Zoé en désignant Ely, il a une marque brune sur le cou. En tout cas, un des hommes avait ça, je crois.

— Merci. Ça va beaucoup nous aider.

Sa remarque sembla lui faire plaisir et, pendant un bref instant, la fille retrouva le sourire.

— Tu n'as plus à avoir peur d'Amos ni de l'homme avec la marque dans le cou. Ils sont morts tous les deux.

— J'espère bien ! J'espère que l'adjoint Kane les a tués avec son arme ! dit Zoé avec un sourire qui la mit mal à l'aise.

Ignorant ce commentaire, Jenna éteignit l'enregistreur et se leva.

— C'est tout pour le moment, Zoé. Tu as été très courageuse, merci encore.

Elle lui tapota sur le bras avant de se diriger vers la porte.

— Je vais faire revenir tes parents.

Une fois dans le couloir, elle s'approcha de monsieur et madame Channing.

— Nous connaissons l'homme responsable de l'enlèvement de Zoé.

— Donnez-moi son nom, que je le mette en pièces, s'écria monsieur Channing, les poings serrés.

— Il s'appelait Amos Price. Nous l'avons retrouvé mort. C'est en fouillant son domicile que nous avons retrouvé Zoé. Elle l'a identifié formellement. C'était bien lui le coupable.

Elle ravala sa salive, puis continua :

— Je sais que Zoé refuse de vous en parler, mais je pense important de vous dire que nous savons par elle que quatre hommes étaient impliqués. Nous avons trouvé un deuxième homme ce matin, probablement assassiné, qu'elle a su identifier grâce à une tache de naissance sur son cou. Puis-je vous demander où vous vous trouviez à ce moment-là ?

— Mais ici, enfin ! dit monsieur Channing en semblant perdre de ses couleurs. L'hôpital nous a donné la chambre voisine. En dehors de rapides escapades pour les cafés et les repas, nous n'avons pas quitté son chevet.

— Vous savez que j'ai un adjoint en service pour veiller sur elle ?

— Eh bien, il saura prouver que nous n'avons pas quitté le bâtiment. Il nous a contrôlés avant que nous soyons autorisés à nous approcher d'elle, figurez-vous. N'avons-nous pas déjà assez souffert ? Et maintenant, vous nous accusez de meurtre, par-dessus le marché ?

Jenna le regarda droit dans les yeux.

— Je ne fais que mon travail, monsieur Channing. Et je

doute que l'hôpital garde Zoé encore longtemps. Avez-vous de quoi la maintenir en sécurité ?

— J'ai bien l'intention de ramener ma famille à Helena dès l'instant où elle sera libérée. Ce qui, de ce qu'on m'a dit, ne devrait plus tarder. Sûrement plus tard dans la journée. Vous ne pensez tout de même pas que je la laisserais à Black Rock Falls ? Ni elle ni mes autres enfants !

— Dans ce cas, je vous contacterai personnellement pour vous tenir au courant des avancées de l'enquête, j'ai votre numéro de téléphone. Merci de votre coopération.

Elle tourna les talons et se dirigea vers l'ascenseur. Puis dégaina son téléphone pour appeler Kane.

— Zoé a bien identifié Price comme étant son ravisseur. Elle a aussi confirmé le fait que Price la lavait pour la visite de ses amis chaque week-end et qu'ils ont nettoyé eux-mêmes l'endroit avant de partir.

— A-t-elle identifié Dorsey ?

— Pas exactement, mais elle a reconnu la tache de naissance sur son cou. Il y a assez peu de chances que deux hommes aient exactement la même, c'est suffisant pour moi. J'espère que nous trouverons bientôt les autres. J'aimerais vraiment clore cette affaire au plus vite, lâcha-t-elle dans un soupir. Je rentre à la maison. Je vais travailler de là-bas. Vous, continuez à interroger les suspects.

— Bien reçu.

Je vous attraperai bientôt, bande de salopards.

19

Kane fit demi-tour en direction de la ville, pour de nouveau s'entretenir avec les frères Bouval, mais il doutait qu'ils acceptent de demander à leur sœur de reparler de son calvaire. Toutes ses pensées étant rivées sur l'affaire, il avait à peine échangé deux mots avec la nouvelle adjointe. Le département du shérif d'Helena lui avait écrit une lettre de recommandation vraiment prometteuse, mais il ne savait pas encore si elle serait un vrai atout pour l'équipe.

Il observa Bradford, qui ne l'avait pas quitté des yeux depuis qu'elle était remontée dans la voiture.

— Vous avez fait un excellent travail auprès de mademoiselle McCarthy, lui lança-t-il. Il faut dire qu'elle n'est pas la personne la plus facile à interroger. Je la garde sur ma liste de suspects. Rien de ce qu'elle a dit ne me convainc de son innocence. Quelle impression elle vous a fait, à vous ?

— Je ne sais pas trop, dit Bradford, hésitante. Elle était

agressive et ses propos sur vous étaient pour le moins… inattendus.

— La plupart des victimes d'abus voient les hommes comme une menace, sa réaction est assez commune, dit Kane en haussant les épaules. Et une fois le crime signalé, elle a sûrement dû raconter son histoire de nombreuses fois. Ça n'a pas dû être facile pour quelqu'un d'aussi jeune.

— À qui le dites-vous.

Bradford se pencha pour relire ses notes.

— C'était vraiment génial de vous avoir à l'oreillette. Heureusement que vous étiez là pour me souffler les questions à poser.

Mais tu ne seras jamais profileuse si tu ne sais pas lire le langage du corps. Il soupira. Faire la conversation était la dernière chose à laquelle il avait envie de penser, mais il ne voulait pas paraître froid ou impoli et se força à lui sourire.

— Pourquoi avez-vous demandé un transfert à Black Rock Falls ?

— Je pense que mes chances de promotion sont meilleures dans un bureau plus petit. Et je me suis aussi dit que travailler auprès d'une équipe aussi spécialisée que la vôtre serait une bonne façon d'apprendre. Je n'essaie pas de vous faire du rentre-dedans, loin de là, mais j'ai appris ce qui s'est passé l'été dernier. Webber m'a parlé de vos compétences de profilage et du fait que l'adjoint Wolfe est aussi légiste. J'espérais de tout cœur faire équipe avec vous.

— Eh bien, techniquement, vous êtes le binôme de l'adjoint Rowley. Ce qui veut dire que vous irez avec moi ou avec le shérif, selon les besoins. Même si, la plupart du temps, c'est moi qui accompagne le shérif en mission.

Il détourna un instant les yeux de la route et put lire la déception sur son visage.

— Nous préférons que nos nouvelles recrues apprennent pas à pas et ne pas leur imposer un rythme trop intense, mais je vous emmènerai au champ de tir une fois par semaine et je suis sûr que Rowley vous donnera accès à son dojo. Plus vous pratiquerez le combat à main nue, mieux ce sera. On a souvent affaire à des types costauds, par ici.

— C'est noté, dit-elle en semblant retrouver le sourire. Mais à vrai dire, j'apprécierais un entraînement supplémentaire. J'ai entendu dire que vous avez abattu un homme l'hiver dernier alors qu'il tenait un couteau sous la gorge du shérif ? N'était-ce pas un peu risqué ? Vous auriez pu la tuer ! lui lança-t-elle avec un regard accusateur.

— Peu probable, dit Kane alors qu'il se garait le long du trottoir. Je ne rate jamais mon coup.

Il retrouva sans peine les frères Bouval dans la même zone du parc, toujours à faire faire des tours de poney à des enfants, alors que les parents attendaient debout non loin, ignorant les flaques d'urine et les nuées de mouches.

— Attendez ici et notez l'entretien dans votre carnet pendant qu'il est encore frais dans votre mémoire, ordonna-t-il à Bradford. J'ai besoin de parler aux frères Bouval.

Se glissant au côté de Claude Bouval, qui souriait à une petite fille perchée sur un poney, il lui lança à voix basse :

— Puis-je échanger quelques mots avec vous ?

— Mais qu'est-ce qu'il y a encore ?

Kane ignora son hostilité et continua de marcher à côté de lui, esquivant les tas de crottin.

— Pensez-vous qu'Angélique accepterait de parler au shérif ? Nous avons quelques pistes et elle pourrait se souvenir de quelque chose d'important.

— J'en doute. Elle n'aime pas du tout en parler. Mais moi, je sais quelque chose. Dans notre famille, on est clowns depuis des générations, mais depuis que c'est arrivé, elle ne peut plus voir un costume sans paniquer. C'est pour ça que mon frère et moi avons quitté Blackwater et déménagé à Black Rock Falls. Elle est ici, aujourd'hui, pour rendre visite à un ami, mais je sais qu'elle va nous éviter. On la croisera plus tard, sans le maquillage.

Kane avait envie de le pousser à développer, mais conscient que l'enfant sur le poney les entendait, il fit en sorte que ses mots restent ambigus.

— Si elle acceptait de nous parler, on pourrait éviter que la même chose se reproduise.

— OK, OK, je le lui demanderai, dit le clown avec un soupir. Je vous appellerai, j'ai votre carte.

Kane lui sourit.

— Merci. Lundi, ça serait bien, si ça vous va.

Il caressa le poney puis retourna voir Bradford.

— Prochain arrêt, l'agence immobilière. J'aimerais parler à monsieur Davis ou à mademoiselle Saunders, son assistante. On peut y aller à pied, ce sera plus rapide.

Les rues étaient bondées, mais les gens s'écartaient enfin pour leur laisser le passage. Il observa la vitrine rutilante et toutes les nouvelles annonces arrangées de manière méticuleuse et sourit. Alison avait le sens du détail, bien plus que ce vieux Davis. Il poussa la porte, surpris de trouver l'habituelle odeur de cigare remplacée par un doux parfum d'agrumes. Mais une chose restait la même : monsieur Davis était assis au bureau principal, les yeux rivés sur son ordinateur, pendant qu'Alison discutait avec un client dans l'arrière-salle.

— Ah, adjoint Kane, est-ce que quelqu'un a été assassiné aujourd'hui ? (La bouche de Davis se tordit dans une grimace sarcastique.) Ce n'est pas très bon pour les affaires, vous savez ?

— Eh bien, à vrai dire, ce n'est pas très bon non plus pour les victimes. J'aurais juste une question. Est-ce que tous vos passe-partout sont comptabilisés et où les faites-vous fabriquer ?

— Chaque clé est enregistrée à l'emprunt et au rendu, dit Davis en sortant un classeur de son tiroir. Tout est là. Elles sont taillées à la quincaillerie, mais nous n'en avons pas perdu une seule en plus de cinq ans.

— Comment ça marche exactement ? Je veux dire, toutes les maisons n'ont pas le même type de serrure, si ?

— Les serrures sont changées pour toutes les maisons que nous vendons ou que nous acceptons de louer, dit Davis avec un sourire. Comme ça, nous avons un passe-partout pour toutes nos propriétés. C'est ensuite, quand un nouveau propriétaire prend résidence, qu'il reçoit son propre jeu de clés, unique. Et une fois qu'il utilise sa clé, le passe-partout ne fonctionne plus. Ingénieux, non ?

Kane sortit son téléphone portable.

— Ça vous dérange si je prends des photos du classeur ? J'aimerais une liste de toutes les personnes qui ont eu accès aux clés au cours des deux derniers mois.

— Je vous en prie.

— Comment va Alison ?

— Elle est un atout de taille pour l'entreprise, répondit Davis en lui lançant un sourire complice. Très jolie, hein ? Je crois que l'adjoint Rowley l'aime bien aussi. Il passe tout le temps pour la voir et lui faire les yeux doux, un vrai petit chien.

— Vraiment ? Je vais peut-être devoir lui en toucher deux mots.

— Je vois que, vous aussi, vous avez une nouvelle assistante.

Davis posa sur Bradford un regard lubrique.

— Oui, dit Kane en le fusillant du regard. Voici l'adjoint Bradford, qui a rejoint l'équipe récemment.

Voyant qu'elle était mal à l'aise, il lui proposa de se sortir de cette situation.

— Si vous préférez, vous pouvez m'attendre dehors. Ce ne sera pas long.

— Oui, monsieur.

Bradford eut l'air hautement soulagée alors qu'elle passait la porte pour attendre à l'extérieur.

Et Kane se racla la gorge.

— Est-ce que mademoiselle Saunders gère toutes les maisons de Rockford ?

— Oui et même plus. Elle travaille bien et a vendu deux propriétés la semaine dernière.

— Oui, elle a l'air efficace. C'est tout ce dont j'avais besoin, merci de votre aide.

Il passa la porte à son tour pour aller retrouver sa collègue.

— Non, mais quel abruti. Est-ce que tout va bien ?

— Oui, tout va bien. Merci de m'avoir sortie de là. Je déteste les hommes comme lui.

Kane observa son visage pâle et son expression outrée.

— Peut-être qu'on devrait faire une petite pause.

— Un café serait le bienvenu, oui. Je n'ai pas très faim, dit-elle en lui souriant.

— OK.

Il sortit son portefeuille et lui tendit quelques billets.

— Vous pouvez passer au café Chez Tante Betty et nous prendre quelque chose ? *Flat white* avec quatre sucres pour moi. Je vais passer à la quincaillerie. Attendez-moi devant, je vais chercher la voiture et je vous récupère.

— Bien reçu.

Il la regarda disparaître dans la foule puis appela Jenna.

— Hey, c'est moi.

— Quoi de neuf ? dit le shérif dans un bâillement. Pas plus de cadavres, j'espère ?

— Non, pas plus de cadavres. Je me disais que ça vous ferait sûrement plaisir de dîner dehors ce soir. Je nous ai réservé une table pour 20 h au Cattleman.

Comme elle ne disait rien, il prit une grande inspiration.

— On a tous les deux besoin de prendre des forces et j'aimerais discuter de l'affaire avec vous.

— OK, c'est d'accord, pourquoi pas.

— Super ! Je passe vous prendre à 19 h 30.

— Ça marche. Je vais voir Wolfe et assister à l'autopsie de Dorsey, puis je rentre. Je vous tiens au courant. Rowley est en train de fermer le bureau. On se voit plus tard.

Kane profita d'une pause dans le trafic pour traverser la rue. La cloche sur le haut de la porte de la quincaillerie retentit et il jeta un coup d'œil à l'intérieur, au style ancien, peuplé de toutes sortes de choses à vendre. L'endroit ne devait pas avoir changé depuis la prohibition. L'odeur de peinture et de produits chimiques lui rappelait les courses avec son père quand il était petit. Et alors qu'il se dirigeait vers le comptoir, un homme âgé émergea de l'arrière-boutique en titubant. Il portait des lunettes rondes et avait de longs sourcils broussailleux qui lui donnaient des airs de hibou.

— Bonjour.

— Que puis-je faire pour vous, adjoint Kane ?

— Je me demandais si vous gardiez un registre des clés que vous tailliez pour les gens.

— Ah ça, non, je n'en ai pas. Il y en a beaucoup trop, trois ou quatre cette semaine. Mon fils est serrurier, c'est lui qui s'en occupe maintenant. Il fait ça dans sa camionnette.

Kane lâcha un soupir et tapota sur le comptoir.

— Est-ce que vous vendez des pesticides contenant du sulfate de nicotine ?

Le vieil homme désigna une des étagères débordant de bidons multicolores.

— Il y a pas mal de marques. Vous en avez besoin pour quoi faire ?

— Oh, non, ce n'est pas pour moi. Dites-moi, vous n'êtes pas obligé de garder une liste d'acheteurs ?

— Non. Rien dans la loi qui m'y oblige.

Le commerçant lui lança un regard inquiet.

— Mais je le fais pour la mort-aux-rats et quelques autres produits dangereux. Je demande une pièce d'identité, récente. Mais beaucoup de gens utilisent ces produits pour leur jardin et il y a des avertissements sur les bouteilles. On en vend vraiment beaucoup. Je ne saurais pas vous dire quand j'ai vendu la dernière, peut-être il y a quelques jours, ou peut-être la semaine dernière… Je ne suis pas sûr.

C'est donc facilement trouvable n'importe où. Kane le salua du bout de son chapeau avant de tourner les talons.

— OK, merci beaucoup pour votre aide.

Il s'avança dans la rue et s'arrêta pour acheter quelques gâteaux sur l'un des étals. Alors qu'il attendait qu'on lui rende la monnaie, il aperçut un magicien qui confectionnait des animaux en ballons, entouré de tout un groupe d'enfants. La foule s'ouvrit pour laisser passer une femme. Et il reconnut le visage pâle de Pattie McCarthy qui se promenait. Il regarda l'heure et la nota dans son carnet.

Hum. Elle n'a pas beaucoup peur de la foule pour quelqu'un avec l'attitude dont elle a fait preuve tout à l'heure.

20

Jenna avala quelques cookies avant de sauter dans la voiture et de filer au laboratoire. Wolfe était assis devant un ordinateur et son nouvel assistant, Steve, un jeune diplômé en médecine, préparait des échantillons.

— Est-ce que j'arrive trop tard ?

— Un peu, mais je n'ai pas encore fini, je peux donc passer mes conclusions en revue avec vous.

Wolfe la dévisagea puis épousseta quelques miettes restées accrochées à la manche de sa chemise.

— Vous venez de manger ? J'espère que vous avez l'estomac bien accroché.

— Ça ira, ne vous inquiétez pas.

— J'ai une cause de décès et j'ai aussi trouvé quelques indices intéressants.

Wolfe se leva puis ouvrit la voie jusqu'à la morgue. La pièce ressemblait trait pour trait à une salle d'opération, à l'exception des rangées de tiroirs encastrés dans les murs, là où l’on rangeait les cadavres. Sur un long banc en aluminium gisait ce qui restait d'Ely Dorsey.

— Dites-moi tout, lança le shérif.

— Comme je le pensais, il est mort d'une perforation du cerveau *via* l'oreille gauche. Vous pouvez voir la coupe transversale ici. Je dirais que la mort a été instantanée.

Jenna observa le bout de cerveau dans la boîte de Petri, se retint de grimacer et hocha la tête.

— Je vois. Très douloureux, j'imagine ? Pourtant, personne ne s'est plaint d'avoir entendu des cris.

— Oui, ça a dû être extrêmement douloureux. Vous voyez les marques sur sa joue ? Ce sont les doigts du tueur qui ont causé ces ecchymoses. Ely avait une paire de chaussettes fourrée dans la bouche et le tueur a appuyé avec beaucoup de force avec sa main gauche, puis a enfoncé une aiguille à tricoter, ou peut-être un pic à viande, dans son oreille. Je penche plutôt pour la seconde option. D'après la position des marques, je dirais que le tueur était à califourchon sur lui. Et était habillé. J'ai trouvé quelques filaments de jean collés au préservatif que la victime portait au moment de la mort.

Jenna garda les yeux fixés sur le corps tandis que son esprit turbinait à toute allure. Son temps passé à la brigade des mœurs lui avait appris beaucoup de choses. Notamment que beaucoup de gens avaient des fétichismes sexuels relativement surprenants.

— Je pensais que cette affaire était liée à celle du réseau pédophile, mais maintenant, je n'en suis plus totalement sûr. Cet homme a tout l'air d'avoir pris rendez-vous pour du sexe brutal, peut-être avec une dominatrice. D'après ce que j'ai vu dans le motel, la personne qui l'a tué lui a bandé les yeux avant de l'attacher. Et s'il avait payé pour ça, il n'a pas dû s'inquiéter qu'on lui couvre la bouche et l'empêche de respirer.

— Avez-vous des raisons de croire que le tueur est une femme ?

— Il faut admettre que les traces de doigts sont assez petites, mais il y a aussi beaucoup d'hommes avec des doigts fins. (Il soupira.) Mais il y a aussi l'empreinte de main sur la joue. Je pense qu'il a été giflé et avec la rigidité cadavérique, l'empreinte est devenue plus évidente. Effectivement, c'est une petite main, peut-être celle d'une femme.

Jenna fit le tour du corps pour l'observer, tout en réfléchissant.

— Je pense, oui. De plus, les chocolats, le vin. Je penche pour une prostituée ou un rendez-vous BDSM[1].

— Tout semble mener à ça, mais je ne suis pas convaincu, répliqua Wolfe. Je pense que votre instinct premier était le bon et que c'est la même personne qui a assassiné Dorsey et Price. Les deux scènes de crime puent le prédateur sexuel. Les cadeaux, par exemple. La plupart des pédophiles en apportent quand ils cherchent à attirer des enfants à un endroit précis.

Jenna se mordit la lèvre tout en regardant le corps. Si les deux hommes se connaissaient, son hypothèse d'un tueur justicier se confirmait.

— C'est vous qui lui avez enlevé le bandeau des yeux ?

— Non, il était posé sur son front quand je suis arrivé.

— Je pencherais pour une justicière. Le retrait du bandeau est une preuve cruciale. Je suppose qu'elle voulait voir son regard pendant son agonie. (Elle fixa Wolfe.) Maintenant, tout ce qu'on a à faire, c'est trouver qui c'est.

---

1. BDSM est un acronyme imbriqué faisant référence aux pratiques de *bondage* et de discipline, de domination et de soumission, de sadisme et de masochisme.

21

Kane se fraya un chemin parmi la foule et se dirigea droit vers le magicien. L'homme ne portait pas de gants et n'avait pas de tatouage d'araignée, mais il se devait de l'identifier. Il attendit le moment opportun, puis lui tapota sur l'épaule. L'homme se retourna lentement et le dévisagea avec de petits yeux noirs.

— Un problème ?

— J'aimerais avoir votre nom, dit Kane en sortant son bloc-notes. Vous travaillez pour Party Time ?

Le magicien lâcha un soupir de soulagement puis hocha la tête.

— Oui et j'ai un permis. Je m'appelle Stuart Macgregor.

Kane le regarda, incrédule. Il savait que Macgregor était fiché comme délinquant sexuel à faible risque, mais il était surpris que la municipalité l'ait autorisé à s'approcher des enfants.

— Vraiment ? Montrez-moi ça.

— Je suis réhabilité et certifié. Je n'ai pas commis d'infraction depuis sept ans. Et j'ai accepté la castration chimique pour pouvoir continuer de travailler, toujours dans un cadre restreint. Et puis, on est bien d'accord que je ne pourrais pas faire de mal à une mouche avec tous ces gens autour de moi, hein ?

Macgregor lui lança un regard noir puis défit son costume pour fouiller dans ses poches.

Kane examina les documents. Le permis de Macgregor se limitait aux spectacles de rue et il était accompagné d'une note indiquant qu'il était classé comme délinquant sexuel peu dangereux. Il secoua la tête, infiniment blasé ; visiblement, chaque État et chaque ville avaient leur propre façon de traiter les pédophiles.

— OK, c'est bon, dit-il en lui rendant ses papiers à contrecœur.

— J'ai purgé ma peine et vous venez me harceler sans aucune raison valable.

— Croyez-moi, je vais faire bien plus que ça, si des enfants continuent à disparaître dans ma ville. Je vous ai à l'œil, Macgregor.

En allant chercher Bradford, il se demanda s'il pouvait y avoir un lien entre le magicien et Pattie McCarthy. Leur âge semblait correspondre, mais obtenir des informations de cette demoiselle était comme essayer d'apprendre à un mufle à conduire une ambulance.

Il se gara en double file devant le café Chez Tante Betty et Bradford le rejoignit sur le siège passager, café à la main. Il lui prit le carton et déposa les gobelets sur la console centrale.

— Merci.

— J'ai demandé à Susie Hartwig si elle se souvenait avoir vu McCarthy en ville, mais elle n'est pas sûre, comme elle croise des centaines de personnes par jour pendant le festival. Mais elle se souvient l'avoir vue le samedi soir vers 18 h ; elle a commandé à manger sur place.

— Donc Pattie nous a menti en disant qu'elle était restée chez elle.

— On dirait bien. Et maintenant, c'est quoi, la suite ?

— La prochaine sur ma liste est Lizzy Harper.

— Je sais tout d'elle. Celle qui a poignardé son père et fait de la prison. Pourquoi vous la soupçonnez ?

— Elle a fait un séjour dans un centre de détention juvénile pendant trois ans, avec son fils en bas âge. Mais j'ai l'impression qu'il y avait d'autres hommes impliqués dans son affaire, contrairement à ce qu'elle a dit au tribunal. Elle a dit avoir poignardé son père parce qu'il abusait d'elle constamment, au point de l'avoir mise enceinte. Mais le problème, c'est que le garçon n'est pas de lui. Et comme elle avait 14 ans à l'époque et que sa mère l'a aidée à élever l'enfant, je me demande si Lizzy aurait pu lui avouer après coup, pour les autres hommes. Les deux femmes pourraient faire équipe dans le but de se venger.

— Et même si ce n'est pas elles, vous vous dites qu'elles pourraient connaître les noms des hommes impliqués dans le réseau pédophile.

— Exactement.

Ils se dirigeaient vers un quartier en périphérie de la ville, peuplé de maisons à vendre.

— Elles travaillent sur deux maisons cet après-midi. Voyons ce qu'on peut en tirer.

Il se rendit à la première adresse sur la liste, s'apprêta à faire demi-tour en voyant que leur camionnette n'était pas là, puis s'arrêta brusquement en remarquant que la porte d'entrée s'était ouverte.

— La maison n'est pas vide, finalement... lui lança Bradford avec un sourire.

— On dirait la mère. Il sera peut-être plus facile de lui parler.

Kane se glissa hors de son siège. La femme qui se tenait à la porte, vêtue d'une fine robe en coton, d'un tablier et d'une paire de gants en caoutchouc, le dévisageait avec suspicion. Il s'avança vers elle, Bradford sur ses talons.

— Bonjour. Je suis l'adjoint David Kane et voici l'adjoint Bradford. Nous recherchons madame Harper et sa fille, Lizzy.

— C'est moi, je suis Rosemarie Harper. Lizzy a rendez-vous en ville, mais elle devrait bientôt revenir. Qu'est-ce que vous voulez ? Je vous en ai déjà dit plus que je n'aurais dû.

— J'apprécie beaucoup votre aide, madame, mais j'ai encore quelques questions. Je crois que votre fille et vous avez nettoyé la propriété du 3, Maple Lane ?

— Oui, c'était il y a une semaine, vendredi dernier, l'après-midi.

— C'est ce qu'on m'a dit.

Remarquant à quel point elle était nerveuse, il recula de quelques pas.

— Qu'avez-vous fait cette semaine ?

— Nous nettoyons toutes les propriétés de monsieur Rockford pour l'agence immobilière, on est allées un peu partout. Ils ont sûrement une liste à vous donner.

— OK, et le vendredi soir ? Est-ce que vous ou Lizzy êtes sorties pour une raison quelconque ?

— Lizzy sort beaucoup, elle se sent vite à l'étroit à la maison, expliqua la femme avec un soupir. Elle s'est rendue en ville pour quelques heures. Elle voulait jeter un coup d'œil aux étals et prendre des plats à emporter. Je me souviens qu'elle est partie un bon moment. Elle a dit qu'il y avait beaucoup d'attente chez Tante Betty à cause du festival. Pourquoi vous voulez savoir ça ?

— On a trouvé une enfant kidnappée dans les montagnes. Le responsable s'appelle Amos Price. Est-ce que ce nom vous dit quelque chose ? Est-ce qu'il aurait pu être lié à l'affaire impliquant Lizzy et son père il y a quelques années ? Lizzy a-t-elle déjà mentionné quelqu'un d'autre ?

— Non. Il n'y avait personne d'autre. Lizzy a attendu qu'il rentre à la maison cette nuit-là et elle l'a tué, c'est tout.

Après une courte pause, elle ajouta :

— Ne me regardez pas comme ça. Elle n'a jamais dit un mot. Oui, j'aurais dû savoir, j'aurais dû me douter de quelque chose. Mais ça se passait pendant leurs week-ends. Mon mari avait l'habitude de l'emmener pêcher. (Elle se mordit la lèvre.) Lizzy détestait la pêche, mais il insistait pour qu'elle fasse des activités de plein air et lui donnait la fessée si elle refusait de l'accompagner.

— A-t-elle déjà dit pourquoi elle a gardé le silence et caché si longtemps que quelque chose n'allait pas ?

Bradford échangea un regard avec Kane comme pour s'excuser d'avoir parlé sans permission.

— Pas vraiment, mais la vérité a fait surface lors du procès, dit Rosemarie Harper, le regard dur. Un peu trop tard pour que je puisse faire quoi que ce soit pour l'aider et après avoir poignardé mon mari. Il l'avait menacée, disant que si elle le dénonçait, il me tuerait.

Kane continua, en s'efforçant de cacher son dégoût.

— Les noms d'Ely Dorsey ou de Stuart Macgregor vous

sont-ils familiers ? Pourraient-ils être des amis de votre mari ?

— Pourquoi ?

Kane observa son visage et la façon qu'elle avait de cligner des yeux.

— Répondez simplement à la question, s'il vous plaît.

— Je connais ce Stuart Macgregor. Mon mari adorait les tours de magie et s'était lié d'amitié avec un magicien, qu'il appelait Stu. C'est quelque temps après sa mort que j'ai découvert que l'ami en question avait été emprisonné pour l'enlèvement de la fille Bouval, à Blackwater. (Madame Harper porta sa main à sa bouche.) Oh, mon Dieu, vous pensez qu'il a abusé de Lizzie aussi ? Il devait bien y avoir un autre homme, mais ma fille refuse d'en parler.

Elle s'interrompit en entendant un bruit de moteur.

— Elle est là. Mais ne vous attendez pas à ce qu'elle vous fasse confiance. Elle va sûrement se mettre très en colère.

Kane se frotta le menton.

— En colère, hein ?

La camionnette s'arrêta à côté du SUV et une jeune femme les dévisagea, bouche bée. Puis elle se glissa hors du véhicule, ses sacs de courses à la main et se dirigea vers sa mère. Kane s'approcha de Bradford pour lui chuchoter :

— Si elle aussi est hostile aux hommes, vous devriez l'interroger.

— Bien reçu.

— Il y a un problème ? Que faites-vous ici, adjoint Kane ? demanda Lizzy Harper, l'air furieuse. Maman, qu'est-ce qui se passe ?

— Il n'y a pas de quoi s'inquiéter, ma chérie. Je suis sûre que l'adjoint Kane va tout t'expliquer.

L'attitude de madame Harper en disait long.

— Alors ? J'attends ! lança Lizzy en direction des adjoints, les deux mains sur les hanches.

Kane décida de garder ses distances, mais la regarda yeux dans les yeux.

— Pourrais-je vous parler en privé, ou bien est-ce que vous préféreriez parler avec l'adjoint Bradford, ici présente ?

— Je sais que vous utiliserez n'importe quelle excuse pour rompre ma liberté conditionnelle. Je ne suis pas stupide. OK, on peut discuter près de votre voiture.

Lizzy jeta les sacs dans les bras de sa mère et s'éloigna, le dos droit et la tête haute. Il la suivit et attendit qu'elle se retourne pour lui faire face.

— Mademoiselle Harper, il ne s'agit pas de remettre en cause votre liberté conditionnelle. Nous cherchons les noms d'un groupe d'hommes ayant kidnappé et abusé d'une fillette de 12 ans.

— Et comment diable pourrais-je savoir quoi que ce soit sur un groupe de pédophiles ? Au cas où vous auriez manqué la nouvelle, j'ai tué mon père, je vous rappelle !

Kane s'éclaircit la gorge.

— Je ne pense pas que vous me racontiez toute l'histoire, mademoiselle Harper. Je crois que la situation de notre dernière victime ressemble beaucoup à la vôtre. Nous savons que votre père vous emmenait dans sa cabane de pêcheur pour abuser de vous.

— *Pff.* Ce n'est pas un secret. Toute la ville est au courant.

Lizzy jeta un regard noir en direction de sa mère et grimaça avant de reprendre.

— Je suis persuadée qu'elle le savait. Mais elle est

lâche, elle n'osait rien faire. À chaque fois que j'ai essayé de le lui dire, elle me faisait taire. Et ne me faites pas le coup de l'assistante sociale. *Pourquoi ne pas l'avoir dit à un professeur ou à quelqu'un d'autre ?* J'avais honte, voilà pourquoi ! J'avais honte à cause de lui. J'avais l'impression d'être un déchet, une moins que rien, salie, souillée. Et personne ne voulait m'écouter, alors j'ai dû m'occuper de lui moi-même, voilà, c'est tout.

— C'était juste lui ou est-ce qu'il avait des amis qui vous rendaient visite pendant que vous étiez là-bas ?

— Pourquoi vous me demandez ça ? lâcha-t-elle en le fusillant du regard.

— La fille que nous avons retrouvée nous a dit que des hommes lui rendaient visite chaque week-end.

Il remarqua que Lizzie semblait perdre de ses couleurs.

— Lizzie, reprit-il, nous devons arrêter ces hommes avant qu'ils ne s'en prennent à une autre enfant.

Elle haussa les épaules et détourna le regard. Kane continua :

— Mademoiselle Harper, je sais que c'est difficile pour vous, mais votre père vous a-t-il mise dans la même situation ? Nous avons trouvé un certain Amos Price assassiné, puis un autre homme, Ely Dorsey. Tous deux avaient kidnappé des fillettes et les gardaient séquestrées à leur domicile. Et je sais que ces hommes n'agissaient pas seuls. Est-ce que ces noms vous disent quelque chose ?

— Non. Oh, mais je vois de quoi il s'agit maintenant ! Ma mère vous a dit que mon fils n'est pas l'enfant de mon père, c'est ça ? Et maintenant, vous voulez savoir tous les petits détails cochons ! Vous, les hommes, vous êtes tous les mêmes ! (Lizzy passa ses mains dans ses cheveux et leva les yeux au ciel.) Je n'ai pas à vous dire quoi que ce soit. *Oui,* j'ai tué mon pervers de père et *oui,* j'ai purgé ma peine en prison depuis. Maintenant, à moins que vous ne veuillez m'inculper de nouveau, excusez-moi, mais j'ai du travail à faire.

— Très bien, dit Kane en se frottant le menton. Mais sachez que plus nous prenons de temps à chercher ces hommes, plus il y a de chances qu'ils enlèvent une autre petite fille. D'ailleurs, puisque vous amenez le sujet de votre fils et qu'il a déjà subi un test ADN, je peux demander une ordonnance du tribunal pour le faire comparer à celui de nos victimes. Et si nous obtenons une correspondance, vous vous rendez bien compte que je pourrais vous arrêter pour suspicion de meurtre.

— Oh, vraiment ?

Lizzie pencha la tête, son visage déformé par un sourire alarmant.

— On dirait bien qu'ils méritaient de mourir, si vous voulez mon avis, reprit-elle. Le problème avec vous, adjoint Kane, c'est que vous n'êtes pas différent de tous les autres hommes qui m'ont interrogée. Vous voulez que je vous raconte tout, dans les détails. Que je vous dise toutes les choses dégoûtantes qu'ils m'ont faites, pour que vous puissiez fantasmer dessus plus tard !

Il ouvrit la bouche pour répondre, mais elle le stoppa d'un geste de la main.

— Arrêtez-moi ou laissez-moi tranquille, dit-elle en s'en retournant vers sa mère.

Les choses dégoûtantes qu'« ils » lui ont faites. Voilà un lapsus qui lui donnait toutes les informations dont il avait besoin.

22

Le soir venu, Jenna et Dave dînèrent au Cattleman. L'endroit était plein à craquer et Jenna dut se faufiler pour atteindre son siège. Elle ne put s'empêcher de remarquer combien toutes les femmes faisaient les yeux doux à Kane, alors que lui les ignorait complètement. Il fallait l'admettre, il était canon dans son costume noir, avec ses cheveux soigneusement peignés en arrière et parfumé d'une eau de toilette bien choisie. Ça changeait de l'uniforme et du chapeau de cow-boy.

— Est-ce que j'ai de la salade entre les dents ? demanda-t-il avec un sourire taquin. Ou est-ce que ce regard signifie autre chose ?

Ils étaient devenus très proches depuis son arrivée à Black Rock Falls et cela faisait du bien à Jenna de pouvoir se détendre en dehors des heures de service, d'oublier ses responsabilités de shérif pendant un court instant.

— Peut-être. dit-elle avec un gloussement d'adolescente.

Puis elle soupira et enchaîna :

— J'aime beaucoup ce que nous partageons. Je n'ai jamais eu d'ami aussi proche, avant.

— Pour ma part, je dois dire que je suis heureux de voir qu'on arrive à être normaux en dehors des heures de travail, dit Kane avec une grimace. Je dois l'admettre, ne pas être à la tête de l'équipe, c'était difficile pour moi au début, mais je commence à m'adapter.

Elle ne put s'empêcher de rire.

— Heureusement ! Vous avez de la chance, je n'ai jamais eu à vous emmener à l'arrière de la grange pour vous donner une bonne leçon !

— Même mon père n'était pas assez courageux pour essayer ce genre de punition sur moi, dit Kane avec un grand sourire. J'étais adulte à 14 ans, ajouta-t-il avec un air pensif.

— Est-ce qu'ils vous manquent ? Vos parents et votre famille, depuis que vous avez déménagé ici ?

— Plus que vous ne pourriez l'imaginer, mais je suppose que je prêche une convertie.

Elle regretta de s'être immiscée ainsi dans sa vie privée et hocha la tête.

— Mes amis me manquent, oui. J'ai perdu mes parents avant de signer pour mon dernier boulot, dit-elle avec un long soupir. Mais il n'y a pas de retour en arrière, hein ?

— Moi, je n'hésiterais pas une seconde, si j'avais l'occasion de faire quelque chose d'utile. Je pense que vous voyez ce que je veux dire ?

Elle ne comprenait que trop bien sa manière de déguiser la conversation. Pas besoin d'être un génie pour savoir que Kane donnerait sa vie et même plus, si ça pouvait faire tomber les gens qui avaient assassiné sa femme.

— Oui, je sais. Mais si jamais vous prévoyez d'aller à une réunion de famille, je viens avec vous.

— En tant que… ma compagne ? lui lança-t-il avec un regard entendu.

— Peut-être.

Elle but goulument une gorgée de vin. Il fallait changer de sujet avant que la soirée ne soit un échec total.

— Je sais que vous mourez d'envie de parler de l'affaire. Vous avez ce sourire suffisant depuis que vous êtes venu me chercher, dit Jenna.

— Vraiment ? Ça alors, à croire que je commence à perdre la main. Bradford m'a accompagné aujourd'hui, pour interroger quelques suspects. Elle s'est très bien débrouillée pour une bleue.

— C'est bien. Mais allons droit au but. Qu'avez-vous découvert ?

— Pas grand-chose, dit Kane en haussant les épaules. La vérité, c'est que je voulais discuter de Lizzy Harper avec vous.

— Faites donc, avant que l'alcool vous monte au cerveau.

— Tout d'abord, sa mère a mentionné qu'elle était sortie un certain temps vendredi soir, apparemment pour acheter des plats à emporter. Il va aussi falloir vérifier avec Davis de l'agence immobilière, pour voir où les deux femmes ont travaillé cette semaine.

— OK et qu'a dit Lizzy Harper ?

— Pas grand-chose. Elle a surtout traité tous les hommes de gros porcs, mais elle a laissé entendre que d'autres hommes étaient impliqués. (Les lèvres de Kane se courbèrent dans un sourire satisfait.) Je n'ai pas insisté pour obtenir plus d'informations, mais maintenant, on a une raison valable de demander l'obtention de l'ADN de son fils. On va pouvoir découvrir si l'un des hommes est son père biologique.

— Vraiment ?

— Oui, sa mère a identifié Stuart Macgregor comme un ami de son mari, il est probable qu'il soit impliqué aussi.

— Super. Je vais m'occuper de la paperasse. J'espère que c'est tout, sinon ma tête va exploser. (Elle soupira.) C'est un vrai luxe de dîner avec vous ce soir. C'est à peine si j'ai le temps de manger, ces derniers temps.

— C'est bien de prendre une heure pour réfléchir. Nous ne sommes pas des machines.

Lui aussi poussa un long soupir.

— Ces affaires ne sont guère réjouissantes, reprit Kane, et vous avez couvert tous les angles ; il n'y a pas grand-chose à faire d'autre pour le moment. Les suspects dans l'enlèvement des filles sont morts et nous n'avons pas grand-chose sur quoi nous appuyer pour retrouver leurs assassins. Sauf si l'ADN d'une des victimes correspond au fils de Lizzy, dans ce cas, nous aurons un mobile.

— OK, je vais déléguer un peu. Rowley est de service avec Webber lundi. Ils continueront à chercher les acolytes de nos victimes et, si on obtient l'autorisation du tribunal, je demanderai à Wolfe de comparer l'ADN du garçon avec tout ce qu'on a dans notre base de données. Il y a eu une affaire de viol avant que j'arrive ici, beaucoup d'hommes ont été suspectés, on a donc beaucoup d'ADN fichés. On pourrait trouver une correspondance par hasard.

— Espérons-le, dit Kane en grimaçant. Je suis convaincu que le groupe de prédateurs est plus important que nous le pensions. Ça nous fait beaucoup de salauds à pourchasser.

Troublée par ce qu'il insinuait, Jenna posa son verre.

— J'en ai vu, des choses horribles, dans ma vie, mais ça, ça bat tous les records. Ça me trotte dans la tête vingt-quatre heures sur vingt-quatre. Je n'arrive plus du tout à dormir, alors vous imaginez bien qu'il m'est difficile de suivre les recommandations du psy et de me reposer, histoire d'éviter les flash-backs. Vous auriez de quoi me changer les idées chez vous ? Des films mignons pour m'aider à m'endormir ?

— Oui, je devrais pouvoir trouver quelque chose pour vous remonter le moral.

Il fit signe au serveur pour l'addition.

— Et si vous voulez vous échapper pendant une heure, je vais voir des chevaux dans la matinée. J'ai dit que j'essaierais de passer vers 10 h, à moins qu'on ne soit surpris par un nouveau meurtre.

Ce qu'elle aimait le plus chez David Kane, c'était cette douceur qu'il pouvait avoir et ne révélait pas à tout le monde. Mais lorsqu'ils étaient seuls, il laissait tomber sa carapace et ils pouvaient rire ensemble. C'était agréable de pouvoir être pleinement elle-même pendant ces moments-là.

— Nous devrions rester sur l'affaire. Mais à moins que Wolfe et Rowley ne trouvent quelque chose, j'imagine que nous pourrions nous poser une heure ou deux, oui. J'ai besoin de me vider la tête.

— C'est toujours plus difficile quand des enfants sont impliqués. Mais croyez-moi, Wolfe va fouiller les ordinateurs toute la nuit et vous méritez bien une pause. Vous verrez, on va bien s'amuser. Même si j'imagine qu'on aura des courbatures lundi. Je n'ai pas monté depuis des années.

Elle lâcha un petit rire.

— Moi non plus. Vous devriez ajouter un jacuzzi à votre liste d'achats indispensables !

— C'est une bonne idée. Je vais y réfléchir, dit Kane tout en réglant l'addition.

Jenna resta bouche bée. Il semblait l'avoir prise au mot. *Mais tu es riche à ce point-là, Kane ?*

Ils sortirent dans la nuit chaude et se dirigèrent vers le parking. Une brise transportait un parfum de rose provenant des vases à l'entrée du Cattleman et, lorsque les doigts de Kane s'invitèrent sur son bras, Jenna tressaillit un peu. Il ne l'avait pas touchée de la sorte depuis la nuit où ils avaient dormi l'un contre l'autre, quelques mois auparavant. Comme ils marchaient entre les rangées de voitures, elle doutait que quelqu'un puisse les voir, aussi se pencha-t-elle contre lui, appréciant la pression de son bras musclé contre sa chair nue. Le type d'amitié qu'ils avaient établi lui convenait bien. Il la complétait, en un sens, à bien des égards, et la respectait au travail tout en comprenant ses démons.

Alors qu'ils atteignaient la voiture, le téléphone de Kane se mit à vibrer. Il lui lança un regard exaspéré et fouilla dans sa poche.

— Ici David Kane. Qui est-ce ?

Dans une expression affolée, il s'empressa de mettre en haut-parleur. Une voix déformée à donner la chair de poule se fit entendre.

— *Pourquoi protégez-vous les pédophiles ? Et ce n'est pas la peine d'inventer des excuses. Je sais que ça vous excite de connaître tous les détails salaces, directement de la bouche des victimes.*

— Je peux vous assurer que…

— *Évidemment que vous pouvez. Les hommes comme vous aiment les enfants, hein ? Ils les aiment à en mourir, même ! Je débarrasse le monde de cette racaille et vous,*

vous les protègez ! Arrêtez de vous mettre en travers de mon chemin. Ou sinon, c'est vous le prochain.

— Oh, mon Dieu.

Jenna fixa le téléphone, incrédule.

La personne avait raccroché.

— Mais comment le tueur a trouvé votre numéro ?

— Je donne ma carte à tout le monde et Maggie en a une pile à l'accueil, avec la vôtre, rien de bien compliqué. Tous les suspects que j'ai interrogés aujourd'hui en ont une également. L'interlocuteur a déguisé sa voix, on ne sait même pas si c'est un homme ou une femme. Bon sang, et je n'ai pas d'application pour enregistrement les appels sur ce téléphone... on n'a rien !

— Même si vous aviez gardé une copie, ç'aurait été inutile, dit Jenna en lui pressant le bras pour le rassurer.

— Pas vraiment. Wolfe a l'équipement nécessaire pour enlever les filtres sur les voix. Nous ferions mieux de nous mettre à l'abri, ajouta-t-il en balayant la zone du regard. Au cas où un tireur nous observerait.

Jenna grimpa dans la voiture.

— Je doute que ça s'arrête à un seul appel. Je pense qu'on devrait tous télécharger cette application au cas où ça se reproduirait.

— Bien reçu. Mais pour l'instant, il faut qu'on dégage d'ici.

Jenna attacha sa ceinture.

— Qu'est-ce que vous en pensez ? De ce genre d'appel de menace ? Qui serait susceptible de faire ça ?

— Quelqu'un qui sait que j'interroge les victimes. (Une veine palpitait sur le front de Kane.) Soit la personne me suit à la trace, soit elle connait une ou plusieurs des victimes, dit-il en démarrant la voiture. Mais ça me rappelle quelque chose que Pattie McCarthy m'a dit aujourd'hui. Elle s'est mise en colère lorsque Bradford l'a questionnée et m'a accusé de ne pas me montrer avec des femmes parce que, selon elle, je préfère les mineures. Elle est très observatrice et avait remarqué que je communiquais avec Bradford par oreillette.

Jenna se mordit la lèvre.

— Et nous n'avions pas envisagé que les victimes puissent se connaître. Peut-être qu'elles fréquentent un groupe de parole ou quelque chose comme ça. Je n'en connais pas ici, mais il faut dire que jusqu'à présent, je n'avais jamais enquêté sur des affaires d'abus d'enfants, du moins pas à Black Rock Falls. C'est quelque chose qu'il va falloir creuser.

— Oui. Mais jusqu'à présent, la plupart des enlèvements ont plutôt eu lieu à Blackwater. J'ai terminé la plupart de mes entretiens aujourd'hui et en y réfléchissant, je n'ai parlé qu'à deux victimes d'abus : Pattie McCarthy et Lizzy Harper. J'ai demandé aux frères Bouval s'ils pouvaient s'arranger pour que nous parlions à leur sœur, Angélique. Ils ont dit qu'elle était en ville aujourd'hui.

Il réfléchit le temps de ranger la voiture dans le garage de chez Jenna.

— Pattie McCarthy a dit qu'elle avait un rendez-vous en ville et Lizzy Harper en revenait lorsque nous sommes arrivés à la maison qu'elles et sa mère devaient nettoyer aujourd'hui.

Jenna se crispa en comprenant où il voulait en venir.

— Ce qui place les suspects au même endroit au même moment. Elles auraient facilement pu se retrouver quelque part. Ça ne peut pas être une coïncidence. Elles pourraient travailler ensemble, contre nous.

— Si c'est le cas, elles vont nous donner du fil à retordre. L'union fait la force.

— Mais je n'arrive pas à imaginer trois femmes capables d'assassiner ensemble. Les hommes, peut-être, mais peu de femmes ont cette mentalité de meute.

— Oh que si ! Les femmes qui tuent ensemble, ça existe. Ça dépend de la façon dont leur chef les influence, c'est tout. N'oubliez pas les filles de la *Famille* de Manson[1].

Il n'avait pas tort.

— C'est vrai. Comment Lizzy Harper s'est-elle comportée envers vous pendant l'interrogatoire ?

— De façon extrêmement agressive. En un sens, peut-être comme si elle avait été prévenue. Elle aussi pensait que je lui posais des questions parce que ça m'excitait, de fantasmer sur les récits de viols.

Jenna le regarda fixement, mortifiée.

— Qu'est-ce qu'elle a dit ?

— Quelque chose comme quoi je voulais qu'elle me raconte « tous les détails cochons », parce que les hommes sont tous les mêmes. Une formulation très similaire à celle de McCarthy, d'ailleurs. (Il marqua une pause.) Vous rentrez ou bien vous voulez que je nous trouve un film ? J'aurais bien besoin de compagnie et j'aimerais passer en revue les groupes de soutien locaux.

— Je vais vous rejoindre, dit-elle en lui caressant le bras. Ce n'est pas votre faute, Dave. Après ce que ces femmes ont vécu, c'est difficile pour elles de faire confiance aux hommes et j'imagine que vos questions ont rouvert de vieilles blessures.

— Je sais, mais si on ne pose pas les questions difficiles, on n'attrapera jamais les salopards qui leur ont fait ça. (Il soupira.) Elles n'ont pas l'air de comprendre qu'on fait ça pour les aider. Je n'arrive pas à croire qu'elles s'imaginent que je prends du plaisir à faire du mal à des petites filles. J'en ai vu, des crimes atroces, mais la maltraitance envers les enfants, ça me donne des envies de meurtre.

— Il n'y a rien de plus que nous puissions faire ce soir, Dave, lui lança Jenna avec un regard compatissant. Commencez à jeter un œil sur les groupes de soutien. Moi, je rentre me changer et on va regarder un film.

— Oui, ça me ferait du bien. Merci beaucoup.

Elle lui sourit avant de se diriger vers la porte de chez elle.

Jenna fut rapidement de retour chez Kane.

— Du nouveau ? lança-t-elle en entrant.

— Je cherche toujours. Vous voulez bien faire du café ?

— Je n'ai jamais entendu parler d'un quelconque groupe qui traiterait ce genre de choses, lâcha-t-elle. Il y en a un en ville pour les mères qui allaitent et quelques autres sur des sujets différents, mais rien pour les victimes d'abus infantiles.

— Et moi, je n'ai rien trouvé non plus. J'appellerai une assistante sociale lundi, peut-être qu'on saura nous renseigner. Peut-être que le groupe est secret pour des raisons d'anonymat.

— S'il y a un lien entre Lizzy Harper et Pattie McCarthy, il va falloir le découvrir, oui. Je serais prête à parier qu'elles connaissaient les victimes des meurtres. Probablement qu'elles ont été abusées par eux, mais ne veulent pas le dire. Une de ces femmes pourrait très bien les avoir tués.

— Ou peut-être les deux.

— Ou peut-être les deux.

1. Charles Manson avait constitué un groupe apparenté à une secte et commanditait des meurtres que ses adeptes perpétraient pour lui.

23

En plein milieu du film, l'alarme silencieuse se déclencha. Un intrus était entré dans la propriété. Empoignant son arme, Kane éteignit la télévision et se tourna vers Jenna.

— Je vais aller voir.

— Je viens avec vous. On va se faire repérer habillés tout en blanc. Vous auriez des t-shirts noirs ?

Kane tâta le sol pour trouver ses chaussures et les lui passa, puis glissa ses pieds dans ses bottes. Le chien se redressa sur ses pattes et pencha la tête d'un côté à l'autre, comme pour écouter.

— Duke, pas bouger ! dit Kane en tapotant la tête de l'animal.

Alors que Jenna se déplaçait à pas de loup pour éteindre les lumières, Kane se faufila dans la chambre et attrapa deux t-shirts noirs.

— Enfilez ça. Je vais vérifier les caméras.

Il se glissa dans son bureau et après avoir fermé les

stores, alluma les écrans. Quelques instants plus tard, Jenna se retrouvait à ses côtés.

— Pourquoi l'alarme de votre maison n'a pas déclenché les projecteurs ? Les capteurs que j'ai installés indiquent que quelqu'un se rapproche du cottage.

— Je n'en ai aucune idée. Pourtant, j'ai bien pensé à remettre l'alarme avant de revenir ici.

Les yeux de Kane alternaient d'un écran à l'autre, à la recherche de l'intrus.

— Bon sang ! Où est cet intrus ?

— Je ne vois rien du tout. C'est peut-être juste un lapin.

— Non. Les capteurs sont réglés à hauteur de poitrine et si c'était un ours, on le remarquerait, ils ne sont pas vraiment du genre à jouer à cache-cache.

— Vous croyez vraiment que quelqu'un serait assez stupide pour entrer ici ? En sachant qui on est ?

— Vu le nombre de psychopathes qui apparaissent en ville ces derniers temps, tout est possible, madame. Je vais jeter un coup d'œil par les fenêtres.

— Soyez prudents. Je couvre vos arrières.

Alors que l'adrénaline se diffusait dans tout son corps, il éteignit les écrans de surveillance et s'avança dans le hall, puis jeta un coup d'œil à l'extérieur. On ne voyait rien dans la nuit sans lune.

— *Arf.* Mes lunettes de vision nocturne sont dans mon SUV. Peut-être qu'on devrait attendre et voir comment ça se passe.

— Hors de question. Si quelqu'un s'introduit chez moi, je vais l'arrêter.

Inquiet pour sa sécurité, Kane se retourna vers Jenna.

— Nous ne connaissons pas la nature de ma menace et

après l'appel de tout à l'heure, nous pourrions tomber droit dans un piège.

— Ou eux dans le nôtre. C'est peut-être une simple effraction, un cambrioleur ou un pervers, qui sait. Mais bon sang, Dave, ensemble, nous sommes une menace de taille. Qu'est-ce qu'il y a à craindre ?

Une alarme retentit à l'extérieur et Kane perçut la panique qui montait chez Jenna. Il lui attrapa le bras et sentit ses muscles se crisper.

— Bon. Que voulez-vous faire ?

— Je ne sais pas qui c'est, mais ils sont assez stupides pour avoir déclenché l'alarme de ma voiture. À moins qu'ils ne veuillent savoir où on se trouve. Ma voiture étant garée devant chez moi, ils ne peuvent pas savoir que je suis ici avec vous.

Jenna attrapa ses clés sur la table et s'approcha de la fenêtre. Elle pointa la télécommande vers son véhicule et la sonnerie s'arrêta net.

— Voilà. Maintenant, ils savent que nous les avons repérés. Je propose que nous allions à leur rencontre. Ils n'ont pas nos compétences et je veux savoir qui s'amuse à s'inviter chez moi en pleine nuit.

Sa logique était implacable.

— Bien reçu.

Au loin, Kane aperçut une silhouette contre le mur blanc de la maison de Jenna qui hésita un instant avant de s'avancer vers eux.

— L'inconnu est devant la fenêtre de votre salon et vient vers nous. Si on sort par la porte de derrière, on peut prendre l'avantage et l'avoir par surprise.

— Prenez les devants. Je surveille vos arrières.

Kane se dirigea vers la sortie, arme en main et Jenna sur ses talons. Il tapa le code pour désactiver l'alarme, ouvrit la porte, puis se tourna vers elle.

— Comptez jusqu'à trois et suivez-moi. Dos au mur.

Un pressentiment étrange s'empara de lui et, prêt au combat, il passa la porte. Derrière lui, Jenna se faufila sans un bruit et ils descendirent les marches silencieusement, puis longèrent le côté de la maison, avant de s'accroupir à l'angle. Kane huma l'air, mais aucune odeur d'ours ne flottait dans la brise. Après avoir jeté un bref coup d'œil, il ouvrit la voie. Le mur du garage masquait la vue de la porte d'entrée, mais il s'avança, l'oreille alerte.

Un son ressemblant à une éclaboussure, suivi d'un bruit de choc comme si quelque chose heurtait le sol. Il se retourna et fit signe à Jenna, alors qu'une odeur insupportable lui brûlait les narines. Derrière lui, il entendit le shérif s'étouffer. À l'intérieur de la maison, Duke laissa échapper un gémissement. L'odeur était si forte que Kane tira sur le col de son t-shirt pour se couvrir le nez.

Un bruit de pas brisa le silence alors que la silhouette s'échappait dans l'allée. Kane s'élança à sa poursuite, mais l'individu s'était glissé hors de sa vue.

— Merde, il s'enfuit !

Le shérif leva son arme et tira deux fois en l'air.

— Arrêtez-vous ou je vous tire dessus !

Au loin, une voiture se fit entendre et, dans un crissement de pneus, émergea de derrière un hangar de l'autre côté de la route puis détala sur le bitume, tous phares éteints. Kane baissa son arme et se tourna vers Jenna.

— C'était qui et c'est quoi, cette odeur ?

— Je ne sais pas, mais l’individu est parti. Ça ne sert plus à rien de le poursuivre maintenant.

Jenna se couvrit le nez.

— Si on avait une lampe de poche, on pourrait au moins trouver d'où vient cette puanteur. Je ne pense pas que ce soit une bonne idée d'aller vers la porte d'entrée, dit-elle en l'attrapant par le bras.

Kane jeta un coup d'œil à travers l'obscurité ; aucun mouvement aux alentours.

— Je vais chercher une lampe dans ma voiturc.

— Non !

La petite main de Jenna l'agrippa fermement, enfonçant ses ongles dans sa chair.

— On ne sait pas ce qui nous attend dans le garage. Ça pourrait être une embuscade, ou une bombe, lui lança-t-elle à voix basse. Et je n'irai pas non plus chez moi. Nous n'avons pas d'autre choix que de repartir par où nous sommes venus et d'appeler des renforts.

Elle avait raison.

— Si c'est un piège, ils pourraient tout aussi bien être dans mon cottage à l'heure qu'il est. Je ne sais même pas ce que Duke ferait si des étrangers essayaient d'entrer. Peut-être qu'il les accueillerait avec plaisir. Nous devrions aller voir.

— OK.

Jenna se faufila dans l’obscurité et il la suivit, dos plaqué contre le mur.

— Mes lattes de plancher grincent, mais je n'entends personne marcher. Couvrez-moi.

Il se glissa dans la cuisine et fit un rapide tour de la maison avec Duke sur ses talons, avant d'appeler Jenna à l'intérieur.

— RAS, dit-il en refermant la porte derrière elle. Tout ça est de plus en plus étrange.

Il se déplaça de nouveau dans les pièces, ferma les rideaux puis alluma. Il s'arrêta net à la vue d'une flaque rouge qui s'infiltrait par la porte d'entrée.

— Oh merde.

24

Jenna se couvrit le nez, choquée par la tache de sang.

— Appelez des renforts ! Oh, mon Dieu, j'espère qu'il n'y a pas de cadavre pendu à votre porte.

— Moi, c'est plutôt la possibilité d'une bombe qui m'inquiète. Le sang sert peut-être à nous attirer dehors. Nous ne sommes pas en sécurité ici.

— À moins que ce soit une bombe à retardement, elle ne s'activera pas toute seule, répliqua Jenna. Mais ne prenons aucun risque. On va se réfugier dans la grange. Avec Duke. Appelez Wolfe et Rowley, dites-leur ce qui s'est passé. Qu'ils agissent prudemment et m'appellent avant de pénétrer sur les lieux.

Alors que Jenna déverrouillait un accès situé sur un côté de la grange, Kane expliqua la situation aux autres adjoints, puis elle le laissa entrer par une porte en fer blanc et le guida dans les escaliers, jusqu'à un bunker entièrement meublé et sécurisé.

— J'espérais ne jamais avoir à utiliser cet endroit. Mais il y a tout ce qu'il faut jusqu'à ce que la cavalerie arrive.

— Et moi qui pensais que c'était juste un placard.

Il émit un sifflement impressionné en remarquant que l'endroit possédait plusieurs chambres.

— C'est presque aussi grand que mon cottage ! Pourquoi vous ne m'en avez jamais parlé avant ?

— C'est une cachette secrète, Kane. Pour *me* garder à l'abri.

— Oui, bien sûr, ça va de soi.

Il se laissa tomber sur une chaise, près de la table de la cuisine, pendant que Jenna déballait une machine à café. La nuit promettait d'être longue.

— Je n'arrive pas à comprendre pourquoi mon alarme ne nous a pas prévenus dès l'instant où quelqu'un a passé le portail. On est d'accord qu'elle fonctionnait normalement quand on est rentrés ?

— Oui. Mais vous l'avez désactivée le temps d'aller vous changer. Est-ce que vous auriez oublié de la remettre ?

— Non. J'en suis sûre et certaine.

Elle n'avait oublié qu'une seule fois, peu après un incident qui avait manqué lui coûter la vie et elle avait retenu la leçon.

— Non, répéta-t-elle, je me rappelle très bien avoir fait le code, bouteille de vin à la main.

— Alors, pourquoi l'intrus n'a pas déclenché les lumières en entrant dans la propriété ?

— Sauf si. Sauf s'ils étaient là *avant* nous. Les projecteurs s'éteignent automatiquement après un certain temps. Et on sait qu'ils se sont garés de l'autre côté de la route, derrière la vieille grange.

— Ils auraient pu entrer pendant que vous vous changiez et que l'alarme était désactivée.

— Mais comment ? La porte se verrouille automatiquement.

— Il y a des tas de façons de faire. Vous entrez, en laissant la porte ouverte pendant une fraction de seconde et on se faufile juste derrière vous.

— Vous voulez dire que quelqu'un serait entré et m'aurait regardée faire le code ? Oh, mon Dieu. Je n'ai pas envie de savoir ce qui m'attend à la maison.

— Ça va aller. C'est moi qu'ils veulent. Vous n'éitez pas visée par les menaces. Ils avaient besoin de gagner du temps pour mettre leur plan à exécution. Et ils l'ont eu pendant que votre alarme et les projecteurs étaient désactivés. Sauf qu'ils ne connaissaient pas l'existence de mon alarme silencieuse.

— Mais comment étaient-ils au courant de *mon* alarme ? Je l'ai installée moi-même. Et même si j'imagine que ça se sait que j'ai des détecteurs de mouvements dans l'allée, personne ne peut savoir qu'ils sont reliés à une alarme !

— Je n'en sais rien. La nuit va être longue, shérif.

— Vraiment ? répliqua-t-elle en lui tendant une tasse de café. Pour ce que j'en sais, on pourrait exploser dans quelques secondes.

25

Le téléphone de Jenna retentit et elle invita Rowley à pénétrer sur les lieux.

— Braquez les feux sur l'entrée du cottage, mais tenez-vous à distance.

— *Oui, madame.*

— Que voyez-vous ?

Elle mit le téléphone en haut-parleur et lança un regard inquiet à Kane qui s'agitait de plus en plus.

— *Je distingue une flaque rouge provenant d'un seau en plastique noir. On dirait bien qu'il y a des bouts de papier qui flottent dedans et un mot attaché sur la porte. Pas d'autres objets étranges dans les environs immédiats. Pas de câbles, rien. Mais il pourrait y avoir tout et n'importe quoi sous cette flaque.*

— Gardez vos distances et tirez plusieurs balles vers le sol avant d'approcher, ordonna Kane. La flaque cache peut-être une plaque qui active la bombe si on marche dessus.

Jenna put entendre la porte du véhicule de patrouille, puis Wolfe qui utilisait son arme. Et enfin, le silence.

— *RAS, madame.*

Elle lâcha un soupir de soulagement.

— Restez en position. On va sortir de la grange.

Elle tendit à Kane une lampe de poche et le guida hors du bunker.

— Des suggestions ? lança-t-elle à Wolfe et Rowley alors qu'ils les rejoignaient.

— Je m'y connais en pièges et en explosifs, laissez-moi inspecter les lieux, lança Kane. Mais je suggère qu'on fouille votre maison en premier, madame, puisque quelqu'un est peut-être entré.

Devant les autres, Kane était de nouveau son adjoint et Jenna appréciait cet effort.

— Bonne idée. Même si je doute que qui que ce soit ait eu le temps de placer une bombe chez moi.

— Ça ne prendra que quelques secondes, madame, répliqua Wolfe. J'ai un kit, je vais m'en occuper.

L'odeur de sang, portée par la brise, se faisait de plus en plus forte. Et Jenna lança un regard inquiet à Dave.

— Quoi qu'il arrive, vous ne pourrez pas dormir dans le cottage. Venez dans le bunker avec moi. À moins que vous préfériez prendre une chambre en ville ?

— Je ne vais pas vous laisser seule ici. De plus, je doute que le motel accepte les chiens.

L'expression de Kane était impénétrable.

— Si un psychopathe traîne par ici, je préfère être dans le coin. Vous connaissez des services de nettoyage ouverts le dimanche ? ajouta-t-il avec un soupir.

— À part « *Propre comme un sou neuf* », vous voulez dire ? Oui, je connais une équipe. Je les appelle demain à la première heure, dit-elle en enfilant les gants que Wolfe lui tendait.

— Pas besoin, interrompit Wolfe. Une fois qu'on aura fouillé la zone, un tuyau d'arrosage et un peu d'eau de Javel feront l'affaire. De plus, je ne pense pas que vous ayez envie que toute la ville sache qu'un agresseur est aux trousses de Kane.

— Ce n'est pas un agresseur. Il y a eu des menaces et du vandalisme, oui, mais c'est tout.

— Vraiment ? Alors, pourquoi vous avez peur d'une bombe ? Si ces gens voulaient que vous arrêtiez les pédophiles, ils ne seraient pas en train d'essayer de vous tuer. C'est très clairement le tueur qui cherche à vous avertir !

Jenna se racla la gorge puis éleva la voix.

— Calmez-vous, tous les deux. On va fouiller la zone pour voir s'il y a des explosifs, parce qu'on n'est jamais trop prudents dans ce genre de situation. D'autant plus que, dans tous les cas, quelqu'un a su déjouer mon système de sécurité. Restez sur vos gardes, leur lança-t-elle avec un regard strict.

Elle se tourna ensuite vers Rowley, qui la regardait fixement, l'air effaré. Le jeune adjoint était très efficace, mais semblait fléchir dès qu'elle aboyait sur les hommes plus âgés.

— Oui, qu'est-ce qu'il y a ?

— Nous avons besoin de plus de gilets pare-balles, madame.

Rowley en sortit deux de l'arrière du véhicule. Un pour elle et un pour Kane.

— J'en ai deux à l'arrière de ma voiture, dit-elle en jetant ses clés à Kane. N'oubliez pas de vérifier qu'il n'y a pas de bombe en dessous.

Il lui lança un regard noir et elle regretta de ne pas avoir tourné sa langue dans sa bouche avant de parler. La femme de Kane était morte dans une voiture piégée, comment diable avait-elle pu l'oublier ?

Kane se força finalement à sourire et il lui tendit la laisse de Duke.

— Mieux vaut le garder ici. Il risquerait de déclencher un piège.

Son expression en disait long. *Nom de Dieu, Jenna, mais comment tu peux gaffer à ce point.*

— Je vais aider Kane, madame, lui lança Wolfe en lui arrachant le gilet des mains, comme pour la tirer de sa léthargie. Un gilet pare-balles ne fera pas grand-chose contre une explosion, mais c'est mieux que rien.

Alors que les deux hommes se dirigeaient vers le véhicule, lampe de poche à la main, elle croisa le regard de Rowley.

— Ne posez pas de questions.

— Loin de moi cette idée, madame. Mais, si je puis me permettre. Qui en veut à l'adjoint Kane selon vous ?

Le regard de Jenna resta fixé sur ses adjoints. Elle observa la façon dont les deux hommes faisaient prudemment le tour de la voiture, bougeant leurs lampes dans toutes les directions.

— Il a reçu un appel de menace plus tôt dans la soirée. Ce pourrait être un stratagème de la part du ou des tueurs pour qu'il arrête d'enquêter. Ils ne le connaissent manifestement pas très bien.

— Les meurtres ont fait la une des journaux de ce soir, mais rien n'a fuité concernant les filles que vous avez trouvées. Pourquoi menacer Kane ? Ça n'a aucun sens. Sa réputation le précède, il est irréprochable et les habitants le savent.

Lorsque Kane ouvrit l'arrière du véhicule et en sortit enfin les gilets, Jenna laissa échapper un soupir de soulagement.

— Les tueurs ne pensent pas logiquement. Celui qui tue les pédophiles pense rendre service à la communauté et selon lui, Kane se met en travers de son chemin. Il a interrogé des suspects aujourd'hui. Le problème, c'est que certaines personnes pensent que la prison n'est pas une peine suffisante pour les pédophiles, dit-elle tout en se dirigeant vers la maison avec le chien.

— D'un côté, je peux les comprendre, répondit Rowley. Si j'avais été abusé ou si j'avais perdu un enfant à cause de ces crapules, moi aussi, je serais heureux de savoir que quelqu'un les tue. (Il s'éclaircit la gorge et se ressaisit.) Mais nous, on veut les attraper pour les amener devant la justice, ce qui se défend tout autant.

Jenna s'arrêta dans son mouvement ; elle aussi voyait les deux côtés de la chose, mais son travail consistait à faire respecter la loi.

— Nous suivrons les lois à la lettre, quoi qu'il arrive. Les opinions personnelles n'ont pas à venir interférer, c'est compris ? Jamais.

— Oui, madame.

Après avoir attendu que Kane et Wolfe soient entrés dans sa maison, elle monta les marches juste à temps pour voir Kane vérifier le système d'alarme.

— Vous avez trouvé quelque chose d'intéressant ?

— À vous de me dire, répliqua Kane en lui montrant deux fils arrachés du boîtier principal. Les projecteurs, je suppose ? Pas besoin d'être un expert pour comprendre le câblage. L'étiquette que vous avez collée sur le panneau de contrôle est on ne peut plus claire, dit-il en levant un sourcil. Donnez-moi quelques secondes, je vais les rebrancher.

— Des empreintes ?

— Effacées.

Elle lâcha la laisse du chien qui s'approcha de Dave. Wolfe s'enfonça dans le couloir puis désigna une petite éraflure sur le sol, devant le placard à balais.

— Je dirais qu'ils se sont garés de l'autre côté de la route, derrière la grange, puis ont marché jusqu'ici avant votre arrivée. Ils ont caché le seau rempli de sang quelque part puis vous ont suivie à l'intérieur. Il y a quelques taches terreuses, mais pas d'empreintes de pas. Ils vous ont vue faire le code et ont désactivé l'alarme pendant que vous étiez chez Kane.

— Mais comment pouvaient-ils savoir que le shérif était chez Kane ? interrompit Rowley.

— On est allés dîner ensemble au Cattleman. L'endroit était plein à craquer. N'importe qui aurait pu nous y voir ou nous y entendre. On parlait de regarder un film chez moi. Ils ont eu tout le temps qu'ils voulaient pour préparer leur coup, à moins que ce ne soit juste un coup de chance.

— Attendez une minute, interrompit Wolfe. Est-ce que vous utilisez un cale-porte ?

— Non, jamais.

— J'ai trouvé ça dans les escaliers, dit-il en montrant un petit morceau de bois. Sortez et faites comme si vous rentriez chez vous.

Il lui rendit ses clés et Jenna s'exécuta, laissant la porte se refermer derrière elle. Quelques secondes plus tard, la porte se rouvrit.

— Et voilà ! Juste assez pour que la porte ait l'air de se

refermer, mais pas complètement !

— Oh mon Dieu.

Jenna n'arrivait pas à y croire.

— Vous pensez que le tueur était au restaurant avec nous ?

— Vous l'auriez remarqué, si l'un des suspects était sur les lieux, non ?

— Il y avait des gens partout, expliqua Kane. Je n'ai vu personne qui sortait du lot. Enfin, pour être tout à fait honnête, je n'étais pas vraiment alerte, j'étais surtout là pour dîner et décompresser un peu.

Jenna lâcha un long soupir.

— Davis discutait avec monsieur et madame Miller quand nous sommes arrivés, mais aucun d'eux n'est sur la liste de suspects.

— Oui, je les ai aperçus aussi, confirma Kane. Mais si nous en avons terminé ici, j'aimerais qu'on passe à la fouille du cottage, madame. Maintenant que les projecteurs fonctionnent, nous verrons plus facilement les pièges s'il y en a.

Il tapota la tête de son chien.

— Toi, tu restes ici, mon grand.

Enfin, lampe de poche à la main, il sortit de la maison.

— Ne restez pas plantés là ! Allez, bougez-vous ! lança le shérif aux autres adjoints, tout en s'élançant derrière Kane.

— Madame, si je puis me permettre, répliqua Wolfe, vous devriez nous laisser faire. Kane et moi sommes spécialisés dans ce genre de choses.

C'est vrai que ces deux-là sont spécialisés en tout. Elle hocha la tête poliment.

— OK, Rowley et moi nous tiendrons à distance. Mais

soyez prudents. N'oubliez pas que vous avez des enfants qui attendent de vous revoir en un seul morceau.

— Je n'oublie pas une seule seconde, madame.

Elle observa, le cœur battant, les deux hommes fouiller la zone, jusqu'à ce que, quelques minutes plus tard, Kane s'exclame :

— RAS !

Wolfe se pencha au-dessus de la flaque écarlate pendant que Kane prenait des photos. Jenna voulait se rapprocher, mais se força à rester en arrière. Si c'était une scène de crime, il ne fallait pas la contaminer. Mais au ton de leurs voix, presque inaudibles, elle comprit que les adjoints avaient trouvé quelque chose d'important.

— Qu'est-ce qu'on a ? leur lança-t-elle.

— Wolfe est en train de tester le sang, mais a priori, c'est celui d'un animal. Les bouts de papier sont des photocopies de coupures de journaux. Il va falloir les nettoyer pour les lire, mais de ce qu'on a compris, ce sont des portraits d'enfants disparus.

Jenna se rapprocha, pour essayer de lire les gros titres et eut envie de vomir à la vue de tous ces visages d'enfants maculés de sang.

— Ils ont l'air vieux, le papier est jauni.

— Oui, ce sont de vieux journaux, certains ont plus de dix ans. Wolfe saura en retirer les informations importantes après nettoyage, notamment le nom des journalistes.

— Combien d'enfants ?

— Six. Que des filles. Et il y a aussi ça.

Cloués sur la porte d'entrée, les portraits d'Amos Price et d'Ely Dorsey, partiellement recouverts des mots : « Monstres tueurs d'enfants ».

— Oh, mon Dieu. Vous pensez qu'ils ont aussi tué ces petites ?

— Ça m'en a tout l'air. Mais comme ils ne sont plus là pour le dire, on n'a aucune idée d'où ils auraient pu enterrer les cadavres. Il ne nous reste qu'une seule option.

Jenna fronça les sourcils.

— Oui, je sais. Il faut qu'on trouve notre tueur-justicier avant sa prochaine attaque.

26

Garée derrière les buissons, non loin de l'intersection qui menait au ranch du shérif Alton, elle resta assise dans la voiture, encore tout excitée d'être passée à deux doigts d'une rencontre avec les représentants de la loi. Ç'avait été un sacré coup de chance d'être à la réception de l'hôtel Cattleman pile au moment où Kane avait appelé pour réserver une table. Et elle avait eu tout le temps d'élaborer un plan.

Écarter le shérif de son chemin ne serait pas chose facile, néanmoins. Jenna Alton était une guerrière, qui ne se laisserait pas facilement avoir. Elle se demandait quelle serait sa réaction au moment où elle donnerait le prochain indice à Kane.

Bien sûr, elle ne pourrait pas lui expliquer d'où elle tenait cette information, mais elle l'enverrait à Craig's Rock, puis dans la cabane du vieux Corkey. Avec un peu de chance, ils trouveraient les cadavres et ça les occuperait pendant au moins une journée.

Dans la pénombre, elle continua d'observer au loin la propriété du shérif. Il s'était passé beaucoup de temps depuis qu'un véhicule de patrouille avait débarqué et depuis, les projecteurs avaient été rallumés. *C'est bon, j'ai leur attention. On va pouvoir passer à la phase deux.*

27

Une brise fraîche soulevait les cheveux de Kane, entraînant avec elle le parfum des pins. Il s'éloigna de quelques pas du cottage, pour profiter d'une bouffée d'air pur. Puis revint à contrecœur vers la porte d'entrée et jeta un œil à Rowley. Les cheveux du jeune adjoint étaient collés à son visage. Il était 2 h du matin et ils avaient travaillé sans relâche pour nettoyer la scène après que Wolfe fut rentré chez lui retrouver ses enfants.

— Ça ira, je suis crevé. Merci beaucoup pour votre aide, Jake.

— Au moins, ça sent un peu meilleur ici, dit Rowley en jetant son éponge dans un seau. Vous pensez que l'adjoint Wolfe saura récupérer les articles de journaux ?

— Oui, il a un logiciel pour faire ressortir les caractères manquants. Et je suis sûr que nous pourrons obtenir des copies *via* les archives de la bibliothèque.

— Super, dit Jake en passant une main sur son front. Je vais rentrer chez moi, maintenant.

— Et décevoir notre shérif ? Elle nous a invités à rester dormir et croyez-moi, le chocolat chaud et les cookies en valent la peine. (Rowley grimaça et Kane ajouta :) Moi aussi, j'aimerais dormir dans mon propre lit, mais l'odeur va mettre un certain temps à partir. Même le chien ne veut pas entrer, dit-il en désignant Duke, endormi dans les buissons. Alors, vous restez ?

— Oui. Vous pensez que le shérif est en danger ?

— Quelqu'un a réussi à la suivre jusque chez elle sans se faire repérer… C'est sûrement la même personne qui m'a appelé. Je pense que c'est un avertissement pour que je ferme les yeux et les laisse se faire justice eux-mêmes.

— Mais nous enquêtons tous sur les meurtres ! Pourquoi vous cibler vous et pas le shérif ?

— Je suppose que c'est parce que j'ai interrogé des femmes qui ont subi des abus dans leur enfance. Le tueur croit que je prends plaisir à les entendre en parler.

— Et vous êtes un homme…

Rowley se tenait debout, les poings sur ses hanches étroites.

— Le shérif m'a parlé de vos séances d'entraînement matinales, reprit-il. Je suppose qu'elle se débrouille en combat à main nue.

— Jenna pourrait mettre à terre n'importe qui, là n'est pas le problème. Mais la personne qui a réussi à entrer chez elle se déplace comme un ninja. Je l'ai vue partir à une vitesse impressionnante après avoir souillé ma maison. Mais ne vous inquiétez pas, je doute que Jenna laisse quiconque prendre le dessus sur elle.

— Je ne l'ai jamais vue se battre, mais quand elle fait des arrestations, elle ne plaisante pas. Vous vous souvenez quand elle s'est attaquée à Rockford ? Ce mec faisait deux fois sa taille !

— Jenna est redoutable, c’est vrai, mais Rockford avait raté son effet de surprise. Il l'a réveillée et elle a eu le temps d'attraper son arme et de le prendre la main dans le sac. Ce sont les ennemis qu'on n'entend pas qui sont les plus dangereux. Les attaques-surprises tuent plus que toutes les autres. Si l'intrus avait un couteau et prenait l'avantage sur l'un d'entre nous, il pourrait infliger beaucoup de dégâts. Je voudrais m'assurer que son système de sécurité est de nouveau fonctionnel, juste au cas où. Mais je suis trop épuisé pour m'en occuper maintenant. Réparer les lumières était un jeu d'enfant, le reste prendra plus de temps.

— À l'heure qu'il est, elle doit dormir de toute façon, dit Rowley en jetant un coup d'œil vers la maison de Jenna. Il faudrait que je prenne une douche et que j'enlève ces vêtements puants, mais ça me fait bizarre de faire ça chez ma patronne.

— Je comprends. Vous pouvez utiliser ma chambre d'amis si vous voulez. Enfin, si vous y arrivez malgré l'odeur, je veux dire.

Apercevant la silhouette de Jenna à la fenêtre, il ajouta :

— Nous ferions mieux de nous dépêcher. Elle est en fait réveillée et nous attend.

— OK, je vais prendre mon sac dans ma voiture.

Quelques instants plus tard, Rowley le suivait à l'intérieur.

— C'est plus grand qu'il n'y paraît !

— Oui, j'imagine que la maison a été construite par le directeur du ranch, il y a environ une centaine d'années. La salle de bains est par ici.

. . .

Quinze minutes plus tard, Kane était assis à la table de la cuisine et savourait un chocolat chaud. Sa tête lui faisait un mal de chien et il avait l'impression d'avoir inhalé assez de produits chimiques pour faire tomber un éléphant. Levant des yeux fatigués, il lança :

— Je suis content d'aller me coucher. La journée a été longue. Je commence à ressembler à mon chien.

— Moi, je sais que je ne vais pas arriver à dormir, répondit Jenna. Je suis trop occupée à essayer de comprendre ce qui se passe. J'ai l'habitude que les tueurs passent à l'acte puis disparaissent, pas qu'ils nous rendent visite et nous menacent.

Elle se tourna vers Rowley.

— J'aimerais vraiment savoir si les suspects se connaissent. L'hypothèse du groupe de soutien est à explorer. (Elle soupira.) J'ai l'impression qu'on tourne en rond ! Pas de nouvelles concernant d'autres potentiels membres du réseau pédophile ?

— Nous avons trouvé quelques personnes qui connaissaient les hommes assassinés, mais seulement de loin. Tous ont dit la même chose : ils ne se fréquentaient pas et n'étaient pas amis. Mais il doit y avoir un lien, dit Rowley avec un regard noir.

— C'est évident, ajouta Kane dans un haussement d'épaules. Nous avons trois suspects pour les meurtres, toutes victimes d'abus infantiles. Et toutes les femmes, y compris Zoé, ont mentionné que les hommes portaient des masques. Il est là, notre lien. Les hommes font partie du même groupe qui sévit depuis des années.

— Et vous pensez que tous les suspectes sont impliquées ?

Rowley posa sa tasse le temps de bâiller.

— Vous avez mentionné qu'elles étaient toutes en ville au même moment.

— Je me suis effectivement demandé si les femmes avaient pu se rencontrer, mais comment est-ce qu'elles se connaîtraient ? Les tribunaux et les médias ne divulguent pas les noms des victimes. Est-ce que notre justicier, ou justicière dans le cas présent, aurait enquêté sur les enfants que l'on a vu sur ces coupures de journaux pour les contacter plus tard dans leur vie ?

— Dans ce cas, on pourrait être face à un groupe de femmes qui se vengent des hommes qui leur ont fait du mal ? Ça tient la route. Elles cherchent à les arrêter avant qu'ils ne s'en prennent à d'autres enfants.

— Peut-être bien. La personne qui a appelé Kane et vandalisé sa maison nous a donné une indication claire : il y a un groupe d'hommes qui enlève, viole et assassine des enfants, dit Jenna en grimaçant. Je veux découvrir qui fait partie de ce réseau pédophile. Et après seulement, nous pourrons attraper le tueur avant qu'il ne frappe à nouveau.

— Plus facile à dire qu'à faire. répliqua Kane. Mais ils pourraient opérer ici, à Black Rock Falls, juste sous notre nez.

— Exactement. J'espère que Wolfe aura la liste des enfants dont il est fait dans les journaux dès demain matin. D'après ce que j'ai pu voir, ils viennent tous de comtés voisins.

L'idée qu'autant d'enfants aient pu mourir aux mains de pédophiles déclencha chez Kane un élan de rage. La fatigue avait disparu et, nourri de cette énergie, il se concentra sur les faits récoltés jusqu'alors.

— Oui et ça remonte à loin, une dizaine d'années au moins. On va avoir du pain sur la planche. Ça va être quelque chose de traquer les affaires classées et on va se heurter à des problèmes de juridiction.

— Je m'en fous, de la juridiction ! s'écria Jenna. Je contacterai moi-même les shérifs des autres villes pour leur demander de l'aide. Et les juges locaux nous donneront des mandats de perquisition sans problème si on a une raison valable. On ne peut pas rester immobiles face à ça. On va arrêter ces pédophiles pour deux raisons : par rapport aux meurtres en série, tout d'abord et aussi pour éviter qu'un autre enfant soit kidnappé. Je veux une enquête vingt-quatre heures sur vingt-quatre. J'ai demandé à Walters de prendre les appels du 911 dimanche. Et je tiendrai une réunion lundi matin pour répartir la charge de travail, mais il va falloir se serrer les coudes et continuer à avancer coûte que coûte. Désolé, les gars, mais vous pouvez être là avant 10 h malgré cette courte nuit ?

Kane acquiesça.

— Les nouveaux adjoints ont l'air très efficaces. Je suis sûr qu'ils peuvent tenir le fort avec Walters pendant que nous nous chargeons du reste.

— Je suis d'accord, dit Jenna en croquant dans un cookie. Et je veux être au centre de l'enquête. J'aurais dû venir avec vous lorsque vous avez interrogé les suspects, mais je ne voulais pas manquer ma chance de reparler à Zoé.

Kane lui lança un regard compatissant.

— Avec deux affaires en cours, vous n'aviez guère le choix, madame. Mais nous avons déjà bien avancé et il reste Angélique Bouval à interroger. Peut-être que nous pourrions aussi parler à l'assistante sociale de Blackwater. Pour avoir une liste des groupes de soutien dans la région.

— J'ai du mal à imaginer un tueur dans un groupe de

soutien, dit Jenna avec un soupir. Va savoir à quel type de psychopathe nous avons affaire cette fois.

— C'est vrai qu'on en a croisé de toutes sortes, cette année, ajouta Rowley avec un regard vers Kane. D'après ce que vous dites, ça se décline en beaucoup de comportements différents.

Kane réprima un bâillement.

— Oui, il y a toutes sortes de tueurs. C'est pour ça qu'on a besoin de profileurs. Savoir à quelle sous-catégorie ils appartiennent fait toute la différence.

Jenna posa sa tasse sur la table et s'étira.

— Si vous voulez mon avis, ils sont tous fous et cette histoire de justicier, ça va encore plus loin.

— Quelle est la différence entre quelqu'un qui tue sous le coup de la colère, disons, un homme qui découvre que sa femme le trompe, par exemple, et le type qui traquait les lycéennes l'été dernier ? Vous avez dit que c'était un psychopathe, mais est-ce que c'est si différent que ça ?

Kane n'avait qu'une envie, c'était d'aller dormir, mais Rowley méritait bien une courte explication.

— En termes très simples, dans un crime passionnel comme dans votre premier exemple, l'individu est aveuglé par sa fureur et ne sait pas vraiment ce qu'il fait. Si c'est une femme ou une amante qui l'a blessé, il s'attaquera au visage généralement, puis montrera des signes de remords par la suite, il sera choqué d'avoir tué quelqu'un. Alors qu'un psychopathe, qu'il planifie ou non ses meurtres, n'a aucun sentiment envers ses victimes. Le meurtre vient satisfaire un besoin égoïste, viscéral et la plupart du temps, ils n'ont même pas l'impression de faire quelque chose de mal. Pour certains d'entre eux, c'est juste normal de tuer.

— C'est terrifiant.

Rowley sirota son chocolat chaud, puis ajouta :

— Donc d'après vous, les justiciers savent ce qu'ils font ? Ce seraient des meurtres motivés par la vengeance, mais planifiés. Quelqu'un qui est donc un peu entre les deux catégories ?

— La plupart des psychopathes se révèlent suite à un élément déclencheur. Quelque chose qui leur est arrivé dans l'enfance, notamment. Je pense que notre tueur est une femme qui a été abusée. Elle a peut-être entendu ou vu quelque chose qui a réveillé sa folie meurtrière. Et le fait que les suspectes se soient jouées de moi est très révélateur. Les psychopathes ont tendance à croire qu'ils ont une intelligence supérieure et sont plus malins que les autres, nous y compris. Mais c'est faux. Un jour ou l'autre, ils finissent tous par commettre des erreurs. Et celle-ci en fait déjà. La première a été de me contacter et la deuxième, de venir ici ce soir.

Les lèvres de Jenna se tordirent dans un sourire.

— Et la troisième, c'est de me sous-estimer.

28

DIMANCHE

Jenna se réveilla vers 8 h et enfila sa tenue de sport. Dans la cuisine, elle fut accueillie par le doux parfum du café fraîchement moulu. Kane avait l'air frais comme un gardon, à croire qu'il ne s'était rien passé la veille.

— Bonjour. Merci beaucoup pour le café.

— Tout le plaisir est pour moi. J'ai également réparé votre alarme, mais vous devriez demander à Wolfe de vous fournir un meilleur système. Rowley est rentré chez lui. Il nous retrouvera au bureau à 10 h, comme prévu. Il a un chien, lui aussi, qui avait besoin d'être nourri.

— Où est-ce qu'il est, le vôtre ? Duke, je veux dire.

— Endormi dans son panier. Je crois qu'on l'a fait veiller trop tard hier soir. Il ronfle vraiment fort, vous savez ? C'est vraiment quelque chose ! Et il court dans son sommeil !

— Il a l'air d'avoir repris du poil de la bête, le pauvre toutou. Je n'arrive pas à croire que c'est le même chien. Et gentil comme tout, en plus ! Après avoir été maltraité comme ça, je pensais qu'il se méfierait des humains.

— C'est un limier, ils sont connus pour leur tempérament pacifique. Il est adorable et très propre. Il faut être fou pour l'avoir abandonné. (Kane esquissa un sourire sincère.) Je n'avais pas eu de chien depuis mon enfance. Et je dois dire que j'apprécie sa compagnie.

Jenna sourit elle aussi, heureuse d'en apprendre un tout petit plus sur son passé.

— Il a beaucoup de chance de vous avoir.

— Merci. Si on passe au bureau plus tôt, on aura peut-être fini à temps pour aller voir les chevaux ?

Jenna engloutit son café et se leva. Elle avait besoin d'une bonne séance d'entraînement pour se vider la tête avant de repenser à tout ça.

— Peut-être. Je vous botte le cul en attendant ?

— Vous pouvez toujours essayer.

Avant de quitter la maison, Jenna passa un coup de fil à Wolfe, qui, à son grand bonheur, n'avait pas perdu de temps pour recueillir les informations des articles de journaux.

— Bonne nouvelle. Vous avez dû travailler toute la nuit.

— Oui, mais si vous passez au bureau ce matin, je vous enverrai la liste par mail, à moins que vous ne veuillez me voir, madame.

— Envoyez la liste et nous en discuterons lundi.

Jenna fronça les sourcils. Elle ne voulait pas voler son dimanche à un père de famille.

— Je pense que vous en avez fait plus qu'assez pour ce week-end, reprit-elle. Merci beaucoup, ces heures supplémentaires sont très appréciées.

— Ça fait partie du travail, madame. On en reparle lundi dans ce cas, à moins que le tueur ne frappe avant ça.

Étouffant un bâillement, Jenna passa une main dans ses cheveux, incertaine de les avoir brossés et soupira.

— Je n'espère pas. À lundi.

Elle raccrocha puis engloutit sa troisième tasse de café pour chasser l'épuisement. Cette affaire la rongeait jusqu'au fond de son âme et elle n'avait presque pas fermé l'œil de la nuit. L'entraînement avec Kane avait été intense et désormais, elle subissait la retombée d'adrénaline. Gobelets de café en main, elle retrouva Kane devant son véhicule. Il avait gentiment proposé de la conduire au bureau et l'offre était très bienvenue : elle avait bien besoin de sa compagnie.

En ouvrant la portière, elle remarqua Duke sur le siège arrière. Et leva un sourcil interrogateur vers son adjoint.

— C'est une nouvelle recrue ?

— Vous ne voulez pas ? demanda Kane, l'air chagriné. J'ai promis de l'emmener faire une balade en forêt. Vous savez qu'il peut pister une personne rien que grâce à l'odeur de ses vêtements.

Elle observa le chien aux yeux injectés de sang.

— Il arrive à peine à garder les yeux ouverts. Je doute qu'il ait l'énergie de pister quoi que ce soit.

— Il est plus en forme que vous ne le pensez.

— Si nous arrivons à traiter toutes les informations recueillies avant lundi midi, je vous accompagnerai voir les chevaux. Mais il me faut des hommes sur le terrain tant que tout ça n'est pas résolu.

— Oui, bien sûr, répondit Kane. Je suis curieux de voir ce que Wolfe a pu tirer de ces vieux journaux.

Jenna regarda par la fenêtre, sans vraiment écouter. Les images de Zoé, enfermée dans la cage, la hantaient. Elle comprenait ce qu'elle avait vécu et ce que ça faisait d'être à la merci d'hommes monstrueux. Ses flash-backs en étaient un rappel constant. Kane s'éclaircit la gorge d'une manière peu naturelle, la forçant à revenir au moment présent.

— Désolée, vous avez dit quelque chose ?

Il répéta la question.

— Oui. J'imagine qu'il a trouvé le nom des filles et leur adresse au moment de leur disparition. (Elle poussa un soupire.) C'est comme si elles s'étaient volatilisées.

Kane échangea un regard avec elle avant de reporter son attention sur la route.

— Les premiers cas étaient sûrement plus opportunistes à l'époque, peut-être qu'ils ont enlevé ces fillettes dans la rue, alors qu'elles rentraient seules chez elles. Mais leurs méthodes ont sûrement changé depuis, d'autant plus qu'on sait que les pédophiles utilisent Internet pour échanger avec les enfants. Ils aiment aussi partager leurs expériences, mais ces hommes-là ont l'air très prudents.

— Puisque ni le FBI ni nous n'avons trouvé quoi que ce soit, on ne peut pas avancer sur les affaires de meurtre, pas avant d'avoir interrogé Angélique Bouval et consulté l'assistante sociale. Je pense qu'on devrait commencer par explorer ces coupures de journaux. Maintenant que nous avons accès aux bases de données de l'État, nous pouvons vérifier chaque nom. Si l'une d'entre elles est en vie, elle aura peut-être des informations.

— Et Jane ?

— J'attends toujours le feu vert pour lui rendre visite. Maintenant qu'elle a eu un peu de temps pour se remettre du choc, elle pourra peut-être nous en dire plus.

— Espérons-le. Trouver les journalistes à l'origine des

articles serait une bonne chose. J'imagine qu'écrire un article sur un enfant disparu est difficile à oublier.

Le trajet durait plus longtemps que prévu, ils étaient bloqués par un tracteur qui avançait très lentement.

— Ils ont souvent leurs propres théories sur les suspects, qu'ils ne peuvent pas rédiger dans leurs articles. Ça vaudrait peut-être la peine de voir si ça nous mène sur une piste.

Jenna attrapa son café et but à grandes lampées.

— Très bonne idée. Je vais voir si Price et Dorsey apparaissent comme délinquants sexuels dans d'autres villes. Les registres listent souvent les amis à surveiller. Et il y a aussi Stuart Macgregor, le magicien, je me rappelle avoir reçu une notification quand il est sorti de prison. Je ne l'avais pas signalé, puisqu'il était limité dans ses activités et classé comme menace minimale.

Kane pouffa, dans un élan d'ironie.

— Mais ce genre de type ne change jamais, malheureusement.

Une fois devant le bureau du shérif, il attrapa l'autre gobelet de café posé sur la console.

— Rowley est déjà arrivé et il semblerait que Webber se soit également porté volontaire.

Jenna lâcha un soupir de soulagement.

— Super, je ne dis pas non à des bras et des cerveaux en plus.

En se dirigeant vers son bureau, elle passa devant eux.

— Dans mon bureau, adjoints !

Elle les invita à s'asseoir, puis se posta devant le tableau blanc et le sépara en deux colonnes à l'aide d'un marqueur.

— Nous sommes confrontés à deux affaires qui sont liées, mais nous devons adopter une approche différente pour chacune d'entre elles.

D'un côté, elle écrivit « justicière » et de l'autre, « réseau pédophile », avant de lister les victimes et les suspects.

— Je vais faire une recherche avec les noms de nos victimes dans le registre des délinquants sexuels. Avec un peu de chance, s'ils ont commis un délit ailleurs dans l'État, le shérif qui les a arrêtés aura établi une liste des fréquentations connues. L'adjoint Wolfe m'a envoyé par mail une liste des enfants disparus, avec les dates et les noms des journalistes qui ont écrit les articles. Nous avons six enfants, toutes des filles, dit-elle en se dirigeant vers la photocopieuse. Rowley, vous vous occupez des trois premières et Webber, des trois autres. Entrez les noms dans la base de données et voyez si vous obtenez un résultat. Ensuite, contactez les journalistes. Vous serez surpris de voir à quel point ils peuvent être utiles quand on leur parle en privé. Kane, je veux une liste de tous les amis de Lizzy Harper et Pattie McCarthy ; et aussi ceux d'Angélique Bouval tant que vous y êtes. Trouvez si ces femmes sont inscrites dans des clubs ou des groupes quelconques.

Les adjoints étaient parfaitement silencieux, presque fantomatiques, et en dehors des odeurs d'after-shave, elle aurait presque pu croire qu'elle parlait dans le vide. Levant les yeux de son carnet, elle croisa leurs regards impassibles, leur remit des copies des documents et soupira.

— Mais qu'est-ce que vous attendez, bon sang ? Bougez-vous !

Peut-être que je devrais commencer à faire claquer le fouet, moi.

29

Chris Jenkins fut pris d'un élan d'angoisse alors que l'image d'Amos Price apparut à la télévision et ce sentiment ne fit qu'empirer quand les infos annoncèrent la découverte par les flics du corps d'Ely Dorsey dans un motel. Il avait envie d'appeler Bobby-Joe, mais il y avait un protocole à suivre. Alors il grimpa dans sa voiture et se dirigea vers la route de montagne qui menait jusqu'à chez lui. Il se gara à une certaine distance du portail de la route privée de Bobby-Joe, puis continua à pied jusqu'à la vieille cabane délabrée. Filant à travers les pins, il balaya les environs du regard, cherchant à s'assurer que Bobby-Joe était seul. Puis il s'élança pour entrer par la porte de derrière. La cuisine était vide, l'évier débordait de vaisselle sale et l'endroit puait la moisissure et la bière éventée.

— Bobby-Joe, t'es où ?

— Ici, dans la chambre. Je parle avec ma chérie.

Chris essuya la sueur qui gouttait sur son front avant de pénétrer dans la chambre de Bobby-Joe. Son ami était assis devant son ordinateur et tapait une réponse à quelqu'un sur un serveur de discussion en ligne.

— Il faut vraiment qu'on parle. T'as vu les infos ?

— Ouais, ouais, juste une minute.

Bobby-Joe tapa encore un peu avant de se tourner sur son siège.

— Mec, j'ai cette jolie chose prête à mordre à l'hameçon et j'ai trouvé l'endroit parfait où l'inviter ! Une cabane pas trop loin de la route, mais dont personne ne s'approche à cette époque de l'année. Je pourrais me garer sur la voie des pompiers et y aller à pied, expliqua-t-il avec un grand sourire. Elle meurt d'envie de me rencontrer. Tu penses qu'elle viendra à vélo ? (Il rit puis ajouta un clin d'œil.) D'ailleurs, si toi aussi tu cherches un endroit sympa, on pourrait peut-être se retrouver là-bas avec les deux filles, puis les amener ici. J'ai plein de place dans la cage.

— Ouais, mais déverrouille le portail pour que je puisse venir en voiture. C'est un sacré bout de chemin, à pattes.

— Je te filerai un double des clés. La plupart des gens qui verront ton 4x4 penseront que c'est le mien de toute façon. Même marque, même couleur. Mais arrête de le nettoyer si tu viens ici. Une bagnole propre, ça fait tapette.

Chris acquiesça, surpris que Bobby-Joe n'avorte pas ses plans de kidnapper une nouvelle fille. Ce type était imprévisible. Et le fait qu'Ely et Amos aient été retrouvés morts ne lui faisait visiblement ni chaud ni froid.

— Tu penses choper une autre fille maintenant ? Malgré ce qui s'est passé ?

— Bah ouais. Et je sais que tu en veux une, toi aussi. Maintenant que la fille d'Amos n'est plus là, je commence à m'inquiéter.

Chris avait du mal à comprendre comment il pouvait rester aussi calme.

— Les flics ont trouvé la fille ? Putain de merde. Je croyais que t'étais allé chez lui ! Pourquoi tu l'as pas amenée ici ?

— Parce que je pensais qu'il allait revenir et j'avais pas les clés pour déverrouiller cette foutue cage, dit Bobby-Joe en se dirigeant vers la cuisine. Je savais pas qu'il était mort. Une crise cardiaque, j'imagine. Ce bâtard mangeait comme un gros porc.

Il attrapa deux bières dans le réfrigérateur et en tendit une à Chris.

— T'inquiète pas, la gamine pourra jamais nous identifier et on a fait en sorte de rien laisser là-bas. Tout est OK. Alors, t'es d'accord pour mon plan ou quoi ? On en chope deux en même temps et on les amène ici. J'ai plein de tranquillisants. Je te laisse un peu de temps seul à seul avec la tienne dans la cabane d'abord et je ferai en sorte que la mienne arrive une demi-heure plus tard. Si on est deux, elles auront aucune chance de s'échapper.

— OK, j'en suis.

Un bruissement se fit entendre à l'extérieur, faisant sursauter Chris.

— T'as entendu ça ? Et si c'étaient les flics, dehors ?

— Mec, t'es trop nerveux ! dit Bobby-Joe en jetant un œil par la fenêtre. Y a personne, à part mes poules. Fais-toi pousser une paire de couilles ! C'est un endroit sûr ici, y a rien à craindre.

Chris ravala sa peur et fit mine de s'appuyer nonchalamment contre le comptoir.

— Je suis prudent, c'est tout. Tu crois qu'il est arrivé quoi à Ely ? Deux de nos amis qui clamsent en même temps, dans la même semaine. Ça n'a aucun sens. Tu crois que quelqu'un nous traque ?

— Mais non. Arrête tes conneries, tu penses vraiment qu'une des gosses pourrait tuer l'un d'entre nous ? J'ai croisé un des ambulanciers qui a transporté le corps d'Ely, au travail. Il a dit qu'on l'avait trouvé nu, avec un préservatif. J'imagine que sa petite amie est partie, personne ne l'a vue au motel. (Il souffla et reprit :) Mais il est mort, donc on s'en fout si elle a vu son visage.

Chris passa une main anxieuse dans ses cheveux.

— Et la fille d'Ely ?

— Je suis allé jusqu'en bas de la montagne, à pied, et j'ai jeté un coup d'œil à sa cabane à travers mes jumelles. Les flics ont mis du ruban en travers de la porte. Ils l'ont aussi, c'est sûr.

— Merde. Elle, elle saurait nous identifier, j'en suis certain.

Il but à grandes lampées puis s'essuya la bouche d'un revers de la main.

— Mais les infos ont rien dit sur elle, reprit-il.

— Ils l'ont emmenée à l'hôpital, dit Bobby-Joe. Ely ne la nourrissait pas beaucoup et comme elle était enchaînée, les flics vont demander toutes sortes d'examens. Je doute qu'elle puisse nous identifier. Réfléchis-y : on a fait attention et on s'est toujours couvert le visage depuis que l'autre salope s'est échappée. Et puis on n'a pas touché à la fille d'Ely depuis des lustres. Te fais pas de bile, ils ont rien sur nous. Les flics vont accuser Ely et il est mort. Affaire classée.

La panique s'empara de Chris.

— Me mens pas, Bobby-Joe ! Je sais que t'es allé chez

lui récemment et tu travailles à l'hôpital, nom de Dieu ! Et si tu la croisais et qu'elle te reconnaissait ?

— *Naaan*. J'ai aucune chance de la croiser. Les flics vont la garder au septième étage pendant une éternité et ils pourront pas l'interroger tant que le psychiatre aura pas donné son aval. Je connais le processus, ça va prendre des jours avant qu'ils la libèrent. Et je me suis jamais approché d'elle sans masque, c'est OK.

— Elle va reconnaître ton tatouage sur la main. Et tu as des yeux verts assez reconnaissables. Une fois qu'elle l'aura dit aux flics, ils vont te tourner autour comme des mouches à merde !

— Mes yeux, peut-être, c'est vrai. Mais le tatouage, je le garde toujours couvert, je le fais depuis que la fille s'est échappée d'ici. À l'hosto, ils pensent que j'ai une vieille blessure et que c'est pour ça que je porte une attelle en permanence. Et puis j'ai des gants quand je travaille. Je ne prends aucun risque.

Mais comment diable pouvait-il rester aussi calme ? Les flics pouvaient débarquer à tout moment et les foutre en prison.

— C'est trop risqué d'amener de nouvelles filles ici. On va devoir trouver un autre endroit.

— Hors de question. Les flics peuvent pas s'aventurer sur mon terrain sans mandat et ils ont aucun moyen de nous relier à Amos ou à Ely.

— Et si la salope d'Ely donne ta description ? Ce sera partout dans les journaux ! Y a combien de personnes dans ton hôpital ? Ils te colleront un masque de clown sur la gueule et voilà, elle t'identifiera sans problème ! Putain. N'importe qui en serait capable.

— Ouais, peut-être. Mais elle n'a pas encore fait de

déclaration. Comme je te disais, les médecins doivent lui faire passer un bilan psychologique avant d'autoriser le shérif à lui parler. Si tu veux mon avis, les flics viendront pas avant demain.

Bobby-Joe s'accouda contre la table, une expression pensive sur le visage.

— Les poulets n'ont mis qu'un seul adjoint en service pour la garder et il n'est là que la journée. Et la nuit, ils verrouillent l'étage, mais je peux y accéder et résoudre notre problème assez facilement.

Chris le regarda fixement, terrifié.

— Non, mais tu comptes faire quoi, là ?

— Je vais aller rendre visite à cette petite salope et lui régler son compte.

30

Recroquevillée sous un buisson, juste en dessous de la fenêtre de Bobby-Joe, elle empêcha une araignée de grimper sur son visage. Vu les tressautements dans la voix de Chris, le mec avait compris qu'il était dans sa ligne de mire. *C'est bien. Tu ferais mieux d'avoir peur de moi. Très peur, même.*

Si le shérif avait trouvé deux filles et les avait emmenées à l'hôpital, il fallait qu'elle découvre laquelle des deux Bobby-Joe prévoyait d'assassiner. D'une oreille attentive, elle écouta les hommes parler, trop nerveuse pour respirer.

— Je ne me rappelle pas le nom de la fille d'Ely. Il l'appelait tout le temps « salope ».

— Moi, je connais son nom, dit Bobby-Joe en ricanant. J'ai entendu Ely l'appeler Jane la dernière fois. Mais je sais pas si elle se souvient de son ancienne vie, elle doit avoir au moins 17 ans maintenant.

— Ouais, je me souviens qu'elle l'appelait Papa. Putain.

C'était un sacré salopard, lui, quand même. Alors que nous, c'est pas pareil.

— Ouais. C'est vrai que *toi*, tu les *aimes* vraiment, les gamines, hein ?

La voix de Bobby-Joe lui donnait la chair de poule. *Oh oui, je parie que tu les aimes, oui.*

Le cœur battant à toute allure, elle s'éloigna de la cabane en rampant, alors que la rage montait en elle. *Bon sang*, si elle avait pris son arme avec elle, elle aurait pu les abattre tous les deux. Mais non. Une mort rapide serait trop bonne pour eux. Il fallait s'en tenir au plan.

Je vais le leur faire payer, à ces salopards.

Une fois loin, elle courut le long du sentier de montagne, en direction des chutes, puis grimpa sur un tas de rochers jusqu'au petit parking où elle avait laissé sa voiture – celui que les touristes utilisaient avant qu'un éboulement ne bloque la route. Là, elle attrapa sa bouteille d'eau et contempla l'étendue du ciel bleu. À sa droite, les chutes, comme une douzaine d'arcs-en-ciel. Une douce brise faisait bruisser les pins et les fleurs sauvages se détachaient en taches de couleur sur la mousse des rochers. C'était comme une carte postale.

Elle aurait voulu que ses souvenirs de Black Rock Falls soient différents. Mais quels autres secrets cette forêt renfermait-elle ? Se glissant hors de la voiture, elle posa une main sur l'écorce rugueuse d'un grand pin. Les arbres du bord de la route se tenaient en rang comme des sentinelles, gardant le chemin vers les chutes.

Quel dommage qu'un si beau paysage soit peuplé de tant de monstres.

31

Après avoir passé la matinée à chercher dans le registre des délinquants sexuels du Montana, Jenna consulta la base de données des fugitifs de l'État pour voir si les noms des victimes apparaissaient. Mais Stuart Macgregor était le seul. Lorsque Kane frappa à sa porte, repas dans les bras, elle jeta un coup d'œil à l'horloge.

— Oh merde, je m'étais pas rendu compte qu'il était si tard, lâcha-t-elle dans un bâillement. Faites venir Rowley et Webber, qu'on discute de l'avancement de l'enquête.

— Je n'ai pas l'impression qu'on ait trouvé grand-chose, malheureusement.

Une fois tout le monde installé, Jenna fit le point avec ses adjoints.

— Je n'ai rien de nouveau concernant nos victimes. Seul Macgregor a déjà été inculpé, les autres, *niet*, même pas une contravention. Et de votre côté ?

— Pas grand-chose de plus qu'on ne savait déjà,

commença Kane. Amos Price, Ely Dorsey et Stuart Macgregor travaillaient tous chez Party Time ; souvent ensemble. J'ai parlé au gérant, qui dit n'avoir jamais reçu de plaintes. Selon lui, aucun des hommes n'avait un tatouage d'araignée. Il a dit qu'il ne les aurait pas embauchés sinon : un tatouage de ce type peut faire peur aux enfants. Je me suis également penché sur nos suspects pour meurtre. Et en dehors des attouchements subis dans leur enfance, il n'y a aucun lien entre elles. Elles sont allées dans des écoles différentes, ont des professions différentes. J'ai fouillé leurs réseaux sociaux, pour voir si elles avaient des amis en commun, mais rien. En vérité, leurs listes d'amis sont presque vides et Lizzy Harper n'a pas de compte. Une vraie solitaire. Je suppose que nous devrions attendre demain, pour parler à une assistante sociale des groupes de soutien possibles. C'est le seul lien auquel je puisse penser pour le moment.

— Et vous, Rowley ? lança Jenna entre deux bouchées de son sandwich.

Elle avait l'impression de ne pas avoir mangé depuis une éternité.

— Les filles de ma liste sont toujours portées disparues. J'ai vérifié dans tout l'État, mais la plupart d'entre elles viennent de comtés environnants. J'ai laissé des messages aux journalistes pour qu'ils me contactent, mais j'ai peur que ça ne donne rien. J'ai aussi contacté les parents de deux filles, à Blackwater. Les affaires sont vieilles de sept à dix ans. J'ai vérifié leurs alibis et ils ne sont clairement pas impliqués dans la mort de nos victimes. Je leur ai demandé ce dont ils se souvenaient des jours ou des semaines précédant la disparition de leurs enfants. Le point commun est qu'ils avaient emmené leurs filles à une fête dans la semaine précédant leur disparition.

Jenna hocha la tête.

— Intéressant. Le lien avec Party Time est donc confirmé. Vous avez réduit le champ d'investigation ?

— Oui, confirma Kane. Ils ont employé quatre clowns et deux magiciens au cours des dix dernières années : les deux que nous savons impliqués et les frères Bouval. L'autre magicien est mort l'année dernière, expliqua-t-il dans un haussement de sourcils. Le gérant a mentionné que le FBI aussi lui avait posé des questions cette semaine ; j'imagine qu'ils recherchent des pédophiles dans tout l'État, sinon ils vous auraient prévenue.

Il haussa les épaules.

— Il semblerait donc qu'aucun des employés ne fasse partie du réseau pédophile.

Merde. Les pistes lui filaient entre les doigts.

— Et vous, Webber, rien à signaler ?

— Rien sur ma liste de filles disparues, dit Webber en s'éclaircissant la voix. J'ai trouvé le rapport d'arrestation de Lizzy Harper, mais rien que nous ne sachions pas déjà. Les autres filles de ma liste sont toujours portées disparues. Et je n'ai pas réussi à contacter les journalistes. (Il expira bruyamment.) Il y a une note dans les dossiers de Blackwater sur l'affaire Angélique Bouval et la condamnation de Stuart Macgregor, mais son dossier est également scellé.

Jenna laissa échapper un long soupir.

— Bon sang, j'espérais vraiment qu'on trouverait quelque chose. Merci d'être venus un dimanche, tout le monde. Rentrez et reposez-vous. Walters est de garde aujourd'hui, je ne vous contacterai qu'en cas d'urgence.

Alors que les autres se levaient pour partir, Kane resta assis et elle lui lança :

— Autre chose ?

— Oui, maintenant que nous avons terminé pour la journée, êtes-vous prête à partir ?

Elle jeta les emballages de nourriture à la poubelle et hocha la tête.

— Oui, une petite pause ne serait pas de refus. Mais qu'elle soit courte, d'accord ? Je veux tout revérifier avant de partir pour Blackwater demain. Ça vous dérange de repasser certaines choses en revue pendant le trajet jusqu'au ranch ?

— Non, madame, dit Kane en s'étirant. Vous voulez rentrer chez vous d'abord pour vous changer ?

— Non. Nous n'avons pas le temps.

Elle jeta un coup d'œil à Duke, qui se prélassait aux pieds de Kane.

— Désolée, Duke, reprit-elle, peut-être la prochaine fois, OK ?

— Est-ce que tout va bien, Jenna ?

— Oui, c'est juste que cette affaire me donne le tournis, dit-elle dans un haussement d'épaules. Et puis je n'y connais pas grand-chose en chevaux, allez-y sans moi.

— Ce n'est pas grave, dit-il d'une voix douce, alors qu'elle s'énervait contre lui. Je vais choisir une monture appropriée pour vous. Est-ce qu'il y a une robe que vous aimez plus que les autres ? Je ne voudrais pas acheter quelque chose que vous n'aimez pas.

Elle lâcha un rire face à son expression sérieuse et l'angoisse de l'enquête se dissipa un peu. Elle fit une petite moue, pour mimer l'indécision, puis dit :

— Voyons voir, le noir va avec tout, mais le blanc aussi.

— J'espère que nous pourrons trouver quelque chose qui vous conviendra, dit Kane avec un sourire. On pourra les ramener dès aujourd'hui. Les écuries sont prêtes et j'ai une remorque à chevaux.

— Vous avez une remorque à chevaux ?

— Oui, je l'ai fait livrer au ranch de Gloria vendredi.

Kane eut l'air embarrassé, tout à coup.

— Elle est très arrangeante, enchaîna-t-il. Rowley me l'a présentée l'autre jour au café Chez Tante Betty.

— Ah bon ? dit Jenna en se dirigeant vers la porte. Vous ne m'aviez pas parlé de ça.

— Je ne trouvais pas ça pertinent, compte tenu de la charge de travail actuelle.

Elle remarqua la couleur vive sur ses joues et se retint de rire.

— C'est pour ça que vous voulez que je sois là, hein ? Pour éviter de vous faire draguer à nouveau.

Kane avait repris une expression sombre et professionnelle et ignora la question. Et pour avoir travaillé auprès de lui pendant presque un an, Jenna comprit que le sujet n'était pas ouvert à la discussion. *Est-ce qu'il aurait flashé sur elle ?*

Alors qu'ils se mettaient en route vers le ranch de Gloria Smithers, Jenna parcourut une nouvelle fois ses notes. Aucune des fréquentations connues des victimes n'était impliquée dans l'affaire. Ces hommes n'avaient pas de vie sociale, ni amis ni collègues de travail avec qui traîner le week-end. Et chaque nouvelle personne interrogée menait à une impasse. En dehors du fait qu'ils travaillaient à Party Time, rien ne prouvait qu'ils se parlaient en dehors des spectacles. Mais si un groupe d'hommes rendait régulièrement visite aux filles, ils étaient forcément amis depuis un certain temps. Les hommes du groupe se faisaient confiance et planifiaient chaque rencontre avec soin. Le fait qu'ils aient fait attention à ne pas être reconnaissables sur les images en disait long. Elle se demanda combien d'hommes étaient en cause. Les filles avaient toutes deux mentionné quatre hommes, mais ce n'était peut-être pas les mêmes. Jenna se frotta le menton. La seule conclusion à laquelle elle pouvait arriver, c'était que les hommes se soient rencontrés des années auparavant, peut-être à l'adolescence. Et pourtant, rien de ce que ses adjoints avaient découvert ne menait à autre chose que les deux hommes travaillant pour Party Time. Il fallait creuser plus profondément. Mais où ?

— Pensez-vous que le tueur était une victime d'abus sexuels ? lança-t-elle à Kane. Ou un parent d'une des filles kidnappées ?

— Jusqu'à présent, tous les parents que nous avons interrogés ont des alibis solides. (Il soupira.) Mais, bien qu'on ait eu vent de six filles disparues, il pourrait y en avoir plus. Ajoutez à ça le fait qu'il ne s'agisse que de suppositions. Mais le tueur est probablement une victime d'abus sexuels, oui, c'est ce qui me paraît le plus probable.

Jenna repassa en revue tout son carnet de notes comme si la preuve dont elle avait besoin allait soudainement lui sauter aux yeux.

Les meurtres ont tout l'air d'une vengeance, oui. Le problème, c'est que tous les enfants qui ont disparus n'ont encore jamais été retrouvés... Ce qui nous laisse avec les trois suspects que nous avions déjà : Lizzy Harper, Angélique Bouval et Pattie McCarthy.

— Les pousser à nous communiquer des informations

va être difficile. Mais peut-être aurez-vous plus de chance que moi.

Elle laissa échapper un long soupir. Les masques étaient un élément important à prendre en compte. Les hommes en portaient sûrement systématiquement, dès le début de leur activité et cela avait dû laisser un souvenir marquant aux filles. Ces trois femmes détenaient des informations clés sur l'identité des agresseurs, mais ce serait difficile de le leur faire admettre et encore plus de leur faire identifier qui que ce soit. Ses pensées se tournèrent vers Angélique Bouval, qu'elle avait prévu d'interroger le lendemain. Peut-être qu'elle serait la clé qui leur permettrait enfin de résoudre cette affaire.

Kane, lui aussi, semblait plongé dans ses pensées.

— Les frères Bouval ont-ils mentionné quoi que ce soit sur les allées et venues de leur sœur au moment des meurtres ?

— Ils ont dit qu'elle était en ville, mais refuse de les approcher quand ils sont en costume. Elle a peur des clowns. Et un autre suspect était également en ville ce jour-là. J'ai vu Pattie McCarthy dans la rue, s'éloigner de Stuart Macgregor, qui faisait un numéro dans la rue. Peut-être qu'elle n'aime pas les clowns non plus.

Jenna haussa les sourcils.

— Ce n'est pas une raison pour l'inculper, d'autant plus que Macgregor n'était pas en clown, mais portait son costume de magicien. De plus, beaucoup de gens détestent les clowns, c'est une vraie phobie.

— Ah ça, oui. Ça a un nom, la coulrophobie. Mais je ne pense pas que ce soit de ça que souffre notre tueur.

Le regard bleu de Kane croisa le sien pendant un instant avant de revenir sur la route.

— À mon avis, le justicier souffre d'une forme de syndrome de stress post-traumatique et quelque chose a déclenché un épisode qui l'a poussé à cette folie meurtrière.

— Je peux comprendre. À vrai dire, je ne suis pas surprise que les meurtres se soient produits pendant un festival. Les artistes sont partout : dans le parc et même dans les rues. On doit découvrir si Price et Dorsey ont eux aussi fait des performances dans la rue la semaine dernière. Je vais voir si Party Time en sait quelque chose.

— J'ai déjà vérifié, dit Kane dans un soupir. Party Time n'a rien à voir avec les performances de rue. C'est la mairie qui s'en occupe et paie les artistes.

— OK.

Elle regarda de nouveau Kane.

— Nous savons donc que McCarthy et Harper étaient dans les parages au moment des deux meurtres et qu'Angélique Bouval était à Black Rock Falls le jour de la mort d'Ely Dorsey. Il faut qu'on sache si Bouval était aussi en ville le jour de la mort de Price.

— On lui posera la question demain. Nous sommes arrivés.

Jenna leva les yeux alors qu'ils s'engageaient dans une vaste allée, avec de larges terrains clôturés de chaque côté, peuplés de nombreux chevaux.

— Mais ce ranch est immense.

— Oui, Gloria a pas mal de races différentes à proposer. Mais elle nous a présélectionné quelques montures qui pourraient nous convenir.

Kane arrêta le véhicule et en un éclair, une femme voluptueuse vint les accueillir. Une vingtaine d'années, les cheveux roux et un jean si moulant qu'on aurait presque pu voir ses veines à travers. Kane eut à peine le temps de s'extirper du siège du conducteur qu'elle l'avait déjà attrapé et embrassé sur les deux joues.

— Dave ! C'est merveilleux de vous revoir !

La femme s'accrocha à lui et ils avancèrent bras dessus bras dessous, comme s'ils se connaissaient depuis des années.

— Je suis tellement contente que vous ayez pu venir !

— Moi aussi, je suis content d'être là, Gloria. Ça vous dérange si j'amène le chien ?

— Mais bien sûr que non, idiot ! lui lança-t-elle avec un grand sourire.

Jenna descendit du véhicule et vint se poster à côté de Kane.

— Vous devez être mademoiselle Smithers, je suppose. J'ai cru comprendre que vous avez des chevaux à vendre ?

Kane lui lança un regard noir.

— Gloria, voici le shérif Alton.

Gloria l'ignora totalement et guida Kane vers une grange située un peu plus loin. Jenna les entendit discuter à voix basse et son instinct lui dit de remonter dans la voiture et d'attendre, mais ravalant sa rancœur, elle accéléra le pas pour les rattraper.

Se forçant à sourire, elle demanda :

— Vous vivez seule ici, mademoiselle Smithers ?

— Bien sûr que non. Je ne pourrais pas gérer un endroit comme celui-ci.

Gloria reporta son attention sur Kane.

— Il y a un hongre noir qui je pense sera parfait et j'ai aussi choisi deux juments. Une baie, très calme, pour les cavaliers inexpérimentés.

Elle jeta un regard plein de pitié vers Jenna, qui comprit que cette pique lui était adressée.

— Et une arabe blanche, enchaîna-t-elle, un peu têtue, mais très fiable.

Jenna ne put s'empêcher de toucher le bras de Kane.

— J'aime les chevaux qui ont du caractère.

— Je vais demander à Arnie de les seller pour vous.

Gloria ouvrit la voie vers une énorme grange et se décolla de Kane pour parler à l'un de ses employés.

— Belle femme, murmura Jenna. Je me demande pourquoi elle n'est pas mariée.

— Je n'en sais rien, dit Kane en se penchant pour caresser son chien.

— Vous lui plaisez. Pourquoi ne lui demandez-vous pas de sortir avec vous ?

— Ce n’est pas mon genre et pour info, je n'ai pas l'intention de sortir avec qui que ce soit. Je suis ici pour acheter un cheval, dit-il en levant les yeux au ciel.

Mais ses lèvres tressaillirent d'une manière qui le trahissait. Il marqua une pause et continua son explication :

— Vous voyez ce que ça veut dire « brosser dans le sens du poil » ? Être gentil avec les bonnes personnes parce que vous désirez quelque chose. Eh bien, c'est comme ça que les choses fonctionnent par ici.

Il croisa le regard de Gloria et lui sourit.

— Et croyez-moi, je suis un expert.

32

Jane Stickler observait les ombres dans sa chambre d'hôpital. Le calme la rendait folle. Le département du shérif avait fermé tout l'étage et pendant la journée, un adjoint montait la garde à côté des ascenseurs. L'infirmière avait insisté sur le fait qu'elle était en sécurité pendant la nuit, car l'hôpital limitait l'accès aux salles et pourtant, seule une infirmière était là, lisant un livre la plupart du temps.

Soi-disant, personne ne pourrait la retrouver, mais son estomac se serra à l'idée de l'entretien avec le shérif le lendemain matin. Ely était mort, alors pourquoi avaient-ils besoin de plus d'informations ? Elle se rongea les ongles en se demandant ce qu'ils allaient lui demander. Et sentit le rouge lui monter aux joues. Elle ne pouvait pas tout leur raconter, c'était trop horrible. Les médicaments qu'on lui avait donnés la rendaient toute molle et l'empêchaient de penser correctement. Elle jeta un coup d'œil à l'horloge au-dessus de son lit ; il était minuit passé, elle avait somnolé pendant trois heures, mais maintenant qu'elle était pleinement réveillée, elle n'avait qu'une envie, rentrer chez elle.

Elle se demanda si sa chambre était restée la même ou si ses parents avaient jeté ses affaires. Ç'avait été étrange de les revoir. Ils avaient l'air tellement plus vieux, elle les reconnaissait à peine. C'était comme si deux étrangers étaient entrés dans sa chambre d'hôpital. Elle avait tellement hâte de les voir et de leur faire un câlin, mais ils n'avaient même pas touché sa main. Ils avaient honte d'elle, en vérité, et s'étaient assis loin comme si elle était contagieuse. Sa mère n'avait pas du tout parlé de la ramener à la maison et était partie sans dire quand ni même si elle reviendrait un jour.

Dieu merci, Adam était arrivé peu après que le shérif l'eut déposée à l'hôpital. Il l'avait laissée seule pendant une heure puis était revenu avec tout ce dont elle avait besoin : chemises de nuit, articles de toilette, vêtements. Certaines choses étaient un peu grandes, mais elle n'avait rien eu à se mettre depuis huit ans. Son frère était devenu un homme très gentil et avait proposé de l'emmener dans sa maison à Black Rock Falls.

Un bruit dans le couloir attira son attention et elle regarda à travers le panneau de verre de la porte, s'attendant à voir l'infirmière qui vérifiait une fois par heure qu'elle était bien dans son lit. Une vague de panique lui enserra les tripes alors que la lumière tamisée révéla un visage de clown. Ely était là et il allait la tuer pour avoir parlé des autres au shérif. Glacée de terreur, elle garda les yeux fixés sur l'homme qui marchait lentement dans le couloir. Non, ça ne pouvait pas être lui. Le shérif lui avait dit qu'Ely était mort. Mais ses mots restaient ancrés dans son esprit, comme s'il était encore là, à lui murmurer à l'oreille : *« Si tu dis un mot à qui que ce soit, on te retrouvera. Et on te tuera, toi et ta famille. Tu ne pourras pas nous échapper, tu ne peux te cacher nulle part.* »

Le cœur battant et le souffle court, elle se glissa hors de son lit. Elle devait s'enfuir. Elle cacha l'oreiller sous les couvertures pour faire croire qu'elle dormait et se glissa sous le lit, allongée sur le carrelage froid. La porte s'ouvrit en silence et l'homme pénétra dans la pièce. Elle pouvait l'entendre respirer. Il arracha les couvertures et s'écria :

— Où t'es, salope ?

Ses pieds passèrent à quelques centimètres de son nez et elle étouffa un cri. Et l'instant d'après, le visage hideux au sourire déformé la regardait droit dans les yeux.

— Sors de là et mets-toi dans le lit.

Elle reconnut la voix d'un des hommes, le méchant, aux yeux verts. Elle s'écarta de lui.

— Je vais crier et l'infirmière va venir !

— Non. Personne ne va venir. Toutes les infirmières dorment bien profondément et tu es la seule patiente à cet étage. L'autre fille est rentrée chez elle.

Il se pencha vers elle et la saisit par les cheveux.

— Fais ce que je dis et je serai gentil. À toi de choisir.

Tremblante, elle sortit de sous le lit. L'odeur de cet homme lui rappelait d'horribles souvenirs.

— Oh, mais je sais que tu vas obéir, dit-il en reculant d'un pas, ses lèvres rouges se déformant sur son visage blanc.

Un rayon de lumière s'immisça dans la pièce et Jane aperçut une petite silhouette vêtue de noir qui se tenait dans l'embrasure de la porte, le visage cagoulé.

— T'es déguisée en qui, en Batman ? s'écria l'homme en se retournant. Sors d'ici, gamine !

Alors que la silhouette pénétrait dans la pièce en laissant la porte grande ouverte, Jane se faufila au pied du lit. Si elle parvenait à passer la porte, elle pourrait appeler à l'aide. Sans prévenir, la silhouette se jeta sur le clown et Jane entendit sa voix.

— Cours !

Sans attendre, elle se précipita vers la sortie. Les grandes mains du clown s'agrippèrent à sa chemise de nuit, mais elle parvint à lui échapper et s'enfuit dans le couloir.

— Laissez-la tranquille, dit la silhouette en barrant la porte. Et toi, cours, cours, ne te retourne pas !

Le clown laissa échapper un hurlement de rage et Jane entendit un bruit sourd alors qu'il frappait l'inconnu.

— Je m'occuperai de toi ensuite, petite.

Terrifiée, elle força ses jambes à lui obéir et courut en direction du bureau des infirmières. L'endroit était désert et derrière elle, le clown continuait à s'acharner sur la femme. *Il faut que j'aille chercher de l'aide.*

— Aidez-moi ! Par pitié, aidez-moi !

Ses cris résonnaient dans les couloirs vides, mais personne ne venait. Désespérée, elle jeta un coup d'œil dans les autres chambres, mais elles étaient toutes inoccupées. Elle se souvint alors de quelque chose que son frère lui avait dit plus tôt : elle avait un étage rien que pour elle. *Pour sa propre sécurité.* À bout de souffle, elle courut de plus belle et s'arrêta net en tombant sur l'infirmière assoupie derrière le comptoir.

— Réveillez-vous, j'ai besoin d'aide ! hurla Jane en tapant sur le bureau.

Mais la femme resta immobile.

— Aidez-moi, je vous en supplie, aidez-moi !

L'infirmière ne respirait même pas.

Est-ce qu'il les avait tous tués ?

Terrifiée, elle regarda autour d'elle. Les portes de l'ascenseur se profilaient au loin et elle s'élança à toute vitesse. *Je peux le faire. Je peux le faire.*

En se retournant, elle aperçut l'homme qui marchait lentement vers elle, son immense sourire barrant son visage.

— J'arriiiive ! lui lança-t-il d'une voix chantante. Je vais te tuer.

Il la narguait.

— Tu ne peux pas m'échapper, ajouta-t-il d'une voix grave qui la fit frissonner.

Il gagnait du terrain, mais elle avait encore le temps. D'une paume tremblante, elle appuya sur le bouton de l'ascenseur. La machine vrombit et le petit écran indiquant les étages s'alluma. L'ascenseur était au sous-sol ; elle était au dernier étage.

— Allez, allez !

Elle appuya frénétiquement sur le bouton, fixant l'écran qui semblait changer de chiffre au ralenti.

Plus que cinq étages, plus que trois, plus que deux.

Mais l'homme était plus rapide.

— Je t'ai euuuue ! s'écria-t-il en l'attrapant par la gorge, pour la plaquer contre le mur.

Les portes de l'ascenseur s'ouvrirent. Mais trop tard. Il la tenait. Elle n'arrivait plus à respirer. Il l'avait épinglée comme un papillon. Avant qu'elle puisse se défendre, il la fit tourner sur elle-même et lui tordit le bras, puis quelque chose de tranchant s'invita dans sa chair. Elle essaya de crier, mais rien ne sortit. Et elle fixa les yeux verts impitoyables.

Ça y est, je vais mourir.

33

Étendue sur le sol de la chambre de Jane, elle haleta et se roula en boule. Bobby-Joe l'avait frappée au ventre. Elle aurait pu savoir qu'il utiliserait son coup classique. Au moins, Jane s'en était sortie. La prochaine fois qu'elle croiserait Bobby-Joe, ce serait pour le tuer, mais pour l'heure, elle devait s'enfuir avant qu'il ne revienne, car c'est lui qui allait la tuer…

Un bruit se fit entendre dans le couloir. Elle se força à se relever pour aller se cacher derrière la porte ouverte. Quelques instants plus tard, Bobby-Joe entrait dans la pièce, traînant le corps de Jane par les cheveux derrière lui. Il la hissa sur le lit et à travers la fente de la porte, elle observa l'homme la remettre sous les couvertures. Il était prudent et portait un masque et des gants chirurgicaux. Il regarda sous le lit, puis jeta un coup d'œil dans la pièce et elle retint son souffle. Elle était blessée, et à un contre un, il aurait raison d'elle.

— Putain et maintenant j'ai une gamine qui m'espionne ! Enfin, rien d'inquiétant. Je suis un fantôme, lança-t-il en gloussant.

Puis il se retourna vers Jane, allongée sur le lit :

— Je te l'avais dit, personne ne peut m'échapper.

Puis il se détourna et sortit de la chambre.

Elle attendit un moment, entendit les portes de l'ascenseur se fermer et observa Jane avec horreur. Son visage était blanc comme un linge. Elle s'approcha du lit pour chercher son pouls. Rien. Ce connard l'avait tuée.

— Je suis vraiment désolée, murmura-t-elle alors que la colère montait en elle.

Sa priorité était de sortir de l'hôpital. Elle jeta un coup d'œil prudent par la porte puis se dirigea vers la sortie de secours en se tenant les côtes. Ça lui faisait un mal de chien, mais elle avait retenu la leçon. La prochaine fois qu'elle croiserait Bobby-Joe, elle aurait une arme sur elle.

34

LUNDI, SEMAINE 2

Après avoir terminé sa séance d'entraînement avec Jenna, Kane se rendit aux écuries pour s'occuper des chevaux. Il huma avec bonheur l'odeur du foin frais. Cela lui rappelait son enfance et sa jeunesse dans une petite ville de campagne, avant de rejoindre les marines. Les deux chevaux l'accueillirent avec plaisir et semblaient bien accepter Duke, ce qui était très positif. Il leur caressa doucement le museau en leur parlant à voix basse, avant de les emmener dans le corral. Il était en train de nettoyer les boxes quand il entendit la voix de Jenna l'appeler.

— Je suis là ! lui lança-t-il. Un problème ?

— Oui, un gros problème. Jane est morte pendant la nuit. Les médecins ne savent pas de quoi. Elle allait bien et une infirmière lui a donné ses médicaments au coucher.

Il lâcha sa brouette puis enleva ses gants.

— Qui était avec elle ? Aucun signe de lutte ?

— Le docteur n'a rien remarqué. Elle est morte dans son sommeil, ou du moins, c'est ce qu'il semblerait.

Jenna se tenait debout, une main posée sur son arme de service.

— Ça m'a paru suspect, alors j'ai envoyé Wolfe jeter un coup d'œil au corps. S'il pense que c'est nécessaire, nous devrons obtenir l'autorisation des parents pour une autopsie.

— Ça semble suspect, en effet, d'autant plus que nous avions prévu de l'interroger prochainement. Mais qui l'aurait tuée ? Le justicier tue les pédophiles, pas les victimes.

— J'y ai pensé aussi. Bien que, d'après les infos que nous a fournies la justicière, les hommes impliqués aient tué beaucoup d'enfants. Peut-être que l'un d'entre eux a tué Jane ?

— Oui, mais nous sommes les seuls à avoir ces infos. Si elle a été assassinée, c'est que son tueur connaît les procédures hospitalières pour les patients traumatisés et savait que Jane avait besoin d'une autorisation du médecin avant que nous l'interrogions.

Il se frotta le menton.

— C'est quelqu'un qui a accès à l'hôpital de nuit.

— Oui. Un des hommes du réseau pédophile travaille à l'hôpital, j'en suis sûre.

Jenna lui lança un regard inquiet, avant de s'en aller vers chez elle.

— Préparez-vous. Je veux passer à l'hôpital, puis nous rendrons visite à Angélique Bouval à Blackwater. On y va avec votre voiture.

— Vous voulez conduire ?

Il se souvenait de son excitation la dernière fois qu'il l'avait laissée manœuvrer son bolide.

— Quoi ? Que *moi*, je conduise *la bête* ? répondit-elle avec un grand sourire. J'adorerais rouler pied au plancher sur l'autoroute, mais je ne suis pas sûre que vous supporteriez. C'est votre bébé, après tout.

Elle avait l'air de lui lancer un défi.

— Non, vous pouvez, je vous fais confiance.

— Je préfère que vous soyez concentré sur l'affaire et pas sur ma conduite. Je vais préparer le petit déjeuner. Vous pouvez être prêt à vous mettre à table dans quinze minutes ?

L'idée d'un vrai petit déjeuner fit gronder son estomac ; ces derniers temps, il s'était contenté de céréales. Il sourit à Jenna.

— Oui, faisons ça.

Une fois au bureau, Jenna était étonnamment silencieuse. Elle se mordait la lèvre, comme elle le faisait lorsqu'elle était plongée dans ses pensées.

— Quelque chose ne va pas ? lui lança Kane.

— Je passe en revue les événements. La mort de Jane ne peut pas être une coïncidence. Elle a réussi à survivre enchaînée à un foutu mur et dès l'instant où elle est en sécurité, elle meurt dans son sommeil ? Je n'y crois pas une seconde.

Elle lui lança un regard froid.

— Le problème, c'est que si un acte criminel a été commis, la scène de crime a déjà été détruite. Il y avait des infirmières et des médecins partout dans la pièce.

— Pas nécessairement. Wolfe est très consciencieux, il les aura convaincus de ne rien toucher.

— Oui, je sais, mais il faut être convaincant pour qu'un médecin accepte de laisser le corps sur place. J'ai insisté pour que nous considérions toute mort reliée à une enquête comme suspecte et ils ont fini par accepter de sceller la pièce et d'attendre l'arrivée de Wolfe. Il doit y être maintenant, il aura sûrement des pistes le temps que nous arrivions.

— Oui, il saura nous dire si tout ça est louche.

— Autre chose ?

Jenna se retourna sur son siège pour le regarder, emplissant l'air de son parfum fleuri.

— J'ai l'intuition que cette justicière est impliquée dans plus de choses que ce qu'on lui prête et je suis persuadée que c'est une femme. Le sang sur le pas de votre porte, le coup de téléphone. Plus j'y pense, plus ça ressemble aux actions d'une femme vengeresse.

Kane s'éclaircit la gorge.

— Oui, je pense aussi que le profil correspond mieux à une femme. Qu'est-ce que vous avez d'autre ?

— Je pense qu'elle nous mène en bateau, dit Jenna avec une pointe d'excitation dans la voix. Pensez-y. Elle nous donne des indices et nous dit que ces hommes sont coupables de meurtre tout en étant membre d'un réseau pédophile. Mais en faisant cela, elle a la main sur notre enquête et nous mène par le bout du nez ! Elle doit se douter qu'après avoir lu ces articles de journaux, nous voudrons nous entretenir avec toutes les femmes qui ont été agressées au cours des dix dernières années. D'ailleurs, nous nous éloignons de Black Rock Falls aujourd'hui. Pourquoi ? Parce que nous suivons la piste Angélique Bouval, qui est l'un de nos suspects principaux. Mais si Angélique n'avait rien à voir avec les meurtres et que c'était juste la justicière qui nous faisait quitter la ville pour pouvoir tuer à nouveau ?

Kane haussa les épaules, mais ses arguments tenaient la route.

— Peut-être. Mais en supposant que Jane ait été assassinée, la justicière n'aurait-elle pas empêché le meurtre, si elle surveille les mouvements des hommes en question ?

— Je ne sais pas. Mais si ma théorie est correcte, les autres hommes sur sa liste vivent aussi ici à Black Rock Falls.

— Je pense que ça coule de source, dit Kane en s'engageant sur Stanton Road, en direction de l'hôpital.

Jetant un œil vers les montagnes qui se dressaient au loin, il eut du mal à croire qu'un si beau panorama puisse cacher autant de crimes. Depuis son arrivée à Black Rock Falls, cette petite ville soi-disant inoffensive avait révélé un puits sans fond de secrets, dont aucun jusqu'à présent n'avait mené à autre chose que la mort. Il se força à revenir au moment présent.

— Quelle plaie de devoir retourner en ville pour ouvrir le bureau. Ça va nous faire perdre du temps, j'avais dit qu'on y serait dans deux heures.

— J'ai pris de l'avance sur vous, répliqua Jenna. Rowley se charge du bureau aujourd'hui, je l'ai appelé tôt ce matin.

Elle s'éclaircit la gorge.

— Vous avez remarqué comme il a changé ? Il m'a demandé si je pouvais lui fournir des chemises plus grandes. Je l'ai fait, évidemment. Il doit faire de la musculation. Vous avez eu l'occasion de lui apprendre certaines de vos techniques de combat à main nue ?

— Pas besoin. Il s'entraîne à la salle de sport en ville et a rejoint un dojo d'arts martiaux.

— Pourquoi ce besoin soudain de se mettre autant en valeur ? C'est un adjoint très compétent.

Kane se retint d'éclater de rire.

— Il voit quelqu'un, c'est tout. Les femmes font ressortir le meilleur des hommes.

— Oh, je vois, dit Jenna en rougissant. Je suppose qu'il sort toujours avec Alison Saunders ?

Kane se gara sur l'emplacement réservé au shérif, à côté du véhicule de Wolfe.

— Je ne dirai pas un mot.

35

Jenna se dirigea avec appréhension vers la chambre de Jane. Adam, le frère de la jeune fille, était assis sur une chaise dans le couloir, visiblement dévasté. Elle se dirigea vers lui et posa une main sur son épaule.

— Toutes mes condoléances, monsieur Stickler, est-ce qu'il y a quelqu'un qu'on puisse appeler pour vous ?

Il leva un visage pâle et baigné de larmes, puis secoua la tête.

— Je veux juste la voir, dit-il en se frottant les yeux. Pourquoi ne laisse-t-on pas la voir ?

Jenna fit signe à Kane d'aller parler à Wolfe. En tant que coroner du comté de Black Rock Falls, Wolfe devait passer quelques appels pour l'autoriser à voir le corps. Jenna s'assit au côté d'Adam et déglutit.

— Ça m'a paru étrange qu'elle meure dans son sommeil. J'ai pensé qu'il valait mieux que notre médecin légiste jette un coup d'œil, juste pour s'assurer que personne ne lui a fait de mal.

— J'ai l'horrible sentiment que c'est ce qui s'est passé. Elle allait très bien quand je l'ai vue hier soir, elle avait l'air vraiment heureuse. Elle voulait vivre ici, en ville, avec moi.

L'homme cligna des yeux pour ne pas fondre en larmes.

— Un des hommes qui l'ont kidnappée est revenu et l'a tuée. Elle m'a dit qu'ils l'avaient menacée ; si elle en parlait à qui que ce soit, ils tueraient toute sa famille et tous ceux qu'elle aimait.

Étonnée que Jane se soit confiée à Adam, Jenna tenta de le pousser à développer. À ce stade de l'enquête, toute information pouvait se révéler cruciale. Elle se leva et se dirigea vers la machine à café, située à quelques mètres de là. Elle tendit un gobelet à Adam et se rassit.

— J'espère que vous aimez le *flat white* ?

— Oui, beaucoup, merci.

Adam s'accrocha à son gobelet comme à une bouée de sauvetage et lui lança un regard qui en disait long.

— J'espère que ces salauds vont revenir et essayer de me tuer, lui dit-il, les yeux dans les yeux. Jane m'a raconté ce qu'ils lui ont fait. Je n'arrive pas à croire qu'elle ait survécu huit ans avec eux. Ils la gardaient enchaînée au mur, nom de Dieu.

— Nous savons qu'il y avait au moins quatre hommes impliqués et deux d'entre eux sont morts. Vous a-t-elle donné des indices sur les autres ? Je sais qu'ils portaient des masques, mais tout élément, aussi insignifiant qu'il puisse paraître, pourrait nous aider à les retrouver.

— L'un d'eux avait les yeux verts, dit Adam, visiblement en colère. Elle a dit que quand ils l'ont emmenée la première fois, elle a cru que c'était un elfe, parce qu'il avait des cheveux clairs et des yeux vert émeraude.

Une veine sur sa joue se mit à palpiter.

— Et une araignée tatouée sur la main. D'après ce qu'elle a dit, c'était une vraie ordure, il était cruel et sans pitié. Il la terrifiait encore plus que les autres.

Tenant à continuer de le faire parler, Jenna posa son gobelet pour prendre des notes.

— Vous souvenez-vous de quoi que ce soit d'autre ?

— Je n'oublierai jamais ce qu'elle m'a dit hier soir.

Il passa une main sur son visage et cligna des yeux comme s'il la voyait encore.

— Elle a dit que depuis que vous l'avez retrouvée, des bribes de souvenirs lui étaient revenues. Elle a parlé de quatre hommes. Deux de corpulence similaire, mais un beaucoup plus calme que les autres. Elle a dit que les autres se moquaient de lui et elle se souvenait d'autre chose à son sujet.

— C'est-à-dire ?

— Il avait une cicatrice sur le genou, comme la mienne.

Adam posa son gobelet pour remonter la jambe de son jean et montrer la longue cicatrice qui courait sur son genou.

— Je suis tombé de cheval quand j'étais enfant et j'ai tellement abîmé mon genou qu'il a dû être remplacé. L'assurance maladie de mon père a couvert l'opération, mais Jane a mentionné que ces hommes avaient toujours l'air à court d'argent. Qu'ils se disputaient pour savoir qui avait de l'argent pour la maintenir en vie. Je me suis dit que le fait qu'il ait subi une opération aussi coûteuse était peut-être important.

Jenna laissa les faits défiler dans sa tête. Les cow-boys de rodéo lui revinrent à l'esprit, puis une autre hypothèse la frappa.

— Il a peut-être eu un accident de voiture.

— Exactement. S'il a eu un gros accident, le sinistre serait répertorié auprès d'une compagnie d'assurance. Elle a dit qu'ils portaient tous des masques et des gants en latex, mais qu'elle pouvait voir le tatouage à travers le gant.

Il détourna le regard puis ajouta :

— Et elle a dit qu'ils prenaient des photos. Ces salopards.

L'homme devenait agressif et Jenna comprit qu'il était temps de le laisser tranquille.

— OK, merci. Je vous promets que nous retrouverons ces hommes.

Une vague de soulagement l'envahit à la vue de Kane qui sortait de la chambre. Il lui fit signe de venir et elle se retourna vers Adam.

— Ce ne sera plus très long. Je vais parler à l'adjoint Wolfe.

— Il a l'air tendu, murmura Kane alors qu'elle le rejoignait. Un problème ?

— Il est hors de lui et ne croit pas une seconde qu'elle soit morte dans son sommeil.

Jenna se déplaça aux côtés de Wolfe pour observer la silhouette décharnée de Jane Stickler.

— Vous pouvez en conclure quelque chose ?

— Oui, dit Wolfe en déplaçant le plafonnier pour qu'il éclaire le cadavre. Elle a des marques d'aiguille sur les bras, mais elles ont pu être faites pendant l'administration des médicaments par les infirmières. Normalement, un examen toxicologique complet ne serait pas nécessaire, mais je pense que quelqu'un l'a droguée. J'ai la liste de ce que l'hôpital lui a donné pendant son séjour, mais rien de tout ça n'a pu la tuer.

— Une intuition n'est pas une conclusion, lui lança

Jenna avec un regard strict. Mais j'imagine que vous n'aviez pas fini ?

— Regardez ici, dit Wolfe en montrant le sommet du crâne. Vous voyez cette ecchymose ? C'est récent et ça n'apparaît pas dans le rapport initial. J'ai des raisons de croire que quelqu'un l'a traînée par les cheveux, j'ai donc fouillé la chambre et j'ai trouvé beaucoup de cheveux sous le lit et près de la porte. Je suggère de vérifier le couloir également et de rechercher des empreintes sur l'ascenseur ainsi que sur le bureau des infirmières.

— OK. Kane, chargez-vous-en immédiatement.

— Oui, madame.

— Qu'est-ce qu'on a d'autre ?

— Les chaussettes de Jane ont l'air neuves, mais elles sont salies comme si elle avait marché par terre. Il y a un paquet de chaussettes neuves sur la chaise, là-bas. Pourquoi porter des chaussettes sales au lit ? Et puis il y a aussi ça.

Il releva la chemise de nuit de la jeune fille pour montrer des marques rouges sur ses genoux.

— Marques de frottement classiques. Elle a été traînée face contre terre.

Jenna ravala sa salive.

— Elle a donc essayé de fuir son assassin ?

— Oui. Il a dû la poursuivre, la maîtriser, puis la traîner par les cheveux. Pendant la lutte, il l'a piquée avec une seringue puis l'a remise au lit.

Jenna n'en croyait pas ses oreilles.

— Comment diable aurait-il pu entrer dans l'hôpital ? Où étaient les infirmières ?

Elle fit les cent pas dans la chambre et secoua la tête, incapable de cacher sa nervosité.

— Je veux des réponses. Ont-ils des caméras de surveillance à chaque étage ?

— Non, seulement à l'entrée principale et à l'entrée des urgences, dit Wolfe en couvrant le corps. J'ai déjà demandé.

— Je vais devoir parler à l'infirmière et à tous ceux qui étaient de service la nuit dernière. Vous avez trouvé quelque chose ? demanda-t-elle à Kane qui revenait.

— Non, l'équipe de ménage avait déjà nettoyé cette zone avant que le corps soit découvert, mais j'ai trouvé quelque chose d'intéressant. Une des infirmières a utilisé l'eau de la bouilloire de la salle de repos pour se faire un thé et s'est évanouie. Elle est toujours endormie, le docteur pense que quelqu'un a mis des somnifères dans l'eau. Je lui ai dit de s'assurer que personne ne touche à la bouilloire pour qu'on puisse prélever un échantillon.

— Quelqu'un aurait drogué tout le personnel la nuit dernière ?

— À cet étage et aux deux étages du bas, oui. C'est logique quand on y pense. Apparemment, l'équipe de nuit de ces étages a pour habitude de faire une courte pause café vers 23 h 30 et il est rare qu'il y ait plus d'une infirmière de garde pendant la nuit. Si quelque chose arrive à un patient, il suffit d'appeler les urgences pour obtenir des renforts. Celui qui a fait ça connaît les horaires de travail des infirmières et sait quand elles font une pause.

Jenna se gratta la tête. Il y avait beaucoup à faire et le temps manquait. Déléguer. Elle n'avait pas d'autre choix que de déléguer.

— Wolfe, faites faire une prise de sang à toutes les personnes qui étaient en service hier soir, interrogez-les et voyez si elles ont remarqué quoi que ce soit d'inhabituel. (Elle marqua une pause.) Tout ça est beaucoup trop gros pour nous, nous allons devoir faire à nouveau appel au FBI. Je veux savoir si les pilules que nous avons trouvées sur les victimes et la drogue utilisée sur le personnel proviennent de cet hôpital. Vous pourriez retracer les stocks manquants, n'est-ce pas ?

— Oui, pas de problème, je vais les contacter. De toute manière, je vais rester des heures ici à attendre que les documents soient traités. L'hôpital doit remplir une tonne de formulaires avant de libérer le corps.

Elle laissa échapper un long soupir.

— Il est évident qu'un membre du réseau pédophile travaille ici ou y a un complice.

— Malheureusement, ça n'aide pas beaucoup.

Kane se racla la gorge puis s'excusa pour l'interruption.

— Quiconque a passé assez de temps ici en tant que patient doit être habitué aux changements d'équipe et connaître les heures de pause.

— Je vais accélérer un peu les choses en prélevant le sang de l'infirmière qui était de garde hier soir et nous allons devoir confisquer la bouilloire. Je vais devoir faire une autopsie.

Wolfe poussa une civière plus près du lit et tendit une paire de gants à Kane.

— Aidez-moi à la mettre sur le brancard. Ça sent trop mauvais ici. Je vais l'emmener dans la chambre d'à côté pour que son frère puisse la voir. Pourriez-vous le distraire pendant quelques minutes ? Il est marqué dans son dossier comme étant son parent le plus proche. De toute évidence, les parents n'étaient pas ravis de son retour. Faites-lui remplir un formulaire d'autorisation. Il y en a un dans mon kit.

— Bien sûr, mais avant que j'oublie. Price ou Dorsey

avaient-ils une cicatrice sur le genou ? Quelque chose de significatif, peut-être opération de remplacement du genou.

— Non, rien d'inhabituel à part la cicatrice d'appendicite de Dorsey et la tache de naissance sur son cou, que Zoé a identifiée.

— Alors, celui qui a une cicatrice sur le genou est toujours dans la nature.

Jenna posa de nouveau les yeux sur le cadavre de la jeune fille.

— Je dois retrouver son assassin. Pour que justice soit faite.

36

Jenna observa ses deux adjoints déplacer Jane sur le brancard, la recouvrir d'un drap et lui lisser les cheveux avec respect.

— Emmenez Adam jusqu’au bureau des infirmières pour signer les formulaires. On va la déplacer pendant qu'il a les yeux ailleurs.

— Entendu.

— Mais il risque de refuser de signer.

— Non, il signera. Il veut savoir ce qui s'est passé.

Adam Stickler était toujours assis dans le couloir et n'avait pas bougé d'un centimètre. Elle posa une main douce sur son épaule.

— J'aurai besoin de vous faire lire quelques documents. Venez avec moi.

Elle lâcha un soupir de soulagement en voyant qu'il la suivait sans poser de question. Le pauvre homme était si pâle qu'elle se demanda s'il n'allait pas s'évanouir.

— Le légiste a quelques inquiétudes, comme vous, au

sujet de la mort de Jane. Il voudrait faire une autopsie, mais nous avons besoin de votre autorisation, en tant que plus proche parent.

— Oui, elle était à ma charge depuis hier, lança-t-il avec un regard mécontent. Mes parents sont des ordures, lâches par-dessus le marché, ils n'osaient pas lui dire qu'ils avaient honte de ce qui lui était arrivé et ne voulaient pas qu'elle revienne à la maison.

Il laissa échapper un sanglot, à demi étouffé.

— Mais ils n'ont plus à s'inquiéter maintenant, hein ? Je ne les ai même pas prévenus de sa mort, vous savez. Je ne suis pas sûr de vouloir rester en contact avec eux.

Jenna se retint de pleurer et attrapa le bras du jeune homme. Elle ne savait pas quoi dire.

— Vous voulez que je leur parle ?

— Si ça vous va, oui.

Il se redressa et la regarda droit dans les yeux.

— C'est l'adjoint Wolfe, le nouveau médecin légiste, n'est-ce pas ? Il est bon ? Il saura dire ce qui s'est passé ?

— Oui, c'est le meilleur que je connaisse.

Une fois les formulaires signés, Jenna accompagna Adam jusqu'au corps, pour qu'il puisse voir et identifier formellement sa sœur. Kane et Wolfe se tenaient un peu à l'écart, le visage sombre. À côté d'elle, Adam laissa les larmes couler et resta un long moment à tenir la main de sa sœur.

— Je vais m'occuper d'elle pour vous, finit par dire Wolfe en s'avançant, avant de poser une grande main sur l'épaule du jeune homme. Rentrez chez vous, essayez de vous reposer.

— Est-ce qu'elle a souffert ? demanda Adam entre deux sanglots.

— Non.

Wolfe le conduisit vers la porte et lui dit d'une voix basse et compatissante :

— Elle s'est simplement endormie.

Jenna observa les deux hommes sortir de la pièce et se tourna vers Kane.

— Vous savez ce que je pense de ce meurtre ? Celui qui a fait ça craignait d'être découvert. Il a peur de nous et de la justicière. Il a tué Jane parce qu'elle risquait de l'identifier, lui et peut-être d'autres de ses acolytes.

— Ce qui signifie que Zoé pourrait être la prochaine sur sa liste.

Jenna saisit son téléphone portable.

— J'appelle le père de Zoé immédiatement. Et aussi le shérif de Blackwater.

Elle en profita pour informer ce dernier qu'elle allait aussi interroger un suspect dans sa juridiction. Et sourit à Kane. Blackwater offrait son entière coopération.

— Oui, je crois que le réseau pédophile est très répandu et d'après la liste de filles disparues que je vous ai envoyée, d'autres comtés pourraient être concernés.

Elle passa l'appel en haut-parleur pour que Kane puisse participer.

— *Oui, je suis sur l'affaire aussi, shérif. Mes adjoints ont travaillé tout le week-end pour éplucher les affaires non résolus d'il y a dix ans. Je vais également enquêter sur les artistes de rue. Nous avons quelques clowns qui passent par ici à des moments de l'année pour le moins étranges. Je vous appelle si on trouve quelque chose.*

— Merci.

Elle raccrocha et se tourna vers Kane.

— C'est une bonne chose que nous ayons son feu vert. Je ne voudrais pas marcher sur ses plates-bandes.

Quand Wolfe s'avança vers elle, une expression morne sur le visage, son estomac se noua. Quelque chose n'allait pas…

— Votre visage n'annonce rien de bon, qu'est-ce qui se passe ?

— Être ici à l'hôpital m'a fait réaliser quelque chose.

Il échangea un regard avec Kane, puis ajouta :

— Vous avez les photos des pilules que vous avez trouvées dans le camion d'Amos Price ?

— Oui, tenez. Les voici, dit-elle en tendant son téléphone portable.

— Merde ! Comment n'ai pas remarqué ça avant ? Vous voyez ce flacon ? On n'en trouve que dans les hôpitaux. Il y a le nom du patient, le dosage, le nombre de pilules et le nom du médecin sur l'étiquette.

Jenna déglutit bruyamment.

— Ce qui veut dire que celui qui a tué Jane a accès à la pharmacie de l'hôpital.

— Je vais en informer le FBI. On a trouvé des médicaments du même type chez les deux hommes. On dirait bien qu'un membre de leur groupe les redistribue.

Wolfe se frotta l'arrière du crâne, visiblement agité.

— Autre chose… En organisant l'enlèvement du corps, j'ai parlé au pathologiste qui travaille à la morgue. Selon lui, après 11 h du soir, l'accès à l'hôpital se fait soit par une carte magnétique soit par les urgences.

— Il existe donc un enregistrement de toute personne étant entrée dans l'hôpital ?

— Oui et non, dit Wolfe en fronçant les sourcils. Une trace des personnes ayant utilisé leur pass, oui, mais on ne vous donnera pas les noms des patients aux urgences, à cause du secret médical. Mais nous avons les images de vidéosurveillance. Ce qu'il nous faut, c'est une ordonnance du tribunal, mais si le tueur de Jane travaille ici, il a certainement eu l'intelligence de se déguiser ou d'éviter les caméras. Ce serait étrange de se donner autant de mal pour la tuer sans prendre ses précautions. J'ai parlé à la direction, ils vont vous envoyer par mail la liste de toutes les personnes ayant utilisé leur carte cette nuit, ainsi qu'une liste des employés.

— Très bien. Merci. Combien de temps avant que vous puissiez commencer l'autopsie ?

— Je m'y mets dès que le corps arrive au labo. Mais je n'aurai pas les résultats de l'analyse toxicologique avant au moins trois semaines. Si elle est morte d'une surdose, ce que je soupçonne, ça veut dire qu'on a affaire à quelqu'un qui a des connaissances en matière d'administration des médicaments. Ça pourrait être une surdose d'insuline par exemple et pas forcément de la drogue. Ce n'est cependant pas un raison pour écarer le fait qu'il existe un trafic en ville.

— Je m'y connais en trafic de drogue, Wolfe. C'est mon domaine d'expertise. Les enquêteurs du FBI vont s'en charger. Mais assurez-vous que nous soyons tenus au courant ; je veux savoir si la drogue vient d'ici.

Elle réfléchit un instant, puis conclut :

— Si c'est tout, mettons-nous en route pour Blackwater et interrogeons la fille Bouval.

Wolfe se contenta de hocher la tête.

— C'est à plus d'une heure de route et il nous faut aussi parler à l'assistante sociale, ajouta Kane. Je suggère que nous achetions des repas à emporter sur le chemin.

Décidément, celui-là ne pensait qu'à son estomac.

— OK, entendu. Vous brûlez les calories plus vite que la normale ou quoi ?

— Non, mais j'aime manger, répliqua Kane en lui souriant.

— Je prends l'ascenseur avec vous, lança Wolfe, en se penchant pour ramasser son sac.

Alors qu'ils entraient dans l'espace confiné, Jenna se tourna vers Kane.

— J'ai besoin de votre avis de profileur. On a au moins deux tueurs en liberté et on tourne en rond. J'ai besoin de plus d'informations pour les attraper. Que pouvez-vous me dire ?

— La justicière est une femme, déterminée à se venger et qui ne représente aucun danger pour la communauté en dehors de ça. Elle n'a qu'un seul objectif, celui d'éliminer les hommes qui s'en sont pris à toutes ces fillettes.

Elle remarqua une veine qui palpitait sur sa joue.

— Quant à la personne qui a tué Jane. Elle a des tendances psychopathiques évidentes. Ce doit être le « méchant » dont les filles ont parlé. Tous les pédophiles ne sont pas comme ça. Ils tuent les enfants par peur qu'ils les identifient, oui, mais ils éprouvent des remords. Alors que lui, visiblement, prend du plaisir à terroriser ses victimes. C'est un homme dangereux et nous devons l'arrêter avant qu'il ne frappe à nouveau.

37

C'était une de ces journées qui semblent sans fin. Elle avait l'impression d'avoir conduit pendant des heures sans faire de pause. Mais elle avait le temps de déjeuner avant de rentrer chez elle. En pénétrant dans le café, elle huma avec bonheur l'odeur des beignets et du café fraîchement moulu. Puis s'effondra dans un fauteuil, dans un coin, au fond, et réprima un gémissement. Encore meurtrie de son combat avec Bobby-Joe, elle avait revêtu un chemisier à manches longues pour couvrir les blessures sur ses avant-bras. Elle avait mal et les coups de poing lui avaient abîmé les côtes, mais elle offrit son plus beau sourire à la serveuse et commanda son repas.

— Vous avez l'air fatiguée aujourd'hui, vous êtes toute pâle. Est-ce que tout va bien ?

— Oui, je suis juste fatiguée. J'avais un rendez-vous galant hier soir, lança-t-elle avec un clin d'œil. Vous me laissez la cafetière ? Je suis encore à moitié endormie.

— Veinarde. Je reviens tout de suite avec votre

commande.

Elle lui sourit, heureuse que Bobby-Joe n'ait pas laissé de marques sur son visage. Il avait frappé aux bons endroits et l'avait paralysée juste assez de temps pour assassiner Jane. Cet idiot devait penser qu'elle attendrait sagement qu'il vienne la tuer à son tour. Alors que la colère montait en elle, elle engloutit sa tasse de café. Elle n'était pas assez stupide pour retourner se venger alors qu'elle était blessée. *Pas de précipitation.* Elle s'occuperait de lui bien assez tôt. Et avec les flics qui rôdaient partout dans Black Rock Falls, elle devait attendre encore un peu, se concentrer sur l'élimination d'une cible plus facile.

Sirotant son café, elle réfléchit à la meilleure manière de passer à l'étape suivante. Le shérif laisserait ses adjoints les moins expérimentés diriger le bureau en son absence ; les distraire serait un jeu d'enfant. En ce qui concerne David Kane et Shane Wolfe, ce serait une autre paire de manches. Mais il suffisait d'un appel pour régler le problème et se débarrasser du shérif et de ses deux chiens fidèles.

Il avait fallu plusieurs mois pour mettre en place ses différentes identités sur Internet et attirer les monstres, mais Bobby-Joe n'avait toujours pas mordu à l'hameçon. Contrairement à l'un de ses acolytes, avec qui elle discutait régulièrement. L'idée de le voir mourir était exaltante. Et elle se mordit la lèvre en l'imaginant se tordre de douleur. Elle ne connaissait pas de meilleure sensation que celle de voir ces hommes s'éteindre. Portant un morceau de steak saignant à sa bouche, elle se délecta de l'odeur du sang. Il fallait admettre qu'elle aimait tuer ces monstres. Peut-être un peu trop. Elle repensa au couteau de chasse qu'elle avait un jour acheté dans un vide-greniers. Aussi aiguisé qu'une lame de rasoir. Il ferait parfaitement l'affaire.

38

Kane et Jenna prirent la route pour Blackwater et voyagèrent plus d'une heure sans parler. Kane se contentait d'écouter la radio tout en profitant de la vue. La route s'étendait sur des kilomètres, un long serpent noir se faufilant à travers la campagne. D'un côté, des pins comme des poteaux gardant le chemin vers les montagnes. Et de l'autre, un terrain plus plat, avec des étendues de fleurs sauvages, qui poussaient en abondance au milieu des broussailles et qui, lorsqu'elles s'envolaient dans le vent, tourbillonnaient au-dessus de la prairie comme des feux follets. Kane aperçut quelques ranches au loin, mais cette partie du comté était presque déserte. Il se tourna vers Jenna, qui n'avait pas quitté son téléphone des yeux de tout le trajet.

— C'est vraiment magnifique, vous ne trouvez pas ?

— Oui, mais je ne m'aventurerais pas par ici toute seule. Je n'arrive pas à croire que vous ayez fait tout le trajet en voiture depuis Washington l'an dernier.

Il laissa échapper un petit rire.

— Non, je n'en ai peut-être pas l'air, mais je ne suis pas fou. Ça m'aurait pris facilement trois jours en été, alors en plein hiver. J'étais à Helena à ce moment-là. J'avais des choses à faire et besoin d'acheter un véhicule qui tienne la route, et que je puisse *customiser*. Jamais je n'aurais pris le risque de me rendre à Black Rock Falls sans ça.

Jenna lui lança un regard confus et Kane sourit. Ses yeux du shérif se posèrent de nouveau sur son téléphone portable.

— J'ai passé en revue nos dossiers. Si on pense qu'Angélique Bouval est notre justicière, alors, on va avoir un problème. On ne peut pas l'arrêter à Blackwater, c'est hors de notre juridiction.

— Est-ce que c'est grave ?

— Si c'est elle, la tueuse, et qu'elle s'aperçoit qu'on la suspecte, elle pourrait quitter l'État. Et là, ce serait un gros problème. Mais elle aura sûrement moins peur si je suis seule à l'interroger. Pour que ça ait l'air moins officiel. J'aurai mon oreillette sur moi, pour que vous puissiez entendre l'entretien et me prévenir si j'oublie quelque chose d'essentiel.

— Entendu. Mais si vous vous faisiez accompagner par un adjoint de Blackwater, il pourrait procéder à l'arrestation si nécessaire. Nous devrions respecter les procédures et la ramener à Black Rock Falls de toute façon, mais je suis sûr que le shérif de Blackwater fera tout ce qu'il faut pour nous aider.

— Bonne idée. Il faudrait que ce soit une femme adjointe.

Il soupira.

— Après l'entretien que j'ai eu avec Lizzy Harper, je pense que vous avez raison. Vous m'avez demandé mon avis de profileur, eh bien, je vous le donne : pour moi, Lizzy Harper est en tête de liste. Elle ne contrôle pas sa colère et a déjà tué auparavant. Bien sûr, il reste à déterminer où elle se trouvait exactement au moment des deux meurtres, on sait juste qu'elle était en ville.

— Oui, elle est en tête de liste pour moi aussi. Avec Pattie McCarthy juste derrière, dit Jenna dans un soupir. Elle a l'air assez athlétique pour courir vite, comme la silhouette que vous avez aperçue chez moi. Et les deux semblent suffisamment vindicatives pour barbouiller de sang votre porte d'entrée et vous menacer.

La voix du GPS indiqua la prochaine à droite et Kane ralentit pour négocier le virage. Jenna avait raison : les femmes s'étaient montrées méfiantes dès l'instant où elles avaient posé les yeux sur lui. Les deux semblaient en pleine forme et capables de courir très vite si nécessaire. Et les deux vivaient en ville. Il hocha la tête pour acquiescer.

Quelques habitations apparurent et bientôt le GPS les informa qu'ils avaient atteint leur destination. Kane se gara devant un bâtiment en briques et jeta un œil de part et d'autre de la rue principale.

— Selon Rowley, le département du shérif est en face du centre médical, qui est juste ici.

— Oui, je le vois, en bas à gauche, après la pizzeria.

Jenna déboucla sa ceinture avant de se tourner vers lui.

— Allez parler à l'assistante sociale. Je vais voir le shérif, ça nous fera gagner du temps.

— Bien reçu. Vous m'appelez quand vous êtes prête à repartir ?

— On ne se retrouve pas ici, tout simplement ?

— Vous connaissez les travailleurs sociaux, toujours à

essayer de psychanalyser tout le monde. Je risque d'avoir besoin d'une demande officielle de sortie !

— Ah ! Oui, bien sûr, je vous appellerai.

Alors qu'il entrait dans le bâtiment, Kane entendit des sirènes de police retentir, mais continua à marcher. *Pas mon problème*. Il parla à la femme de l'accueil puis s'avança dans le couloir jusqu'au bureau de l'assistante sociale. À sa grande surprise, la porte était ouverte et, assise sur un canapé, une belle blonde était plongée dans un magazine. Elle leva un visage soigneusement maquillé vers lui, puis croisa ses longues jambes bronzées. Son attention s'attarda sur les talons aiguilles, blancs, avec des lanières autour des chevilles, puis sur les cuisses nues qui dépassaient de sa jupe, blanche elle aussi et extrêmement moulante. Il détourna le regard et demanda timidement.

— Mademoiselle Simpson ? Je suis David Kane, adjoint du shérif de Black Rock Falls. Auriez-vous le temps d'échanger quelques mots ?

— Oui, bien sûr. L'adjoint Rowley a appelé pour dire que vous passeriez.

— Il y a quelqu'un chez nous qui a subi un traumatisme plus tôt dans l'année. Et il n'y a pas grand monde pour l'aider à Black Rock Falls, donc je me demandais si vous aviez des groupes de soutien dans la région.

Tout dépend du traumatisme.

Kane croisa les mains devant lui.

— Kidnapping, tentative de viol, meurtre.

— Homme ou femme ? lui lança-t-elle avec un regard intense. Ça fait une grosse différence, vous savez. Les femmes refusent souvent de parler en présence d'hommes.

— Une femme. Ça va être difficile de la convaincre d'y assister, mais je veux essayer.

— Dans ce cas, vous devez d'abord tenter de la convaincre de prendre rendez-vous avec moi. Nous avons divers groupes de soutien, mais ce que vous décrivez nécessite l'aide d'un spécialiste.

Elle esquissa un sourire qui semblait faux avant de reprendre.

— Les groupes de parole, quand il y en a, se déroulent sous la supervision d'un thérapeute, dans la plus stricte confidentialité, continua-t-elle d'un air hautain.

Kane comprit à sa posture qu'elle était sur la défensive et qu'il n'obtiendrait aucune information d'elle.

— Je vois. Je vais lui parler et lui demander de vous contacter. Merci de m'avoir accordé de votre temps.

Alors qu'il se dirigeait vers la sortie, il entendit une voix grave qui aboyait des ordres dans un mégaphone, puis se rendit compte du chaos qui régnait au-dehors. Des voitures de police bloquaient la rue et au beau milieu de la route, un homme tenait Jenna contre sa poitrine, arme braquée contre sa tempe. *Bon dieu, mais qu'est-ce qui se passe ?*

39

Le temps sembla s'arrêter alors que Kane se frayait un chemin parmi la foule de curieux qui filmaient la scène.

— Dégagez !

Après un an de syndrome post-traumatique, avoir une arme braquée sur elle était la pire chose qui puisse arriver à Jenna. Il remarqua que le Glock du shérif n'était pas dans son étui. Que diable s'était-il passé ? Jenna ne se séparait jamais son arme. Apercevant un homme aux cheveux gris perché sur le toit d'une voiture de patrouille, mégaphone à la main, il s'approcha.

— Vous êtes le shérif ?

— Oui. Shérif Johnson. Vous êtes l'adjoint Kane, j'imagine ?

— Oui, monsieur. Quelle est la situation ?

— L'homme armé a dévalisé la supérette et pris une femme enceinte en otage. Le shérif Alton m'a laissé son arme et, sans un mot, s'est rendu auprès de lui et a exigé de prendre sa place.

Kane n'en croyait pas ses oreilles.

— Pardon ? Elle a vraiment fait ça ?

— Oui. Elle cherche les problèmes et elle va se faire tuer, à ce rythme-là. L'homme s'appelle Rick Horal, expliqua Johnson avec un regard méprisant. Sorti de prison il y a moins de trois jours.

— Il avait déjà fait ça avant ?

— Oui, c'est un récidiviste. Il n'a jamais blessé personne jusque-là, mais il a été arrêté pour vol à main armée.

— J'aimerais avoir la permission de prendre la tête de cette affaire. La sécurité du shérif Alton est ma responsabilité et je suis formé aux prises d'otage.

— Oui, elle a dit que vous seriez là avant qu'il ne la tue. Elle croit que vous faites la pluie et le beau temps.

Johnson lui lança un long regard indéchiffrable.

— Paraît que vous avez tiré sur un des frères Daniels, hein ? Une balle entre les deux yeux, c'est bien ça ?

Kane se concentra sur Jenna, tentant d'ignorer sa remarque. Le shérif semblait calme et le regardait fixement, puis lui fit un discret signe de la main. Il se dit qu'elle comptait abattre elle-même le tireur. Il détourna le regard, ne voulant pas alarmer le criminel et se tourna vers Johnson.

— Je fais ce qui doit être fait, c'est tout.

— Alors, allez-y, sauvez votre shérif ! Mes hommes couvriront vos arrières. J'ai un gilet dans ma voiture. Je vais envoyer quelqu'un le chercher.

Kane remarqua que la main du tireur tremblait légèrement, alors qu'il avait toujours le doigt sur la gâchette et que de la sueur coulait abondamment sur son visage. Il allait perdre les pédales.

— Pas le temps !

Johnson fit signe à ses hommes de le rejoindre et leur parla à voix basse.

— L'adjoint Kane a de l'expérience en prises d'otage, suivez ses ordres.

— Restez en retrait et n'ayez pas la gâchette facile. Laissez-le-moi. Je ne veux pas que le shérif Alton soit touché, conclut Kane.

David analysa la situation, prenant en compte la position de toutes les personnes présentes et toutes les issues possibles. Il devait attirer l'attention du tireur pour devenir sa cible et permettre à Jenna de le mettre à terre. À condition qu'elle ne soit pas paralysée par un de ses flash-backs. Mais il avait confiance en elle. Elle y arriverait.

Bordel, non, je ne peux pas avoir un flash-back maintenant. Il fallait être forte. Elle s'était mise dans cette situation et elle était plus que capable de s'en sortir. Le fait de voir Kane dans la foule la rassura et elle le regarda fixement, espérant qu'il comprendrait le message. Mais lorsque Kane surgit presque nonchalamment, sans gilet pare-balles, de derrière le véhicule, elle eut envie de hurler pour lui dire de reculer. Au lieu de ça, elle prit une grande inspiration, puis remarqua le groupe d'adjoints qui se tenait à couvert. Il était évident qu'il ne voulait pas les impliquer dans sa manœuvre.

Kane et elle s'entraînaient ensemble depuis près d'un an maintenant et avaient déjà prévu de nombreux scénarios similaires. Elle avait totalement les compétences pour maîtriser le tireur sans son aide, mais avec un pistolet pressé contre la tempe, elle avait besoin de détourner l'attention du forcené ; et Kane s'était visiblement porté volontaire. Il croisa furtivement son regard, lui fit un léger signe de tête et elle fit mine de regarder vers la droite. À son grand soulagement, Kane comprit son geste et se déplaça de manière à rester sur la droite de l'homme, puis leva les mains en l'air. Si Rick Horal pointait son arme sur lui, elle n'aurait qu'une fraction de seconde pour agir. Il fallait frapper vite et bien. Elle serra les dents et força ses genoux tremblants à se stabiliser. Les techniques que Kane lui avait enseignées pour ralentir son rythme cardiaque commençaient à porter leurs fruits. *J'ai le contrôle et je vais maîtriser ce salaud.*

Elle retint son souffle alors que le mouvement de Kane attirait l'attention du tireur.

— Hey, Rick, vous faites quoi là ? lança Kane. Il paraît que ça ne vous ressemble pas de prendre des otages.

— Mais t'es qui, toi ? T'es pas un flic de Blackwater, t'as rien à dire sur ce que je fais !

Jenna prit appui sur ses jambes et se prépara. *Prête quand tu l'es, Kane.*

— Ouais, peut-être, mais c'est mon shérif que vous avez là et le maire de Black Rock Falls va me faire manger mon badge si je vous laisse lui tirer dessus.

Sans hésiter, Kane fit de nouveau un pas en avant.

— Il n'est pas trop tard, Rick. Posez cette arme et le shérif ne vous fera pas accuser de l'avoir kidnappé.

— Personne ne me laissera partir ! Vous allez me remettre en prison ! Fais un pas de plus et je la bute !

— Ce serait vraiment la chose la plus stupide que vous puissiez faire, à moins que vous ne vouliez mourir aujourd'hui ?

Kane fit quelques pas de plus sur la droite.

— Pour l'instant, on peut encore s'arranger, mais croyez-moi, si vous essayez d'appuyer sur la détente, votre cervelle sera étalée partout dans la rue avant que vous n’ayez le temps de vous en apercevoir. (Il lui lança un sourire narquois.) C'est une promesse, mon bonhomme. Et en plus, regardez derrière moi. Tout le département de Blackwater est prêt à vous tirer dessus. Vous ne pouvez pas gagner, Rick.

— Ah ouais ? Dans ce cas, peut-être bien que je vais t'éliminer en premier. Ton shérif n'est même pas armé, elle n'est pas une menace pour moi.

Horal se plaça derrière Jenna, l'utilisant comme bouclier.

— Vous allez pas tirer sur elle, hein ?

Il éloigna le pistolet de la tête de Jenna et le dirigea vers Kane. C'était le moment. Elle n'avait qu'une fraction de seconde pour sauver la vie de Kane

Jenna attendit que Kane finisse d'épousseter son uniforme puis lui lança un regard noir.

— Vous n’aviez pas entendu les sirènes ?

— Pas avant de sortir du bureau de l'assistante sociale.

Sa mâchoire se contracta à plusieurs reprises et il enchaîna :

— Ça m'étonne que vous vous soyez mêlée d'une affaire locale. Vous saviez que le tireur venait de sortir de prison pour vol à main armée ?

Elle le regarda, l’air abasourdie.

— Il avait pris une femme enceinte en otage ! Si je mourais à sa place, ça n’aurait rien changé rien pour personne. Cette femme-là a une famille.

— Pour moi, ça aurait changé beaucoup de choses, Jenna.

Remarquant que les autres adjoints les observaient, elle traversa la route, loin de la foule de curieux qui commençait à se dissiper.

— Vous pointer sans gilet pare-balles, c'était suicidaire. Vous voulez mourir ou quoi ?

— Non. Je vous ai fait confiance pour maîtriser le preneur d'otages. Et c'est ce que vous avez fait. (Kane haussa les épaules puis lui lança un regard inquiet.) Vous êtes en colère contre moi, madame ? Je pensais suivre vos ordres.

L'adrénaline n'était pas totalement redescendue et le cœur de Jenna battait à toute allure. Dans ce genre de situations stressantes, les flash-backs la paralysaient, mais l'entraînement de Kane avait porté ses fruits et elle était fière. Elle leva les yeux vers lui, ne sachant pas trop quoi dire. Comme d'habitude, il avait risqué le pire pour la protéger.

— Non, mais vous avez enfreint le protocole. Pourquoi diable ne portiez-vous pas de gilet ?

— Pas le temps, madame. J'ai évalué la situation. Et le type tremblait tellement qu'il ne m'aurait jamais touché de toute façon. (Il lui décocha un sourire.) Il vous a vraiment sous-estimée. *Pif, paf, poum !* s'exclama-t-il en mimant ses gestes. Vous avez vu la tête des adjoints de Blackwater ? ajouta-t-il avec un petit rire.

Bien que touchée par ses compliments, Jenna se força à maintenir un visage impassible.

— OK, j'admets que c'est ce que j'attendais de vous : que vous vous montriez et qu'il vous prenne pour cible.

— Je serai toujours là pour assurer vos arrières, Jenna. Et je sais que vous auriez fait la même chose pour moi.

40

— Non, mais quelle perte de temps !

— Oui, les assistantes sociales, toutes les mêmes. J'espérais qu'elle me dirait au moins si des groupes de soutien existaient.

— C'est pas grave.

Jenna et David s'étaient installés dans un café, en rien comparable à chez Tante Betty.

— J'ai parlé à Johnson de l'affaire Angélique Bouval et il nous envoie une adjointe. Elle sera là pour 14 h. Il m'a confié ce qu'il savait sur l'enlèvement, mais rien sur ce qui a pu se dire pendant le procès. C'était un huis clos, il n'en sait pas plus que nous.

— De plus on n'a aucune chance qu'un juge nous accorde l'accès au dossier. Nous n'avons pas de nouvelles preuves. Est-ce qu'il a mentionné quoi que ce soit d'autre au sujet d'Angélique, des changements de comportement chez elle ?

Le surplus d'émotions avait laissé une migraine dans son sillage et Jenna se frotta les tempes tout en réfléchissant.

— Oui, il a dit qu'elle avait changé. Elle avait l'habitude d'aller à l'église tous les dimanches avec ses parents, mais a arrêté. Elle est très discrète, a peu d'amis et travaille à temps partiel comme bibliothécaire, ici et à Black Rock Falls. Elle préfère travailler le soir, après les heures de bureau. D'après ce qu'il sait, elle remet en place les étagères et répare les livres de temps en temps.

— C'est donc pour ça qu'elle était à Black Rock Falls le jour où j'ai interrogé ses frères.

Kane repoussa son assiette et s'enfonça dans son siège avant de continuer :

— Je suis prêt à parier qu'elle était en ville au moment des meurtres. Ce serait assez facile à vérifier.

— Je suis d'accord, dit Jenna avant de finir son café. Je me suis demandé pourquoi elle avait spécifié une heure aussi précise pour notre entretien, alors que, supposément, elle ne travaille pas aujourd'hui. Et c'est bizarre de se déplacer jusqu'à Black Rock Falls pour un temps partiel. Elle ne doit pas gagner beaucoup d'argent. (Elle déposa de quoi payer sur la table et fronça les sourcils.) C'est le mobile qui m'embête. Pour autant que je sache, Stuart Macgregor est la seule personne concernée par son affaire. Si elle est notre justicière, pourquoi tuer Price et Dorsey ? Si elle comptait tuer quelqu'un, ne s'en serait-elle pas d'abord prise à Macgregor ?

— Nous devons découvrir si d'autres hommes ont participé à son enlèvement. Peut-être qu'elle sera prête à en parler, après tout ce temps. Pour moi, aucun de ces hommes n'agit seul. Elle a pu identifier Macgregor et sa maison, certes, mais il y avait sûrement d'autres hommes dans le coup.

Ils quittèrent le café et retournèrent à leur véhicule.

— J'ai posé la question au shérif Johnson. Selon lui, tout ce dont elle se souvenait à l'époque, c'était du clown à la fête. C'était une petite fille. Gardez ça à l'esprit, Kane. Ils l'ont séquestrée dans une cave pendant trois jours ; il faisait sombre et pour une petite fille traumatisée, un clown ou un autre, c'est du pareil au même.

— C'est un point que vous pourriez essayer d'aborder avec elle. Mais elle va très probablement se taire, comme elles le font toutes. Nous devons absolument découvrir si elle a été abusée par le même groupe d'hommes.

Kane déverrouilla la voiture et s'installa au volant, tandis que Jenna se glissait sur le siège passager.

— Je ferai de mon mieux.

Quelques instants plus tard, ils se garaient devant une maison en briques bien entretenue, située dans une rangée de maisons similaires, non loin de la rue principale de Blackwater. Un véhicule de patrouille les attendait à l'extérieur et une adjointe d'âge moyen vint les accueillir.

— N'oubliez pas votre oreillette, souffla Kane à Jenna. Et dites à l'adjointe de rester bien en retrait, comme ça vous n'aurez pas l'air trop menaçantes. Dites, peut-être qu'elle est là parce que vous n'avez pas la compétence pour l'interroger.

Jenna installa son oreillette et attendit que Kane fasse de même et teste la réception.

— OK, que le spectacle commence.

Elle s'extirpa du véhicule et s'avança à la rencontre de la femme.

— Merci d'être venue, dit Jenna à l'adjointe.

— Tout le plaisir est pour moi. Je suis Christine Parks. De quoi s'agit-il, madame ?

Jenna lui expliqua brièvement la situation puis alla sonner à la porte de la maison. Un bruissement de rideau se fit entendre, puis des pas, et une femme aux cheveux grisonnants la dévisagea sévèrement.

— Oui, c'est pour quoi ?

— Je suis le shérif Jenna Alton de Black Rock Falls et voici l'adjoint Parks. Je souhaiterais parler à Angélique.

— C'est bon, maman, lança une petite femme aux longs cheveux noirs, en avançant vers la porte d'entrée. Pierre a appelé et m'a expliqué pourquoi elles viennent me voir. Il n'y a pas de quoi s'inquiéter. On va faire ça dans le salon.

Elle avait un soupçon d'accent français dans la voix.

— Tu peux surveiller mon gâteau dans le four, qu'il ne brûle pas ? Je vous en prie, entrez.

Jenna la suivit jusque dans une pièce inondée de couleurs. Des murs jaune vif et des canapés bleu pâle. Un parfum floral venu d'un beau bouquet sur la table basse. Des fauteuils élégamment positionnés autour d'une cheminée moderne.

Jenna s'installa alors que Parks restait debout près de la porte. Au-dessus de la cheminée, des photographies sur plusieurs générations d'une famille nombreuse. Jenna remarqua qu'Angélique avait à peine changé depuis la photo qu'elle avait vue d'elle alors qu'elle n'avait que 12 ans. *Tu m'as l'air trop douce et innocente pour être une tueuse. C'est quoi, ton histoire ?*

— Mon frère m'a dit que vous recherchiez des pédophiles, dit Angélique en fronçant les sourcils. Qu'est-ce qui vous fait dire que j'en connais ?

Jenna lui lança un demi-sourire, puis sortit son téléphone portable pour lui montrer les photos d'Amos Price et d'Ely Dorsey.

— Ces hommes ont été retrouvés assassinés récemment et nous avons découvert qu'ils travaillaient tous deux comme clowns, dans la même entreprise que Stuart Macgregor.

Angélique perdit de ses couleurs en entendant ce nom.

— En fouillant leur domicile, nous avons trouvé des filles qu'ils avaient kidnappées, enchaîna Jenna.

— Oh, mon Dieu, c'est affreux ! Mais je ne sais rien de tout ça.

Angélique se balançait d'avant en arrière sur son siège, visiblement bouleversée.

— Je sais ce qui vous est arrivé, lui dit Jenna d'une voix douce. (Elle ravala sa salive, puis ajouta :) Est-ce que vous pensez possible que l'homme qui vous a agressée ait eu, en réalité, plusieurs complices ?

— Que voulez-vous dire, plusieurs hommes ? Je ne comprends pas.

De toute évidence, elle devait y aller franchement.

— Parlez-moi de l'homme qui vous a kidnappée. Combien de fois vous a-t-il rendu visite en une nuit ?

— Oh, mon Dieu, s'exclama Angélique en se cachant le visage. J'ai déjà tout dit au tribunal !

Jenna n'aimait pas avoir à faire ça, mais elle devait la pousser à en parler.

— J'imagine bien, mais je n'ai pas accès à votre dossier et j'ai des raisons de croire qu'au moins quatre hommes travaillent en groupe dans le but d'abuser d'enfants. Deux d'entre eux sont morts, mais nous devons arrêter les autres. Ça dure depuis au moins dix ans et vous pourriez avoir des informations clés pour nous aider à les retrouver. Je sais que c'est extrêmement difficile, mais est-ce que vous pouvez essayer de vous souvenir, pour m'aider à sauver d'autres filles ?

— Deux morts, vous dites ? Si ça fait dix ans, je ne suis pas surprise. Des gens qui meurent, il y en a tous les jours.

Le regard d'Angélique était froid et fixe, à en donner la chair de poule.

— Non. Comme je vous le disais, quelqu'un a tué ces hommes.

— Peut-être qu'ils le méritaient.

Jenna se racla la gorge.

— Où Macgregor vous a-t-il retenue ?

— Dans une pièce sombre, au sous-sol. Quand il descendait, il avait juste une lampe de poche, qu'il braquait sur moi.

— Vous l'avez identifié, il ne portait pas de masque ?

— Si, il avait un masque de clown, mais je savais que c'était le magicien parce qu'il m'a enlevée à la fête. (Angélique laissa échapper un long soupir.) Il a aussi un tatouage sur le bras. Un cœur, dégoulinant de sang, avec une flèche qui le transperce.

Elle se rongea les ongles puis fronça les sourcils avant de reprendre.

Je l'ai vu, à la fête et quand il m'a enlevée, il avait remonté ses manches.

— Sauriez-vous répondre à mes questions précédentes ? C'est très important pour mon enquête. Vous a-t-il rendu visite une ou plusieurs fois ?

— Je n'arrive pas à croire que vous me demandiez ça.

Angélique s'agrippait si fort aux accoudoirs de son fauteuil que sa peau avait changé de couleur.

— Plusieurs fois, tout le temps ! Il s'en allait pendant quelques minutes puis revenait.

— Combien de fois, disons, en une soirée ?

— Je ne sais pas, peut-être six ou huit.

Angélique cligna des yeux plusieurs fois, réalisant ce qu'elle venait de dire.

— Mais c'est impossible, pour un seul homme, n'est-ce pas ? dit-elle, abasourdie. J'étais tellement effrayée. Et au début, j'étais attachée au lit et j'avais les yeux bandés. Je l'ai supplié d'enlever le bandeau, j'ai dit que je ne pouvais pas respirer. Mais je suis sûre d'avoir vu des flashes. Il a pris des photos, ce malade. (Elle leva vers Jenna des yeux emplis de rage.) Oui, vous avez raison, je suppose que c'était peut-être plusieurs hommes, mais pas des gros comme ceux sur vos photos. Macgregor avait 22 ans, je crois, à l'époque. S'il y avait d'autres hommes, ils ne m'ont pas parlé et moi, tout ce que j'ai vu, c'est un masque de clown.

— Vous souvenez-vous s'ils avaient une odeur différente ?

— Je ne sais pas. Ils sentaient l'homme, c'est tout. Je suis désolée, je ne sais pas.

Les yeux d'Angélique luisaient de colère, mais à travers sa carapace, Jenna pouvait voir l'enfant en elle, traumatisée et fébrile.

— Merci, c'est tout pour le moment, mais si vous vous souvenez de quoi que ce soit, appelez-moi. J'ai cru comprendre que vous travailliez à la bibliothèque de Black Rock Falls ? Et ici aussi, à temps partiel ? Quand êtes-vous à Black Rock Falls habituellement, au cas où nous aurions besoin de vous parler de nouveau ?

— À partir de demain, je travaillerai là-bas toute la semaine. Avant, c'était un jour sur deux : lundi, mercredi, vendredi.

Angélique était redevenue la jeune femme au tempérament doux qui les avait accueillies.

— Je vais m'installer là-bas. Mes frères ont une maison à la sortie de la ville. Le trajet est beaucoup trop long, je n'en pouvais plus des allers-retours.

— Vous emménagez avec eux ?

— Non, j'ai déjà mon propre appartement. En périphérie de la ville. Je préfère vivre loin du centre, pour éviter les festivals. J'ai reçu une grosse somme après le procès, je n'ai pas tellement besoin de travailler, mais j'aime les livres et c'est agréable de se retrouver à la bibliothèque, le soir.

Jenna sourit. Elle venait d'admettre sa présence en ville au moment des meurtres, il ne manquait plus qu'à préciser les heures.

— À quelle heure êtes-vous habituellement en ville ?

— J'arrive à l'heure du déjeuner. J'aime beaucoup Black Rock Falls. Je fais les magasins et je mange chez Tante Betty. Je n'ai généralement pas besoin d'être au travail jusqu'à la fermeture, dit la jeune femme en souriant. Ce n'est pas très difficile et certains jours, il ne me faut pas plus d'une heure pour remplir les étagères. Les gens ne lisent plus maintenant qu'il y a Internet et tout ça. Et une fois que j'ai terminé, je suis libre.

Assez de temps pour commettre un meurtre, alors. Jenna se leva d'un bond. Elle n'avait pas assez de preuves pour obtenir un mandat d'arrêt.

— Eh bien, c'est tout ce dont nous avions besoin pour le moment. Merci beaucoup de votre aide. Je vous promets qu'on va arrêter ces pédophiles.

Jenna salua Parks, puis retrouva Kane dans son véhicule.

— Qu'est-ce que vous en pensez ?

— Elle coche toutes les cases. Ça pourrait très bien être elle.

Jenna retira son oreillette et soupira.

— Oui, je suis d'accord et ses sautes d'humeur ressemblent presque à un dédoublement de personnalité. Mais elle est minuscule, un mètre soixante tout au plus, je ne vois pas comment elle pourrait s'attaquer à quelqu'un comme Ely Dorsey.

— Dit la femme qui vient de mettre à terre un fou armé pesant au moins cent kilos, répliqua Kane, avec un regard amusé.

Ça faisait du bien à l'ego, il fallait l'admettre. Kane ne distribuait pas souvent les compliments.

— Rentrons au bureau. Wolfe doit être en plein dans l'autopsie de Jane. Une fois que nous aurons mis à jour les dossiers et inclus un rapport d'incident sur ce qui s'est passé aujourd'hui… (Elle s'interrompit pour laisser planer un court suspense) Nous pourrons quitter le bureau vers 17 h, pour une fois.

— Hallelujah !

41

Elle ne put s'empêcher de rire en allumant son ordinateur. Le dernier bulletin d'information indiquait que le shérif n'avait fait aucune autre déclaration concernant les morts mystérieuses d'Amos Price et d'Ely Dorsey, ni concernant celle de Jane Stickler. Le département du shérif de Black Rock Falls se dispersait dans tous les sens et un appel à l'adjoint Kane le lendemain les enverrait tout droit dans les montagnes. Tout se passait exactement comme prévu.

Connectée en tant que *Needy_Girl*, elle attendit patiemment que l'homme se connecte. Elle reçut assez vite un message de sa part, sous son pseudonyme, *Eighteen_and_Lonely*[1].

Elle caressa du bout des doigts son couteau de chasse et sourit. Le temps passé à aiguiser la lame en vaudrait bientôt la peine. Elle attrapa fermement le manche et s'entraîna à faire les mouvements dont elle aurait besoin. Le couteau épousait parfaitement la forme de sa paume, et la protection à l'extrémité empêcherait sa main de glisser.

Il y aurait du sang. Beaucoup de sang. Mais elle n'en voulait pas sur ses mains.

Elle devrait frapper vite et bien, et l'avoir du premier coup. Sans ça, il la tuerait sans hésiter.

Mais elle ne se raterait pas.

Laissant chaque scénario potentiel se dérouler dans ses pensées, elle passa la langue sur ses lèvres. Elle avait confiance en son plan. Et elle avait hâte de tuer un autre monstre.

Un nouveau message apparut sur son écran.

« Hé, *Needy_Girl*, tu aimes les clowns ? »

---

1. Dix-huit ans et se sentant seul.

42

MARDI, SEMAINE 2

Jenna sortit profiter du soleil et jeta un œil à son domaine. La pluie avait rafraîchi la végétation et l'air avait cette odeur de foin fraîchement coupé qu'elle aimait plus que tout. Ravie, elle se dirigea vers le corral. Les chevaux étaient beaux et en bonne santé, et ils se régalaient dans les herbes hautes.

— Alors, ces chevaux ? lui lança Kane, non loin de là.

— Très belles créatures, je dois l'admettre, mais beaucoup trop de travail supplémentaire pour toi.

— Ça ne me dérange pas. Et ça ne me prend pas tant de temps que ça de les toiletter. Je me sens bien quand je suis avec eux, ça m'aide à me remettre les idées en place, dit-il en suivant les chevaux du regard. Il y a tellement de points à prendre en compte dans cette affaire, j'ai besoin de temps pour réfléchir.

— Je suis bien d'accord. Moi, c'est dans mon lit que les idées me viennent. (Elle prit place à ses côtés.) J'ai hâte d'avoir le temps de faire une petite promenade. Vous savez que tous les paddocks jusqu'à la ligne d'arbres font partie de mon terrain, donc si vous en avez besoin pour les chevaux, n'hésitez pas.

— Merci, c'est noté. J'en ai fini ici, êtes-vous prête à partir, shérif ?

— Oui, je dois juste fermer à clé. Partez devant, je vous suis.

— Oui, madame.

Il sourit, salua Jenna du bout de son chapeau et s'en alla vers son véhicule. Elle le suivit du regard. Leur entraînement du matin avait été intense et elle avait titubé jusqu'à la douche, les jambes tremblantes. Souvent, Kane revenait après ça pour prendre un café ou un petit déjeuner avec elle, tout en discutant des tâches à venir, mais pas cette fois. Sa manière de réfléchir aux affaires était différente de la sienne et il gardait souvent le silence jusqu'à avoir digéré tous les faits, pour les recracher dans un long monologue. Elle aboyait ses idées et donnait des ordres à tour de bras, en attendant que ses adjoints recueillent les preuves dont elle avait besoin.

Après avoir réglé l'alarme de sa maison et attrapé un café pour la route, elle grimpa dans son véhicule et suivit le SUV de Kane jusqu'au bureau.

En se garant à sa place habituelle, elle remarqua que Wolfe était déjà là. *Espérons qu'il ait les résultats de l'autopsie de Jane*. Son estomac se noua à cette pensée. Cette belle journée d'été ensoleillée reprenait soudainement ses airs sinistres.

À l'accueil, elle salua Maggie d'un signe de la main. Un nombre peu habituel de personnes s'entassait devant le comptoir. Et à sa grande surprise, ses adjoints – à l'exception de Walters, qui travaillait maintenant à temps partiel – étaient déjà tous au travail, chacun dans son box. Elle jeta un œil à sa montre, se demandant si elle n'était pas en retard, puis remarqua Rowley qui l'attendait devant la porte de son bureau, une expression troublée sur le visage. *Est-ce que tout le monde est arrivé avant moi ce matin ?*

— Bonjour, Rowley, que puis-je faire pour vous ? demanda-t-elle en rangeant son arme dans le tiroir de son bureau.

— Hier, j'ai envoyé Webber enquêter sur les plaintes que nous avons reçues au sujet de chiens en liberté dans la ville. Kane a insisté sur le fait qu'ils étaient dangereux.

— Oui. Et ?

Elle tambourina sur le bureau avec ses ongles, un geste qui fit pâlir Rowley.

— Eh bien, c'est que… Webber a appréhendé plus d'une vingtaine de personnes, pour leur faire payer une amende. J'étais sur la ligne du 911 hier soir et les gens m'ont appelé à toute heure pour se plaindre de lui, expliqua Rowley, les joues rougissantes. J'ai pensé qu'il valait mieux vous prévenir, madame.

Agacée que des idiots trop stupides pour tenir leur chien en laisse viennent saturer la ligne des urgences, elle se leva d'un bond.

— Bon travail. Ces chiens sont un danger public. Quant aux personnes qui refusent de payer leurs amendes, laissez-les-moi. Dites à Bradford d'aider Maggie à la réception jusqu'à ce qu'on ait fini, lança-t-elle en quittant la pièce.

Alors qu'elle se dirigeait vers l'accueil, la file de crétins la dévisagea, agitant leurs tickets de contravention. Elle s'éclaircit la gorge et annonça :

— Écoutez-moi bien, tous. Nous menons actuellement

une opération concernant les chiens et nous avons de nombreuses raisons de le faire. Beaucoup traversent la route et causent des accidents et d'autres encore forment des meutes. S'ils venaient à mordre un enfant, le propriétaire en serait tenu responsable.

Elle posa un regard strict sur eux.

— Deuxièmement, reprit-elle, si vous avez la brillante idée d'appeler le 911 sans véritable urgence, je vous adresserai moi-même une contravention pour fausse déclaration de crime. Est-ce que c'est bien compris ?

Sans attendre de réponse, elle tourna les talons et, apercevant Wolfe et Kane à la machine à café, s'empressa de les rejoindre.

— Wolfe, qu'en est-il de l'autopsie ?

— J'ai un rapport préliminaire. L'examen toxicologique prendra des semaines, je ne peux pas encore arrêter la cause de la mort, mais j'ai découvert plusieurs choses intéressantes qui pourraient nous mener à notre tueur.

— OK, attendons que Bradford ait fini de chasser ces gens, puis je veux tout le monde dans mon bureau pour faire le point.

Elle jeta un coup d'œil à Kane, occupé à faire du café.

— Vous m'en préparez un ?

— Bien sûr, shérif.

Elle retourna à son bureau et mit le tableau blanc à jour, ajoutant les infos sur Angélique Bouval, ainsi qu'une nouvelle colonne pour Jane Stickler. La voix de Kane se fit alors entendre derrière elle.

— Les autres ont bien travaillé pendant que nous étions à Blackwater. Ils ont trouvé plus d'informations sur Price et Dorsey, et Rowley a interrogé toutes les personnes les ayant vus vivants peu avant leur mort.

— Parfait. Je commençais à croire que ces types étaient des fantômes.

Elle se plaça devant le tableau, en attendant que ses adjoints prennent place, puis posa la tasse que lui avait tendue Kane sur le bureau.

— OK. Rowley, puisque vous avez des informations à partager, vous pouvez commencer.

— J'ai reçu quelques appels hier soir sur la ligne téléphonique que nous avons mise en place. Amos Price a été vu une première fois à une fête, le dimanche avant sa mort. C'est un dénommé Sam Button qui l'a engagé, pour l'anniversaire de son fils à Blackwater. C'était un contrat verbal qui ne s'est pas fait par l'intermédiaire de Party Time. La deuxième fois qu'il a été vu, c'était le lundi : il est entré dans une épicerie. Celle à côté de la bibliothèque, sur Main Street. Il y a acheté des chocolats, une bouteille de bourbon et des préservatifs. Le caissier, Pete Saddler, a dit qu'il avait payé en liquide. Il se souvenait de lui parce qu'il avait une casquette de base-ball baissée sur la tête et avait l'air suspect et qu'il a ensuite visionné les images de vidéosurveillance par acquit de conscience. J'en ai une copie et il s'agit bien d'Amos Price. Il porte les mêmes vêtements que lorsqu'on l'a trouvé.

— Était-il seul ? lança Kane.

— Malheureusement, oui. Je pouvais clairement voir son camion sur la vidéo prise par la caméra à l'extérieur et il n'y avait personne sur les sièges passagers.

Jenna en prit note sur le tableau blanc.

— Le meurtre de Price aurait donc eu lieu le lundi ?

— Non, parce qu'on l'a vu passer en voiture sur la caméra de vidéosurveillance le mardi également.

— Vous avez une heure ?

— Oui, 14 h 30, dit Rowley en consultant ses notes.

— Bon travail, Rowley, dit Jenna en lui souriant. Et sur Dorsey ?

— Le propriétaire du motel est la dernière personne à l'avoir vu vivant. Il se souvient avoir aperçu son véhicule passer devant le bureau. Il n'y avait personne avec lui. J'ai parlé au gérant de Party Time et il a dit que Dorsey avait pris un congé, parce qu'il avait besoin de quelques jours pour faire des travaux dans sa cabane. Il lui a parlé vers 10 h le jour de sa mort.

— Moi aussi, j'ai quelque chose, dit Wolfe en levant un sourcil blond. J'ai parlé à toutes les infirmières de service à l'hôpital et aussi aux médecins. Jane Stickler a eu trois visiteurs : ses parents et son frère. L'infirmière de garde cette nuit-là a pris son café à minuit comme à son habitude, puis a discuté avec deux autres infirmières pendant quelques minutes avant de retourner à son poste. Elle se souvient être tombée de sommeil, mais rien jusqu'à son réveil vers 4 h du matin. Elle est allée voir Jane, mais n'a fait que l'éclairer avec sa lampe de poche. Elle pensait qu'elle dormait. C'est en y retournant à 5 h pour prendre ses constantes avant le changement d'équipe qu'elle l'a trouvée décédée.

— On peut donc supposer que l'assassin était à l'hôpital avant minuit pour mettre la drogue dans le café.

— Correct.

Wolfe fronça les sourcils.

C'est là que réside le problème. J'ai appelé le directeur de l'hôpital et insisté pour qu'il me donne la liste des personnes qui sont entrées en utilisant leur carte. Et c'est là que ça devient intéressant. L'une d'entre elles est morte… Et ce depuis un certain temps. Il est évident que notre tueur possède sa carte d'accès à l'hôpital.

Merveilleux. Jenna se frotta les tempes. Chaque fois qu'ils pensaient toucher au but, ils tombaient sur un os.

— Pourquoi tout ce qui se passe dans cette ville est toujours si compliqué ?

43

La semaine de Bobby-Joe commençait merveilleusement bien. Assis à la table de la cuisine chez Chris, bouteille de bière à la main, il sourit à son ami.

— C'était super simple. Rien n'a changé. Comme d'habitude, l'adjoint de service est rentré chez lui quand ils ont sécurisé l'étage. Mais tout ce dont j'avais besoin, c'était la carte magnétique et j'avais accès à toutes les zones. Comme je m'y attendais, même les infirmières de l'étage inférieur ont bu le somnifère. Ça a pris un peu de temps, mais elles se sont toutes endormies. C'est le genre de chose qui arrive tout le temps dans l'équipe de nuit, elles ne diront rien. Elles ne vont pas avouer qu'elles font mal leur travail, si ? J'ai trouvé la chambre de la fille assez facilement. Cette salope a essayé de s'enfuir, mais je l'ai rattrapée avant qu'elle prenne l'ascenseur. T'aurais dû voir ses yeux, mec ! Un vrai petit lapin. Elle avait une peur bleue de moi. Je l'ai laissée prendre de l'avance pour que ce soit intéressant et je l'ai cueillie à la porte de l'ascenseur alors qu'elle paniquait et appuyait sur tous les boutons. Ces trucs sont tellement lents, c'est pas possible. Mais j'avais prévu le coup : quand je suis monté, j'avais appuyé sur tous les étages du panneau pour le faire redescendre. Il bougeait si lentement que j'ai pu prendre mon temps et en profiter pour la regarder. J'aurais aimé que ça dure une éternité, mais il fallait que je sorte de là. Je lui ai planté la seringue dans le bras et pouf ! Elle était morte. Simple comme bonjour.

— Et la gamine qui t'a vu dans la chambre ? Elle ne va pas t'identifier ?

Chris était tellement flippé qu'on avait l'impression qu'il était sur le point de vomir.

— On ne peut pas rencontrer d'autres filles tout de suite. C'est beaucoup trop tôt. Ce sera partout aux infos, elles vont faire le lien. C'était la fille d'Ely, putain ! Ils vont tout savoir, maintenant.

— Arrête de pleurnicher. Qui pourrait nous relier à ce meurtre ? Qui ? La fille d'Ely n'a pas parlé aux flics, elle n'a pas eu le temps. Personne ne m'a reconnu à l'hôpital et je n'ai laissé aucune trace. Je me suis déguisé, j'ai même fait semblant de boiter juste au cas où. Et dès que j'ai été hors de portée des caméras, j'ai mis une blouse de médecin que j'ai chopée dans le linge sale, avec des gants et mon masque de clown, dans l'ascenseur. Faut vraiment être con pour croire que la mioche représente une menace. Je l'ai frappée fort dans les tripes et lui ai bien fait comprendre que j'allais la tuer. Elle n'a rien vu et s'est enfuie avant même que je ramène la fille dans la chambre. C'était juste une ado, probablement cachée là pour voler des médocs ; elle ne dira rien à personne. Et puis elle dirait quoi, de toute façon ? « *Je volais des médicaments et un médecin déguisé en clown m'a frappé parce que j'étais dans la chambre d'une fille* ». Qui croirait une histoire pareille ? À ce rythme-là, c'est elle qu'ils vont arrêter pour meurtre !

— Si t'es sûr que c'est sans danger de rencontrer la fille, je viens. Je veux pas la perdre, ça m'a pris des mois pour la faire coopérer. Et je voudrais pas tout gâcher maintenant.

Chris essuya d'un revers de manche la sueur qui perlait sur son visage et reprit :

— Je vais la rencontrer sur le chemin de la cabane aujourd'hui. Elle vient à vélo, directement depuis l'école. Je laisserai ma bagnole sur l'accès pompier comme on a dit. C'est pas trop loin pour la porter, ou alors elle pourrait marcher si j'arrive à la convaincre que je la raccompagne chez elle.

— Bonne idée. Je laisserai mon pick-up là-bas aussi, dit Bobby-Joe en gloussant de plaisir. La mienne aussi fait du vélo. Elle a dit à sa mère qu'elle rendait visite à un ami. Et je lui ai dit que je la ramènerais chez elle après. Elle a vraiment trop hâte de me voir en vrai.

Il passa la langue sur ses lèvres puis laissa échapper un soupir.

— Mec, ça fait un bail qu'on n'en a pas eu deux en même temps. J'ai pris quelques jours d'arrêt-maladie exprès. Je ne pouvais pas travailler en sachant que j'aurais deux nanas à la maison.

— Moi, j'ai que deux jours de congé, lui lança Chris avec méfiance. La mienne sera là en premier, mais tu la bousilles pas avant que je me sois amusé, hein ? Je veux passer au moins le week-end avec elle. T'invites pas tes amis avant ça, OK ?

Bobby-Joe leva sa bière en guise de salut.

— OK, tu l'auras, ton week-end. Mais tu sais, si t'avais

pris le temps de construire une cave décente dans ce taudis, t'aurais pu la garder ici.

— Je suis trop près de la cabane voisine. Quelqu'un risquerait de la voir ou de l'entendre.

— Peut-être bien, peut-être pas.

Il fouilla dans une poche et en sortit un flacon de pilules.

— Tiens, prends ça, tu vas en avoir besoin. Une pour la rendre supportable et deux pour l'endormir. Tu sais quoi ? Je pense qu'aujourd'hui va être le meilleur jour de la semaine.

44

Le rapport d'autopsie que Jenna redoutait tant arriva enfin. Elle avait sauvé la vie de cette fille et avait commencé à se lier d'amitié avec elle. Elle s'était assurée que les médecins la garderaient à l'étage spécial. Et avait laissé Walters en service toute la journée. Et pourtant. Quelqu'un était entré dans l'hôpital en utilisant la carte d'un ancien employé décédé. Mais l'employé en question n'avait aucune famille et enquêter sur lui n'avait mené à rien. Jenna se tourna vers Wolfe. Elle avait besoin de connaître la vérité sur la mort de Jane.

— Sommes-nous tous prêts pour le rapport d'autopsie de Jane Stickler ?

— Oui, madame, répondirent en chœur les voix autour d'elles.

— On vous écoute, adjoint Wolfe.

Wolfe étala une série de photographies sur le bureau.

— Je vous lis le rapport complet ou vous voulez la version abrégée ?

— La version courte fera l’affaire, dit Jenna, dégoûtée par avance par les images.

— Premièrement, rappelez-vous que les rapports de toxicologie prendront au moins trois semaines, voire plus. Et si on ajoute à ça les changements dans la chimie du sang après la mort et les médicaments administrés à l'hôpital, il va être difficile de déterminer quelle substance a réellement été utilisée pour la tuer, expliqua Wolfe, les lèvres pincées. J'ai néanmoins des raisons de croire qu'il s'agit d'un homicide : il y a trop de blessures pour qu'il s'agisse d'une surdose involontaire de la part du corps médical. J'ai numéroté les photos pour que vous ayez une vision plus claire de mes conclusions.

Il fit glisser vers Jenna une image de ce qu'elle supposa être le crâne de Jane.

— J'ai trouvé des ecchymoses importantes sur la tête. Comme vous pouvez le voir, j'ai retiré une partie des cheveux pour révéler l'étendue des dégâts. Un examen plus approfondi a révélé un hématome sous-cutané de taille impressionnante, correspondant au fait que le tueur a traîné la victime par les cheveux. L'étendue des ecchymoses, des gonflements et la quantité de sang coagulé suggèrent que ça s'est produit alors qu'elle était vivante.

Il poussa une autre image vers Jenna, que le shérif eut beaucoup de mal à regarder. La fille souriante qu'elle avait connue avait été réduite en charpie.

Ccla n'aurait-il pas pu arriver avant qu'on la retrouve dans cette cabane ?

— Non, rétorqua Wolfe, le regard froid. Ce n'était pas présent lors des examens qu'elle a passés à l'hôpital. Elle avait mentionné une cicatrice sur le cuir chevelu, on aurait donc difficilement pu passer à côté. De plus, nous avions demandé un bilan complet.

Il montra trois autres photos.

— La victime a des brûlures sur les genoux correspondant au fait d'avoir été traînée sur le carrelage ; son mollet est sale d'un côté et sa chemise de nuit également. Je pense que le tueur l'a tirée par les cheveux, face contre terre. Elle devait être inconsciente, probablement assommée. (Il s'éclaircit la gorge.)

— Je me suis entretenu avec l'infirmière de service qui lui a donné un sédatif à 20 h ce soir-là. Pas en injection, en cachet, pourtant elle a une plaie de ponction fraîche et très déchirée sur l'avant-bras. C'est plus une déchirure qu'un point d'injection, d'ailleurs. Je pense qu'elle connaissait son assassin, qu'elle l'a fui, mais qu'elle a été rattrapée et qu'il lui a injecté quelque chose pour la paralyser. Ensuite, il l'a simplement ramenée dans son lit. D'après le gonflement et le saignement sous le cuir chevelu, je dirais que la mort est survenue peu de temps après. Vous comprenez, dit-il en croisant le regard de Jenna, si ça avait duré plus de quelques minutes, l'hématome et le gonflement auraient été beaucoup plus prononcés.

L'estomac noué, Jenna observa les photographies et s'efforça d'adopter une approche clinique. Jane avait besoin de son aide, dans la mort tout autant que de son vivant.

— Autre chose ?

— Oui.

Les lèvres de Wolfe se retroussèrent alors que ses yeux luisaient de colère.

— Elle a subi des tortures prolongées. Son temps en tant qu'esclave sexuelle a été particulièrement brutal. Son bras droit présente de nombreuses fractures non soignées, mal alignées au radius et au cubitus. Elle a des côtes fêlées et des cicatrices internes. Et il y a aussi ceci, ajouta-t-il, le visage sombre.

Jenna réprima un mouvement de recul alors qu'elle observait les cicatrices sur le dos de la fille.

— Les seules personnes à qui profiterait sa mort sont les deux hommes restants du réseau pédophile. Je suppose qu'ils craignaient qu'elle les identifie, mais pour l'instant, tout ce que nous avons sur eux, est un tatouage d'araignée et une cicatrice sur le genou. Et dans cette ville, beaucoup de joueurs de hockey ou de cavaliers de rodéo en ont. On n'est pas vraiment plus avancés.

— Nous avons cherché partout l'homme au tatouage, mais c'est une impasse. Le club de motards s'est dissous il y a cinq ans. Et on peut supposer que s'il travaillait à l'hôpital, quelqu'un l'aurait remarqué, dit Rowley en se grattant la tête, ses cheveux bruns voltigeant dans tous les sens. Est-ce que le tatouage pourrait être un faux, une décalcomanie ou quelque chose comme ça ?

— C'est une possibilité. Peut-être qu'il le fait exprès pour nous envoyer sur de fausses pistes.

Wolfe fronça les sourcils et jeta un coup d'œil dans ses notes.

— Pourtant, tout ce que nous a dit Zoé s'est révélé exact. La cicatrice d'appendicite et la tache de naissance sur le cou de Dorsey. Elle a étrangement bonne mémoire compte tenu de tous les traumatismes qu'elle a subis.

— Oui, mais elle ne ferait pas la différence entre un vrai et un faux tatouage, dit Jenna en se mordant la lèvre. Tout indique que le tueur de Jane est lié à l'hôpital. Il a réussi à entrer après les heures d'ouverture sans être vu et à partir sans laisser de traces. Nous avons innocenté tous ceux qui ont utilisé l'entrée des employés, à l'exception de la personne qui a utilisé la carte du mort. Mais l'entrée des employés n'a pas de caméra de surveillance, on n'a donc aucune idée de qui ça peut être. Et il y a aussi les médicaments. Le pharmacien a confirmé que les flacons trouvés dans le camion de Price et la cabine de Dorsey provenaient du stock de l'hôpital. Notre tueur travaille là-bas, c'est une certitude. Et s'il a accès aux médicaments, c'est probablement un infirmier. Et pourtant, personne dans ce foutu hôpital ne connaît un homme avec un tatouage. Et si c'est l'autre pédophile, on n'a aucune description de son visage.

— On a appelé tout le personnel pour les interroger, tout ça n'a aucun sens, dit Rowley avec un soupir. Y compris les services de livraison et les pompes funèbres. Ce type est un vrai fantôme.

— Pas un fantôme, juste un mec très astucieux, répliqua Jenna en secouant la tête. Je pense que nous devrions interroger le personnel en face à face. L'un d'eux aurait pu vous mentir, non ? Je sais que je vous demande l'impossible, mais nous n'avons pas le choix. Je suis persuadée que le tueur de Jane est une fréquentation de Price et Dorsey. Rowley, partagez-vous la tâche avec Bradford et Webber.

— Oui, madame.

— Deux choses, interrompit Kane. Rowley pourrait avoir raison, ce pourrait être une décalcomanie : beaucoup de criminels en utilisent pour déjouer la loi et nous envoyer sur de fausses pistes. Mais pourquoi n'a-t-il pas essayé de tuer Zoé ? S'il travaille à l'hôpital comme vous le dites, il aurait très bien pu empoisonner sa nourriture par exemple et s'il a accès aux médicaments comme nous le supposons, il aurait pu trafiquer son traitement.

— Elle n'était pas sous traitement, répliqua Wolfe. Selon le médecin qui s'est occupé d'elle, elle sera traitée par son médecin de famille, à Helena. Il voulait attendre le retour des tests sanguins pour s'assurer qu'elle ne souffrait d'aucune MST et a recommandé un traitement antibiotique pour une infection pulmonaire.

— OK. Il n'a donc pas essayé de la tuer. Mais elle représentait une menace, tout comme Jane, pourquoi l'aurait-il épargnée ?

— Vous avez raison, dit Jenna en faisant crisser ses ongles sur la table. Peut-être qu'il a voulu attaquer Zoé, mais n'en a pas eu l'occasion.

— Ses parents n'ont jamais quitté son chevet, dit Kane en étirant ses longues jambes. Et oubliez ce que j'ai dit pour ce qui était d'empoisonner ses repas. D'après Walters, son père lui achetait des plats à emporter.

Son regard croisa celui de Wolfe.

— Y a-t-il autre chose que nous devrions savoir concernant Zoé ?

— En dehors de la malnutrition, elle semblait assez stable et lucide. J'ai pu consulter les notes du médecin après que les parents m'en ont donné l'autorisation.

— Ce que j'aimerais savoir, c'est comment le tueur justicier a été impliqué dans tout ça, s'exclama Rowley. Au début, j'ai pensé que ça pouvait être le père d'une des filles disparues, mais ils ont tous un alibi, alors pourquoi le justicier nous a-t-il livré les articles de journaux ? Quel message cherche-t-il à nous envoyer exactement ?

Jenna sourit et se tourna vers Kane.

— Ça, c'est mon domaine d'expertise, dit-il en frottant ses grandes mains l'une contre l'autre. Je suis presque sûr que notre tueur est une femme. Elle nous a donné un mobile pour sa série de meurtres, peut-être pour nous faire renoncer, parce qu'elle a l'impression de faire le bien en exterminant la racaille. Elle veut que nous sachions combien d'enfants sont concernés et depuis combien de temps le réseau pédophile est en activité. Elle nous donne des indices pour que nous les trouvions eux, mais pas elle.

— Elle pense que vous allez y aller doucement avec elle et lui pardonner ? demanda Webber avec un sourire en direction du shérif.

— Elle a tué deux hommes et c'était tout sauf de la légitime défense. Aussi, elle sera traitée de la même façon que tous les autres accusés de meurtre.

— Et le jury ? Que vont-ils en penser une fois au tribunal ?

La voix douce de l'adjointe Bradford était étrange au milieu de tous ses collègues masculins.

— Vous pensez qu'ils seront cléments avec elle ? ajouta-t-elle.

— Je ne suis pas ici pour m'inquiéter de ce que le jury va penser, lui lança Jenna avec un regard noir. N'oubliez pas que votre travail consiste à arrêter les criminels et laisser le tribunal décider de leur sort. Aucun de vous n'est censé prendre le parti de la justicière, c'est bien compris ? Que je ne vous y prenne pas. Ce serait une grave erreur et peut-être la dernière que vous feriez.

— En tout cas, une chose est sûre. interrompit Rowley. Cette justicière connaît tous les membres du réseau pédophile.

Jenna hocha la tête pour acquiescer.

— Elle a manifestement trouvé un lien entre les hommes que nous ne parvenons pas à découvrir. Elle doit être mêlée à ça d'une manière ou d'une autre. Mais toutes les filles qu'ils ont supposément kidnappées, en dehors de Jane et Zoé, sont toujours portées disparues. Elle ne peut pas être une des victimes. Nous devons chercher ailleurs, conclut-elle en soupirant. Si on avait les noms des autres hommes, on pourrait peut-être empêcher son prochain meurtre, mais je doute que quiconque admette avoir abusé d'enfants, même en échange de notre protection.

Le portable de Kane se mit à sonner, perturbant le fil de ses pensées et elle le fusilla du regard.

— Allez faire ça dehors, vous voulez bien ?

— Oui, madame.

Kane se leva et répondit à l'appel en franchissant le seuil de la porte, puis se retourna et leva une main pour demander le silence. Une expression préoccupée sur le visage, il déclencha le haut-parleur.

— Que voulez-vous ? dit-il en posant le téléphone sur la table.

Une voix déformée lui répondit :

— *J'imagine que vous avez compris que les filles disparues le sont toujours ?*

— Oui. Mais quel est votre intérêt dans cette histoire ?

Kane se pencha sur la table et son regard inquiet croisa celui de Jenna.

— *Vous devriez chercher dans les montagnes.*

— Je vous écoute.

— *Allez voir à Craig's Rock et fouillez aussi la maison du vieux Corkey. C'est à environ cinq minutes de là, en descendant la pente.*

— Avez-vous tué Amos Price et Ely Dorsey ?

La voix avait raccroché.

Nom de Dieu, mais qu'est-ce qui se passe ici ? Jenna ravala sa salive.

— Rowley, connaissez-vous ces endroits ?

— Oui, madame, c'est très haut dans les montagnes. Complètement désert ; personne n'y va à cause des ours. C'est loin des sentiers de randonnée, vous ne pourrez pas y aller en voiture. À vélo peut-être, mais ce sera long, hors de la piste principale, le long des chutes.

— OK, laissez Webber et Bradford s'occuper des entretiens des infirmiers, j'aurai besoin de vous avec nous. On emporte le GPS et le téléphone satellite. Kane, votre amie Gloria pourra-t-elle nous fournir des chevaux supplémentaires ?

— Je peux demander, dit Kane en s'empressant de quitter la pièce, téléphone à la main.

— J'ai mon propre cheval et une remorque, lui lança Rowley. Si vous louez un autre cheval à Gloria, demandez un hongre et ils voyageront bien ensemble.

— Vous savez monter, Wolfe ?

— Bien sûr, dit l'homme en se levant. Je vais prendre mon matériel.

— Je vais appeler Walters pour tenir le fort. Rowley, allez chercher votre cheval. On se retrouve chez Gloria. Webber, Bradford, quand vous en aurez fini avec l'hôpital, restez au bureau, sauf en cas d'urgence. Si à 17 h, nous ne sommes toujours pas de retour, fermez à clé.

— Oui, madame.

Jenna sortit du bureau et s'approcha de Kane.

— On dirait bien que vous allez pouvoir la faire, votre balade. Amènez Duke, il pourrait nous être utile.

— Oui. Absolument.

L'expression de Kane était très solennelle.

— Ce n'est pas exactement ce que j'avais en tête. Si c'est

bien la justicière qui appelle, elle nous envoie peut-être sur une fausse piste pour nous faire quitter la ville.

La terreur s'empara du shérif.

— Vous voulez dire afin qu'elle puisse tuer à nouveau ?

— Exactement.

45

Chris bouillonnait d'excitation depuis qu'il avait parlé à Bobby-Joe. C'était une belle journée, avec du soleil qui revenait après la pluie. Une journée parfaite pour rencontrer la fille. Il sourit et retourna dans sa cabane, qui n'était pas si mal finalement, malgré l'aspect délabré. *Je suis chanceux quand même, putain.*

Avoir son ami à proximité rendrait les choses plus faciles, au cas où il aurait du mal à la faire entrer dans la voiture. Il sourit en pensant à tout ce qu'il pourrait obtenir de cette nouvelle fille. Elle serait *à lui*, toute à lui, même s'il en tirait de l'argent en la prêtant aux autres membres du groupe – juste pour rendre sa vie un peu plus confortable. Ely et Amos ne lui manquaient pas, bien au contraire. En vérité, depuis que Stu était parti en prison, ils avaient insisté pour être les seuls à capturer les filles et il s'était retrouvé à payer, juste pour pouvoir participer. Alors que maintenant, c'était lui qui tirait les ficelles.

Cette fille serait la première, mais il y en aurait plein

d'autres après. S'il en gardait deux chez Bobby-Joe, il pourrait s'acheter une meilleure cabane, un peu plus haut dans les montagnes. Il y en avait beaucoup en vente, certaines avec des caves. Et s'il arrivait à avoir deux ou trois filles dans sa propre cave, en plus des deux chez Bobby-Joe, il se ferait des couilles en or. Il se dirigea vers la cuisine pour préparer une boisson gazeuse. Sa copine avait insisté pour qu'il apporte du soda et du bourbon. C'était une demande un peu étrange, mais après tout, pourquoi pas ? Et puis l'alcool permettrait à la drogue d'agir plus rapidement.

Et alors, elle sera toute à moi.

Alors qu'il écrasait les pilules pour les ajouter à la boisson, il passa en revue tout ce qu'il devait emporter. Il prévoyait de la rencontrer depuis un certain temps déjà et voulait avoir du temps seul avec elle avant l'arrivée de Bobby-Joe. Il fronça les sourcils. Ce mec était bizarre, mais il n'avait pas d'autre choix que de collaborer avec lui. Sans la cave de Bobby-Joe, il ne pourrait pas garder la fille.

Il se demanda comment elle s'appelait et soupira. Ça n'avait pas d'importance de toute façon, puisque les règles de Bobby-Joe ne permettaient pas d'appeler les filles par leur nom. Il disait que c'était trop facile de se tromper si les flics les arrêtaient et c'était encore mieux si elles-mêmes ne connaissaient pas leur nom à eux, le test au détecteur de mensonge prouverait qu'elle ne mentaient pas.

Il remit le bouchon sur la bouteille et la rangea au frigo, puis retourna dans sa chambre. Son cœur battait la chamade à l'idée de la rencontrer enfin et il dut se forcer à rester concentré pour rassembler son équipement. Il avait déjà prévu les produits de nettoyage. Après avoir emmené deux filles dans sa cabane, ils ne pouvaient pas risquer de laisser des preuves. Les gardes forestiers passaient régulièrement et comme deux filles avaient déjà disparues, s'il laissait l'endroit en désordre, les gardes appelleraient les flics. Il enfila une paire de gants chirurgicaux puis jeta la boîte dans son sac. Il était rompu à l'exercice : tout ce qu'il touchait pouvait laisser des empreintes. Il ajouta deux grandes serviettes, des préservatifs et des vêtements de rechange dans son sac à dos. Une boîte de chocolats et son masque de clown. Reculant de quelques pas, il examina la pièce, puis prit son appareil photo et le mit dans le sac. C'était beaucoup plus sûr que d'utiliser un téléphone.

Il se tourna une dernière fois et jeta un œil à l'horloge. Son estomac se noua. Il avait le temps de manger avant de descendre le long du flanc de montagne, puis de prendre le chemin alternatif qui arrivait dans la forêt de Stanton. Il passa la langue sur ses lèvres et sourit à son reflet dans le miroir.

J'arrive, ma belle. Attends-moi.

46

Après s'être arrêté pour manger un morceau et permettre aux chevaux de se reposer, Kane grimpa sur sa monture et ajusta son sac à dos. Duke avait suivi leur rythme et semblait s'amuser comme un petit fou. Il s'avérait un excellent compagnon qui ne le quittait pas d'une semelle.

— C'est bien. Bon chien.

La route jusqu'à Craig's Rock aurait été plus facile s'ils avaient eu accès à la route privée qui menait jusqu'en haut de la montagne, mais le portail était fermé à clé et un panneau indiquait subtilement la raison en lettres rouges : « Cassez-vous de ma propriété ». Rowley avait insisté sur le fait qu'il ne plaisantait pas quand il disait que les montagnards tiraient d'abord et posaient les questions ensuite, aussi avaient-ils choisi de ne pas causer de grabuge et opté pour l'autre chemin, plus dangereux, qui longeait les chutes. En file indienne, avec l'eau d'un côté et un sentier jonché de rochers de l'autre, les chevaux avaient parfois montré une certaine réticence, mais alors qu'ils se rapprochaient lentement du sommet, Kane en profita pour admirer la vue spectaculaire sur toute la vallée. Très loin en dessous, la ville semblait microscopique face aux kilomètres de prairies et de forêts environnantes.

Au bout du sentier, Kane aperçut plusieurs cabanes, groupées au milieu des arbres, assez proches les unes des autres.

— Est-ce que ce sont les cabanes de pêcheur que Rockford possédait quand il vivait ici ?

— Oui, il les louait aux touristes, répondit Rowley. Vous seriez surpris du nombre de personnes qui viennent ici pendant plusieurs semaines, en été, pour faire de la randonnée. Je suppose qu'ils campent la plupart du temps, mais ils doivent également se poser ici pour passer quelques jours à pêcher avant de repartir. C'est certainement l'agence immobilière qui s'occupe des réservations maintenant.

Kane observa les cabanes et haussa les épaules.

— J'imagine. Mais ça fait un sacré trajet juste pour pêcher. Craig's Rock est encore loin ?

— À quelques minutes, si l'on en croit le GPS.

Suivant Rowley, ils s'engagèrent sur une « ligne de désir », sûrement créée par des animaux. La masse de pins était tellement dense qu'il était difficile de s'y retrouver et sans la lumière du soleil à travers les branchages, les troncs hauts, impitoyables et rugueux, prenaient des allures spectrales et sinistres. Kane s'approcha de Jenna, qui lui lança un regard interrogateur. Son silence pendant la majeure partie du trajet avait clairement montré que son esprit restait tourné vers Black Rock Falls et la mystérieuse justicière.

— Wolfe, lança-t-elle en attendant qu'il la rattrape, je suppose qu'il y a des chances que nous trouvions des tombes. Si c'est le cas, nous aurons besoin d'un anthropologue judiciaire. Vous connaissez quelqu'un ?

— J'ai une équipe qui attend mon feu vert. Ne vous inquiétez pas, je m'occupe de tout. Si nous trouvons quelque chose, je ferai une évaluation préliminaire. Pour confirmer que les os sont bien humains et estimer leur âge approximatif. Puis je m'arrangerai pour que l'équipe d'Helena vienne ici dès le lendemain. Nous aurons besoin de leur expertise pour découvrir depuis combien de temps les ossements sont là. Nous pourrions être en présence d'une sépulture vieille de plusieurs centaines d'années.

— Oui, je comprends bien, c'était là ma question. À ce que j'ai compris, ils examinent la mousse et la moisissure sur les os et arrivent même à déterminer le sexe et la cause de la mort ?

— Exactement.

Le visage de Wolfe se fendit d'un sourire.

— J'ai un peu étudié ça moi aussi, mais c'est un diplôme différent. Par exemple, ils sauront extraire l'ADN des dents, si elles sont intactes, ou encore effectuer une datation au carbone si c'est une sépulture très ancienne.

Kane observa les arbres, qui apparaissaient les uns après les autres comme dans une boucle infinie.

— Il va être difficile d'envoyer une équipe ici avec le matériel nécessaire.

— Pas forcément, rétorqua Wolfe. J'ai bien regardé autour de moi et je suis presque sûr qu'ils pourraient atterrir en hélico au sommet des chutes de Black Rock. Il y a une grande zone plate sur un des côtés de la montagne, suffisamment loin de la cascade pour que ce soit praticable.

— J'aurais aimé le savoir plus tôt, grommela Jenna.

Même si, à vrai dire, je doute que le maire eût accepté de payer pour un hélico.

— Ce ne sera plus notre problème. L'équipe de médecine légale d'Helena prendra le relais, dit Kane en faisant avancer son cheval. Comme les filles sont portées disparues dans tout l'État, ils voudront être pleinement impliqués dans l'enquête, tout comme le FBI.

— Peut-être, mais qu'ils ne nous excluent pas, dit Jenna d'un ton grinçant. C'est *notre* affaire, dans *mon* comté et j'ai bien l'intention de la résoudre, dit-elle d'un air déterminé, en prenant de l'avance. Espérons juste que rien ne se passe pendant que nous sommes en excursion.

— Walters a dit qu'il serait au bureau. Vous avez trois adjoints compétents en service qui nous alerteront s'il arrive quoi que ce soit, dit Kane en remontant à sa hauteur. Nous ne pouvons plus rien faire en ville. Si la justicière doit frapper, elle le fera de toute façon, dit-il en haussant les épaules. Si on avait eu des éléments pour connaître sa prochaine victime, on aurait pu la placer sous protection, mais ce n'est pas le cas. Pour l'instant, tout ce qu'on peut faire, c'est attendre et espérer que ses envies meurtrières lui soient passées.

— Peut-être que si elle nous envoie trouver les tombes des filles, on aura suffisamment de preuves pour trouver les pédophiles et les traîner en justice, dit Jenna dans un soupir. Elle pourrait alors s'avouer satisfaite et cesser sa folie meurtière. Mais si elle pense que nous envoyer ici lui permettra d'être graciée pour ses meurtres, elle se trompe complètement.

Kane acquiesça.

— Ce serait vous sous-estimer de croire que vous renonceriez à la poursuivre.

— Oui et jouer la carte de la victime ne marchera pas avec moi.

— Craig's Rock est juste devant et la cabane du vieux Corkey à quelques kilomètres à l'ouest. C'est proche d'une propriété privée, nous devrions être prudents, les interrompit Rowley. Quels sont vos ordres, madame ?

— Nous allons descendre de cheval et nous déployer à pied. Restez en vue. J'ai entendu dire qu'il y avait des ours dans le coin, restez vigilants. Prenez du spray avec vous, au cas où.

Kane descendit de cheval et observa les environs. Un petit sentier se dessinait à travers les pins, en direction d'une paroi rocheuse qui se profilait tout au bout.

— Je pense que c'est par là. Mais je ne prendrais pas le risque de marcher dans du sumac vénéneux ; je vais suivre les traces d'animaux.

Il échangea un regard avec Jenna.

— L'endroit est très isolé. Pourquoi nous envoyer ici ?

— C'est peut-être un piège ou un canular, oui, mais on n'en saura rien avant d'avoir jeté un œil.

Jenna s'éloigna, le dos droit et la tête haute.

— Je serais prêt à parier que ces cabanes ont un rapport avec les filles disparues, dit Wolfe, en emboîtant le pas de Kane, une expression meurtrière sur le visage. Vous avez mentionné que le fils de Rockford était en prison pour possession de contenu pédopornographique. Est-ce qu'on ne devrait pas lui rendre une petite visite ?

— C'est une idée, mais l'enquête du FBI n'a rien donné. Je doute qu'il soit impliqué. Et croyez-moi, pendant le procès, il aurait vendu son âme pour éviter la prison.

Repensant à l'immense patrimoine du maire Rockford, Kane se tourna vers Rowley.

— Hé, Rowley ! Ces cabanes à des kilomètres de tout, comment Rockford les entretenait-il ? Je l'imagine mal monter jusqu'ici pour changer les draps.

— Il y avait une route, de l'autre côté des chutes. Qui allait jusqu'en haut, près des cabanes. Beaucoup de gens venaient ici, le week-end, pour pêcher. Il y avait même un *food-truck* qui venait et qui vendait de tout, du lait, des hot-dogs. (Rowley retira son chapeau pour essuyer la sueur sur son visage.) Mais après l'éboulement, je doute que Rockford soit venu ici voir les cabanes. Les randonneurs ont dû se débrouiller seuls, j'imagine, dit-il, les sourcils froncés. Il y a des gens qui vivent ici toute l'année également, éparpillés un peu partout dans le parc national, et tous possèdent des routes privées qui partent de la montagne, mais ils préfèrent rester entre eux. La plupart sont autosuffisants et ne quittent pas leur propriété plus d'une ou deux fois par an.

Le souvenir de Lizzy Harper traversa son esprit.

— Hé, attendez une minute. Quand a eu lieu cet éboulement ?

— Je ne suis pas sûr, il y a environ six ans, peut-être plus. Pourquoi ? demanda Rowley.

— Wolfe se demandait si les cabanes avaient un rapport avec les filles disparues et je me souviens que Lizzy Harper a mentionné que son père l'emmenait pêcher le week-end. C'est là qu'il abusait d'elle, et sans doute que d'autres hommes aussi.

— Dans ce cas, une fois que nous aurons examiné les alentours, nous fouillerons la maison du vieux Corkey, puis nous irons voir les autres cabanes, dit Jenna en faisant voltiger ses cheveux noirs. Allez, dépêchez-vous, il se fait tard et c'est déjà assez difficile comme ça de descendre le flanc de montagne en plein jour. Je n'ai pas envie de m'attaquer à ce sentier dans le noir.

— On pourrait passer la nuit dans une des cabanes, dit Rowley avec des yeux pleins d'espoir, son expression presque enfantine.

— Mais vous avez perdu la tête ou quoi ? C'est hors de question !

Duke était parti devant, sa langue baveuse hors de sa bouche, mais le bruit qu'il faisait dans les buissons s'arrêta soudainement. Trois aboiements s'ensuivirent, puis un gémissement.

— Merde. J'espère qu'il n'est pas tombé sur un ours, s'exclama Kane en partant à sa poursuite.

Suivant le parcours du chien à travers les arbres, il arriva à l'orée d'une petite clairière. Duke revint à ses côtés et lui asséna des coups de patte, visiblement agité. Kane examina les environs puis déglutit. *Oh, merde*. Les yeux noirs d'un crâne le fixaient, comme implorant son aide. Il y avait de la mousse qui poussait sur une de ses pommettes. À trente centimètres de là, le sommet d'un autre crâne, qui émergeait de la couche de feuilles, comme s'il se cachait, honteux. Et partout autour de lui, de longs os fins qui jonchaient le sol. Il n'y a rien de pire que de trouver les tombes de plusieurs enfants assassinés. Se forçant à dissimuler son émotion, il se détourna lorsque Jenna s'approcha de lui.

— J'ai bien peur qu'il s'agisse d'un cimetière, madame.

47

En chemin pour aller à la rencontre du monstre suivant, elle prit la vieille route secondaire, celle qui partait de la forêt de Stanton et qui se terminait par une grande zone circulaire où les voitures pouvaient faire demi-tour. Les pompiers utilisaient cette route en cas d'incendie. Après avoir conduit sa voiture sur un chemin plus étroit, à une certaine distance du sentier qu'il avait mentionné, elle se gara derrière les buissons puis sortit son vélo du coffre. Elle s'était assurée d'avoir tout ce dont elle avait besoin et couvrit son véhicule d'une bâche couleur camouflage. Les clés restèrent sur le contact si ça tournait au vinaigre et qu'elle devait s'enfuir rapidement.

Un bruit la fit sursauter ; s'il la voyait maintenant, il saurait que c'était un coup monté. Elle se retourna lentement, observant les environs, mais rien d'autre que la brise ne se déplaçait entre les grands pins. Après avoir enlevé sa casquette et laissé ses cheveux tomber en cascade sur ses épaules, elle la remit en place, tirant sur la visière pour couvrir son visage. Entre ça et les grandes lunettes de soleil, l'homme n'y verrait que du feu.

L'idée de le tuer l'excitait et la terrifiait en même temps. Le fait qu'elle aime autant les voir mourir l'effrayait parfois. Oubliant sa peur, elle s'attacha au besoin profond qu'elle avait de débarrasser le monde des prédateurs. Ces ordures ne méritaient pas de vivre.

Elle attrapa son sac à dos, enfourcha son vélo et se dirigea vers la route. Au détour d'un virage, elle entendit une voiture et se cacha dans les buissons. Un pick-up passa à côté d'elle sans la voir et à sa plus grande horreur, Bobby-Joe était au volant.

Non. Je ne peux pas m'attaquer à deux hommes à la fois.

L'indécision la tourmenta. Rester ou partir ? Que faire ? Le pick-up de Bobby-Joe continua d'avancer et disparut au loin. Peu de temps après, alors qu'elle avait repris la route, un pick-up identique arriva lentement derrière elle. Elle se tourna sur sa selle puis arrêta de pédaler. Un homme portant un masque de clown sortit du véhicule et elle eut envie de hurler. S'il avait prévu d'appeler Bobby-Joe en renfort, elle avait fait une erreur fatale.

— Salut. C'est moi, Eighteen_and_Lonely. C'est toi, Needy_Girl ?

Bien qu'étouffée par son masque, elle reconnut la voix de l'homme. Le type qui essayait si fort de cacher son identité était Chris Jenkins.

Faisant de son mieux pour avoir l'air détendue et garder la tête baissée pour que la casquette cache son visage, elle acquiesça.

— Je pensais que tu blaguais quand tu parlais des

clowns, dit-elle en se forçant à rire. Je ne m'attendais pas vraiment à ce que tu viennes masqué.

— Je voulais que tu sois sûre que ce soit moi. Ces bois peuvent être dangereux, tu sais, dit Chris en la dévisageant.

Heureuse d'avoir les lunettes de soleil comme déguisement, elle se déhancha dans une pose qu'elle avait remarquée chez de nombreuses adolescentes.

— Eh bien, maintenant que tu sais que c'est moi, pourquoi tu ne l'enlèves pas ?

— Parce que j'aime bien jouer, dit-il avec un petit rire malsain. Toutes les filles aiment jouer, n'est-ce pas ?

— Dans ce cas, moi aussi je garde mes lunettes, dit-elle en faisant la moue. Je croyais qu'on allait faire l'amour. Tu as changé d'avis ?

— Ah non non non, mais je veux que ce soit amusant et mémorable. N'importe qui peut le faire de manière ennuyeuse comme tes parents. Mais moi, je vais faire en sorte que ce soit *spécial*.

Il s'approcha d'elle, mais ne tenta pas de la toucher.

— OK, mais allons-y. J'ai chaud et j'ai soif. La cabane est loin d'ici ?

Lorsqu'elle faisait preuve d'impatience, ces hommes étaient souvent mal à l'aise. Ils ne voulaient pas perdre leur proie qu'ils avaient mis tant de temps à attraper.

— Tu vois le petit chemin par là-bas ? dit Chris en désignant un sentier à quelques mètres. C'est juste là. Tu veux monter dans ma voiture, je vais nous y conduire.

Pff. Je ne suis pas si conne.

— Non, je vais prendre mon vélo si ça ne te dérange pas.

L'étui de son couteau, caché dans sa botte, se rappela à son souvenir dans une caresse froide. Cela la stimula.

— Pourquoi on n'irait pas à pied ?

— Comme tu veux, mais je ne peux pas laisser ma bagnole ici. J'ai rendu la cabane toute confortable, tu verras. J'ai aussi l'alcool et les chocolats que tu m'as demandés, dit-il en montrant le contenu de son sac. Tu es vraiment super jolie. J'ai hâte de te voir davantage. Attends-moi ici, je vais me garer un peu plus loin et je reviens.

Il laissa tomber le sac, sauta dans le pick-up et repartit.

Peu de temps après, elle l'observa trottiner dans sa direction, son masque ridicule couvrant toujours sa tête. En arrivant à ses côtés, il reprit un instant son souffle et ramassa le sac.

— Je t'avais dit que je ne serais pas long. T'es prête à aller t'amuser ?

Elle ravala sa salive et se força à sourire. Elle devait jouer les naïves et ne pas avoir peur, même si elle n'avait qu'une envie : s'éloigner le plus possible de lui. *Bon sang, je dois arrêter de faire l'idiote et tuer ce fils de pute.*

La main tremblante de Chris lui caressa le dos.

— Par ici, suis-moi, dit-il en la guidant à travers la forêt.

L'idée que Bobby-Joe traîne non loin l'inquiétait, alors elle prit le taureau par les cornes et posa la question.

— J'ai vu un autre pick-up passer juste avant. Cet homme ne va pas venir nous déranger, hein ?

— Non. Je te promets qu'il ne s'approchera pas de la cabane. Il n'y aura que toi et moi. Et je prendrai bien soin de toi. Tu peux me faire confiance, ma chérie.

Une brise fraîche fit bruisser les arbres et elle tendit l'oreille, en alerte. Elle devait jouer son rôle. Elle repensa au plan, étape par étape. En espérant qu'il ferait exactement ce qu'elle attendait de lui. Tant de choses devaient se mettre en place, et si elle faisait la moindre erreur ou ne frappait pas au bon moment, elle passerait de bourreau à victime.

Elle descendit de son vélo et l'appuya contre un arbre. Elle prit une profonde inspiration et suivit Chris jusque dans la cabane. Il avait recouvert le lit d'une grande feuille de plastique et d'une grande serviette.

— Il ne faudrait pas faire de dégâts et contrarier les gardes forestiers, expliqua-t-il. Sinon, ils vont verrouiller les cabanes et on n'aura plus d'endroit où se retrouver. Enlève donc ces lunettes et assieds-toi, détends-toi. On va prendre un verre, dit-il en gloussant.

Elle se montra réticente et garda la tête baissée.

— D'accord, mais je veux te voir d'abord, dit-elle en retirant son sac à dos pour s'installer à la table.

— Bien sûr.

Il se recula et retira son t-shirt, mais garda le masque en place.

— Je ferai tout ce que tu veux, dit-il en jetant le t-shirt sur la table avant de se déshabiller complètement.

Puis, il sortit une bouteille de Coca d'une glacière.

— Tu devrais prendre un verre, ça t'aidera à te détendre.

L'odeur de cet homme, mélange de sueur et d'after-shave, la dégoûta au plus haut point. Elle attrapa la bouteille et fit semblant de siroter, directement au goulot.

— C'est un peu fort, dit-elle en toussant de façon théâtrale. Et tu es différent de ta photo, t'es plus vieux.

— Désolé de te décevoir. Bois un peu plus, ça passe mieux au fur et à mesure. Et puis enlève tes lunettes, j'ai hâte de te regarder.

— Je garde les lunettes. Tout comme tu gardes ton stupide masque.

Elle porta à nouveau la bouteille à ses lèvres, observa l'homme attentivement, puis la reposa sur la table.

— Je dois d'abord enlever mes chaussures, attends.

Un frisson de dégoût la traversa alors qu'il posait ses mains sur ses épaules pendant qu'elle se penchait. Elle défit ses lacets puis envoya valser ses bottes. Tout en se redressant, elle empoigna fermement le manche du couteau attaché à sa cheville. Constitué d'os, il était chaud et réconfortant contre sa paume. Dans un rugissement, elle l'enfonça d'un coup sec dans la cage thoracique de l'homme, avec toute la force de huit années de rage. La lame s'enfonça en lui comme dans du beurre, tranchant directement le cœur. Elle la retira puis poussa à nouveau, entaillant profondément sa chair. Alors qu'un jet écarlate éclaboussait sa chemise, elle ne put s'empêcher de rire, puis arracha le masque.

— Bonjour, Chris. Comment vas-tu aujourd'hui ?

Il émit un gargouillis alors que le sang affluait dans sa bouche. Il tituba, s'agrippant à elle de ses grosses mains rugueuses. Elle grimaça tandis que ses gros doigts s'enfonçaient dans ses épaules et elle retira ses lunettes de soleil.

— Regarde-moi bien, fils de pute. Regarde-moi bien pendant que tu meurs.

Il laissa échapper un gémissement, puis écarquilla les yeux.

Elle attrapa le manche du couteau et le fit pivoter.

— Ça fait mal ? lui lança-t-elle avec un grand sourire.

Ravie, elle prit appui sur ses pieds, ressortit la lame tranchante et la renfonça de nouveau. Les yeux de l'homme restaient rivés sur elle alors qu'il perdait connaissance. Elle regarda sa bouche qui essayait en vain de former des mots, mais elle se fichait de ce qu'il avait à dire. Ses poumons se remplissaient de sang et c'en était fini pour lui. Un type comme lui ne méritait même pas de dernières paroles.

Elle récupéra son couteau et lui adressa un ultime sourire.

— Ne le dis pas à ta maman surtout, ce sera notre petit secret.

48

Jenna fut horrifiée de voir que Kane ne se trompait pas. La température avait considérablement baissé depuis qu'ils étaient entrés dans cette zone ombragée, à l'abri de la paroi rocheuse. L'air était calme et transportait un parfum subtilement terreux. Sous ses pieds, une couche de brindilles et d'aiguilles de pin craquait à chaque pas. Protégée des intempéries, cette clairière aurait fait un superbe terrain de camping, si le sol n'avait pas été jonché d'ossements, manifestement humains, qui émergeaient de toutes parts.

— Oh, mon Dieu, Wolfe, venez voir ça.

Jenna posa les yeux sur Kane, à genoux, qui examinait quelque chose, son chien assis docilement à côté de lui.

— Qu'est-ce que vous avez trouvé, Kane ?

— Un médaillon, dit-il d'un air sinistre. Je le reconnais, l'une des filles le portait sur sa photo. Vous devriez peut-être commencer par là, lança-t-il à Wolfe qui enfilait sa combinaison.

— Je vais faire un examen préliminaire, mais vu l'altération des os, je ne pourrai pas déterminer leur âge par les méthodes habituelles. Et il n'y a pas d'odeur non plus, ce qui me laisse supposer qu'ils sont là depuis quelques années déjà. Équipez-vous. Nous allons délimiter une grille, faire un croquis de la zone et prendre des photos. Je suggère ensuite que nous cherchions la cabane du vieux Corkey.

Jenna les laissa faire et observa les environs, puis se tourna vers Rowley.

— Placez des balises autour de tout ça. Combien de corps, Wolfe ?

— Il est trop tôt pour le dire, mais il y a trois crânes visibles, que les tueurs ont enterrés dans des tombes peu profondes. Je peux voir du plastique qui dépasse de l'herbe par endroits et ils ont marqué chaque tombe d'une pierre.

Wolfe se tenait debout les mains sur les hanches et le visage solennel, de cette expression qu'il adoptait quand il était concentré.

— Une fois la zone photographiée, je ferai un croquis grossier de la position des corps et j'établirai une grille. C'est plus facile d'avoir des termes de référence quand on fouille un site de cette taille. Et de cette manière, j'aurai des informations plus précises à transmettre à l'équipe d'Helena.

Jenna hocha la tête, se forçant à conserver une expression détachée.

— D'accord, mais il va falloir surveiller l'heure si on veut aussi fouiller la cabane de Corkey. C'est trop dangereux de se balader par ici la nuit et ces tombes seront toujours là demain matin. Voyez avec Kane et Rowley pour la mise en place de la grille. J'ai des rouleaux de rubalise, de la ficelle et des drapeaux dans mon sac à dos. Je me charge des photos.

— Très bien, madame.

— Le médaillon appartient à une certaine Jodie King, dit Kane. Elle le porte sur cette image et il y a une inscription au dos : « À Jodie, avec amour, Papa et Maman ». (Il s'éclaircit la gorge.) Elle a disparu il y a huit ans.

En une quinzaine de minutes seulement, les photos étaient faites et ses adjoints avaient mis en place la grille. Jenna et Rowley se tenaient sur le côté et observaient Kane et Wolfe passer d'un carré à l'autre. Elle avait déjà assisté à des fouilles de tombes, mais jamais à cette échelle et elle fut surprise de se découvrir une certaine fascination pour la façon dont Wolfe travaillait. À l'aide d'une brosse et d'une petite truelle, il enlevait les feuilles mortes et autres débris autour de chaque tombe, il prenait des notes, mesurait les ossements qui gisaient en surface. Elle vérifia sa montre : une heure était passée en l’espace d’un claquement de doigts. Et le temps que Wolfe et Kane marquent les trois tombes, le soleil était déjà bas dans le ciel.

À son grand soulagement, Wolfe se leva et s'éloigna prudemment de la scène de crime, avec Kane sur ses talons.

— Rapport préliminaire ?

— Trois tombes peu profondes, avec trois crânes visibles, dont deux parfaitement intacts. Le troisième montre des signes de traumatisme par objet contondant. D'après les os éparpillés dans la zone, il y a des preuves d'intervention animale, mais il y a aussi les mêmes blessures que j'ai trouvées sur Jane Stickler. C’est-à-dire des fractures non soignées, qui laissent entendre que les tueurs ont gardé au moins deux de ces enfants pendant un certain temps, au moins six semaines, après la blessure.

Wolfe laissa échapper un long soupir de lassitude.

— L'excavation de ce site va prendre un certain temps,

reprit-il. Il faudra peut-être des mois avant que nous ayons l'identité de ces enfants.

Jenna se força à refouler la rage qui montait en elle. *Je dois trouver les hommes qui ont fait ça.*

— Contactez Helena immédiatement.

— Oui, madame.

— Comment la justicière connaissait-elle cet endroit ? demanda Jenna en levant un regard inquiet vers Kane. Vous pensez que ces hommes l'ont kidnappée ? Le père de Lizzy Harper l'emmenait dans une cabane près d'ici ; elle aurait pu être témoin du meurtre de Jodie King et entendre où ils prévoyaient d'enterrer son corps.

— Vous pensez que Lizzy Harper est notre tueuse ? demanda Rowley, une teinte d'excitation dans la voix.

— Elle est tout en haut de ma liste, mais peut-être qu'elle n'a assisté au meurtre que d'un seul de ces enfants, répliqua Kane, pensif. La chronologie ne correspond pas à Jodie, mais il est vrai que nous ne savons pas combien de temps le père de Lizzy a abusé d'elle, ni combien de temps ces hommes ont gardé Jodie avant de la tuer. Et Lizzy ne nous donnera aucune information.

— Avec tout ce que nous avons à présent, je devrais être en mesure de demander au procureur un mandat d'arrêt. Ou d'organiser une surveillance. Si c'est elle, je veux m'assurer qu'on l'a à l'œil.

— Si on trouvait le reste des hommes, on pourrait peut-être arrêter la justicière avant qu'elle ne frappe à nouveau, dit Kane dans un soupir. Si on avait ne serait-ce qu'un seul lien entre nos victimes, on aurait peut-être une chance.

— Ils ne peuvent pas être bien loin si la justicière les traque à Black Rock Falls. Les cabanes sont le dénominateur commun et elles sont toutes situées dans la forêt de Stanton.

Jenna réfléchit un instant.

— Je suis convaincue que ces hommes ont une cachette près d'ici. (Elle fixa la lumière déclinante.) Merde, on n'a plus beaucoup de temps.

— Si on va directement à la cabane du vieux Corkey, on aura le temps de monter ensuite jusqu'aux cabanes de pêcheur et de jeter un coup d'œil. Ce n'est pas si loin, n'est-ce pas ? dit Kane en levant un sourcil interrogateur vers Rowley.

— À dix minutes d'ici, dans cette direction. Je vais chercher un chemin, dit Rowley en s'élançant vers son cheval.

Heureusement qu'on pouvait compter sur ce jeune adjoint et ses connaissances de la région.

— Wolfe, avez-vous contacté l'équipe médico-légale d'Helena ?

— Oui, madame. Ils viendront nous chercher à l'héliport de l'hôpital de Black Rock Falls à 7 h du matin. J'ai recouvert tous les restes. La scène de crime devrait rester intacte pendant la nuit. Il n'y a plus grand-chose d'intéressant pour la faune, de toute façon.

Lorsque Rowley revint quelques instants plus tard, Jenna l'interpella.

— Vous avez trouvé un chemin ?

— Oui, madame. À moins de cinq minutes d'ici.

Jenna rassembla ses affaires et lança à ses adjoints :

— Mais qu'est-ce que vous attendez tous ? Embarquez le matériel. Je veux arriver aux cabanes de pêche avant la nuit.

. . .

Ils suivirent Rowley et arrivèrent rapidement devant une cabane délabrée.

— On dirait bien que c'est abandonné.

— Sans aucun doute.

Kane descendit de cheval et suivit Wolfe jusqu'à la porte d'entrée.

— Nous allons jeter un coup d'œil, madame. Duke, pas bouger ! C'est bien.

Jenna patienta quelques minutes, observant la porte avec impatience. Wolfe ressortit le premier en retirant ses gants chirurgicaux, puis Kane ferma la porte derrière lui et avança de quelques pas.

— Il y a des corps sous le plancher, enveloppés dans du plastique. Mais vu la couche de poussière, personne n'est venu ici depuis un certain temps.

— Je vais devoir revenir demain matin quand il fera jour, on n'y voit rien là-dedans, ajouta Wolfe en fronçant les sourcils. D'après ce que j'ai cru voir, il y a trois corps ici aussi. Je vais avoir besoin d'aide. Les deux experts qu'Helena envoie avec l'hélicoptère ne suffiront pas. Il va falloir deux équipes différentes.

— Demandez tout ce dont vous aurez besoin, dit le shérif en regardant sa montre. Je doute que quelqu'un vienne enlever ces cadavres pendant la nuit. Nous devrions partir tout dc suite ou nous n'aurons pas le temps d'aller examiner les cabanes de pêche.

Six corps. Sans aucun doute les six fillettes des coupures de journaux... Jenna ravala sa salive et tira sur les rênes pour mener sa monture en direction du sommet de la montagne.

49

Sa chemise maculée de sang, elle fixa le couteau. Il n'avait fallu que quelques secondes pour le tuer et pourtant, la pièce empestait déjà la mort. À ses pieds, les membres de Chris Jenkins effectuaient leurs derniers spasmes post-mortem. Il était étendu sur le dos, une expression effrayée sur le visage, qu'il garderait à tout jamais. Elle se pencha au-dessus de lui, plongeant son regard dans ses yeux fixes.

— Oh non, regarde ce que tu m'as fait faire.

Tout semblait clair dans son esprit à présent. Lavé de toute émotion et de toute la haine qu'elle avait ressentie pour ce monstre. Une fois qu'elle avait tué, la rage fondait comme neige au soleil, laissant dans son sillage une intense sérénité. Elle se redressa et jeta un œil à la pièce, en reculant de plusieurs pas. Le shérif allait fouiller la cabane, elle devait s'assurer qu'elle ne laissait aucun indice, pas un cheveu, pas une empreinte digitale. Elle trouva un seau à proximité et y jeta ses vêtements. Une serviette pendait sur le bord de l'évier et elle l'enroula autour de sa main avant d'ouvrir le robinet. Elle se lava du mieux qu'elle put, en utilisant le bout de savon que quelqu'un avait mis là, mais sans miroir, elle ne savait pas s'il restait du sang sur son visage. Après avoir balayé le sol, elle mouilla la serviette et s'en servit de serpillière pour laver ses empreintes de pas, puis laissa couler l'eau un certain temps, pour s'assurer qu'il ne resterait aucune trace de sang dans le siphon. Elle referma le robinet, jeta la serviette dans le seau, puis enfila les vêtements propres qu'elle avait dans son sac à dos.

Après avoir essuyé la chaise avec le t-shirt du monstre, elle embarqua aussi la bouteille de Coca, puis remit ses lunettes de soleil et sa casquette. Son sac à dos sur une épaule, elle ramassa le seau et se dirigea vers la sortie, utilisant le t-shirt pour tourner la poignée. Mais dès l'instant où elle mit un pied dehors, elle croisa le regard effaré d'une jeune fille poussant son vélo.

— Cours ! L'homme là-dedans a un couteau, il a essayé de me tuer !

Craignant d'être identifiée, elle dépassa la jeune fille terrifiée et grimpa sur son propre vélo, puis la vit qui partit en trombe, pédalant à toute allure, dans la direction opposée à celle où elle avait laissé sa voiture. *Merde*. La fille allait dans la même direction que Bobby-Joe. Pour autant qu'elle sache, il n'y avait rien au bout de la route, peut-être avait-il déjà fait demi-tour ou était-il rentré chez lui. L'idée qu'il puisse être aussi proche la terrifiait. Que faisait-il dans la forêt ? Les monstres avaient-ils prévu de rencontrer deux filles à la fois ?

À son grand soulagement, la jeune fille finit par tourner sur un sentier caché par les arbres et loin de la route principale. De nombreux chemins de ce type sillonnaient la forêt de Stanton et elle connaissait probablement un raccourci pour rentrer chez elle. Reprenant sa propre route, elle sprinta jusqu'à la petite clairière où elle avait laissé sa voiture, rangea le vélo et le seau dans le coffre, sous la bâche, puis prit quelques instants pour brosser ses cheveux. Utilisant le rétroviseur comme miroir, elle ajouta un peu de rouge à lèvres, puis reprit sereinement le chemin de la ville.

Le poids qui pesait sur elle depuis si longtemps s'allégeait enfin. Il n'en restait plus qu'un. Plus qu'un seul monstre à éliminer.

50

Bobby-Joe attendait depuis déjà trente minutes et commençait à s'impatienter. La fille arriverait bientôt et il voulait l'attendre à la cabane. *Oh et puis merde, je vais aller voir ce que fout Chris. Faudrait pas qu'il m'ait volé ma chérie, ce salopard.* Bouteille de Coca trafiquée à la main, il se glissa hors du véhicule. Et après avoir jeté un rapide coup d'œil aux alentours pour s'assurer que personne ne se cachait dans l'ombre, il se dirigea vers la cabane. Il remarqua une berline blanche qui s'éloignait à toute vitesse au loin. *Bordel de merde.* Si Chris avait invité quelqu'un d'autre sans le lui dire, il allait le payer cher. *C'est moi qui dirige cette petite entreprise. Pas toi, connard.*

Un mouvement attira son attention et il crut entendre des pleurs, au milieu des chants d'oiseaux.

— Bonjour, il y a quelqu'un ?

— Je suis ici, dit une fille en sortant des buissons, des

larmes sur son visage. Vous ne venez pas de la cabane, hein ?

Bobby-Joe la regarda longuement, incrédule. *Putain, mais c'est mon jour de chance !*

— Moi ? Non, j'ai garé mon pick-up un peu plus loin sur la route. Je cherche mon chien, tu l'aurais pas vu ?

— Non, dit la fille en se frottant les yeux.

— Qu'est-ce qui t'arrive, pourquoi tu pleures comme ça ?

Bobby-Joe garda ses distances pour ne pas l'effrayer et il reprit :

— Ce n'est pas très prudent de se promener toute seule dans la forêt, tu sais.

— Je suis venue rencontrer quelqu'un dans la cabane, dit-elle entre deux sanglots. Mais y avait une fille devant. Elle a dit qu'il y avait un fou avec un couteau à l'intérieur, alors je me suis enfuie, mais je suis tombée de vélo. La roue est toute déformée.

Bobby-Joe fronça les sourcils, se demandant ce que Chris avait bien pu faire. *Merde, sans son masque, cette fille pourrait l'identifier*. Il soupira. *Trop tard maintenant. On dirait bien que celle-ci va rentrer à la maison avec moi. Et y rester*.

Tout ce qu'il avait à faire, c'était la persuader de monter dans sa voiture.

— Oui, il y a des hommes méchants dans le coin. Comme je t'ai dit, ce n'est pas sûr dans la forêt. Je suppose que je ferais mieux de chercher mon chien dans l'autre direction. Je n'ai pas très envie de me faire poignarder par un fou.

Il tourna les talons pour faire mine de partir, puis se tourna vers elle.

— Tu veux faire la route avec moi ?

— D'accord, dit-elle timidement, en lui emboîtant le pas. Il s'appelle comment, votre chien ?

— Deefer.

— Quel nom débile ! dit-elle en s'essuyant le nez dans un mouchoir.

Pour Bobby-Joe, c'était jour de fête. Il lui semblait que c'était la fille qu'il avait cuisinée pendant des mois, mais comme Chris l'avait effrayée, il fallait changer de plan. Il devait la jouer cool et la mettre en confiance, qu'elle croie qu'il était un parfait inconnu et pas l'homme qu'elle était venue rencontrer.

— Tu veux du Coca ? Je ne l'ai pas encore ouverte, y a pas de microbes.

— Merci, j'ai très soif, dit-elle en attrapant la bouteille avant de boire à grandes gorgées. Il va bientôt faire nuit. Y a-t-il un chemin pour sortir de la forêt par ici ?

Bobby-Joe secoua la tête.

— Non et tu as très soif à ce que je vois. T'inquiète pas, j'en ai une autre dans ma voiture.

— Comment je vais rentrer chez moi ?

Elle but à nouveau puis leva de grands yeux de biche vers lui.

— Je vais me perdre et je risquerais de tomber sur l'homme au couteau, ajouta-t-elle.

— Oui, c'est vrai.

— Vous allez m'aider, hein ? S'il vous plaît ? dit-elle en lui agrippant le bras.

L'excitation s'empara de lui. Elle lui tombait littéralement dans les bras. Il n'arrivait pas à y croire. La bagnole n'était qu'à quelques mètres. Et la drogue ferait bientôt effet ; la fille serait toute à lui. Il lui sourit et lui tendit la main.

— Ne t'inquiète pas, ma belle, je vais m'occuper de toi.

— Merci beaucoup. Mais votre chien ?

— Je suis sûr qu'il peut se débrouiller tout seul. Te ramener à la maison est plus important.

— Peut-être que je peux revenir ici demain et vous aider à le chercher ?

— J'en serais ravi. Ma voiture est juste là. Je vais te ramener chez toi.

Elle prit sa main et lui sourit. Une bouffée d'euphorie s'empara de l'homme. Cette fille était parfaite. Et il allait la garder. Pour toujours.

51

MERCREDI, SEMAINE 2

Le lendemain matin, Kane s'assit à son bureau et épluchа les dossiers, se demandant s'il n'avait pas perdu la main. Le tueur lui avait échappé et les hommes du réseau pédophile semblaient passer inaperçus, aussi invisibles que des fantômes. Chaque étape de l'enquête s'avérait être une impasse. Il était d'accord avec Jenna et considérait Lizzy Harper comme suspect numéro un. Malgré sa petite taille, elle était en bonne forme. De plus, elle avait assassiné son père, il était donc avéré qu'elle était capable de tuer. Il y avait également le lien avec les cabanes de pêcheur. Il parcourut la transcription de son entretien une nouvelle fois. Elle détestait les hommes, mais, à vrai dire, elle avait l'air d'être en colère contre le monde entier. Si c'était elle, la justicière, quel était son mobile ? Elle avait déjà tué l'homme qui l'avait agressée.

La seule explication possible, c'était que son père ait été de mèche avec le réseau pédophile. Mais ils n'avaient rien trouvé dans les cabanes ; pas de cave ni quoi que ce soit d'inhabituel. Mais après tant d'années, tout était possible. Il doutait qu'elle pût dire précisément dans quelle cabane son père avait abusé d'elle, et si elle avait eu d'autres hommes à dénoncer, elle aurait pu le faire pendant le procès. Et pourtant, ils avaient la preuve qu'au moins un autre homme était impliqué. Le fils de Lizzy Harper n'était pas le produit d'un inceste. Dans ce cas, qui était le père de l'enfant ? Kane vérifia sa boîte mail, espérant y voir les résultats des tests ADN. S'il y avait une correspondance entre les victimes et le fils de Lizzy, ils auraient alors un mobile et de quoi lui faire subir un interrogatoire.

Il mourait d'envie d'appeler Wolfe, mais Jenna l'avait envoyé fouiller les tombes avec l'aide de Webber et de l'équipe médico-légale. Un tueur étant en liberté, elle avait insisté pour que Rowley et lui restent au bureau, à se creuser la cervelle. Ne pouvant déranger Wolfe, il appela directement le laboratoire d'analyses. Il lui sembla patienter une éternité et, d'interminables minutes plus tard, le chef du laboratoire reprit la ligne :

— J'envoie les résultats au légiste de Black Rock Falls dès maintenant.

— Mettez le bureau du shérif en copie, dit Kane d'une voix cinglante. J'ai besoin de cette information tout de suite et le médecin légiste est quelque part en montagne.

— Bien sûr, je vous l'envoie dès maintenant.

Kane fixa l'écran de son ordinateur et rafraîchit sa boîte de réception trois fois avant que le mail n'arrive. En ouvrant le fichier, il retint un cri d'excitation. *Elle était là*, la preuve dont ils avaient besoin.

Amos Price.

Amos Price était le père du fils de Lizzy Harper.

Il se leva d'un bond et attrapa Rowley par les épaules.

— Suivez-moi.

— On a du nouveau concernant la justicière.

Jenna leva un regard plein d'espoir vers lui et il enchaîna :

— On a assez de preuves pour un mandat d'arrêt contre Lizzy Harper. Les résultats ADN sont arrivés, Amos Price est le père de l'enfant. Ça prouve qu'il était impliqué, nous avons un mobile. De plus, elle était dans les environs au moment du meurtre et a une clé de la maison où Alison Saunders a trouvé son corps.

— Dieu merci. Maintenant, nous pouvons l'arrêter avant qu'elle ne frappe à nouveau. Bon travail, dit Jenna avec un sourire. Rédigez le mandat et donnez les documents à Rowley pour qu'il les apporte au palais de justice. Je vais appeler le procureur pour accélérer les choses.

— Oui, madame.

En liesse, il retourna dans son box. La paperasse ne prit pas longtemps et très vite, Rowley fut en route. Kane passa l'heure suivante à mettre à jour ses dossiers, puis leva les yeux au moment où Maggie, visiblement bouleversée, quittait la réception et se précipitait dans le bureau de Jenna. *Nom d'un chien, mais qu'est-ce qui se passe ?*

Jenna sortit et lui fit signe de les rejoindre dans son bureau. Il attrapa son bloc-notes et entra dans la pièce, refermant la porte derrière lui. Jenna était au téléphone avec les médias : un nouvel enfant avait disparu. En raccrochant, le shérif laissa tomber sa tête dans ses mains, fixa la table un moment, mais ne dit rien.

Il fronça les sourcils puis rompit le silence.

— Madame, qui a disparu ?

— Une jeune fille de 13 ans, Sandra Doïg. Je viens de lancer un avis de recherche et de l'inscrire du le fichier national des personnes disparues. Tous les comtés aux alentours sont sur le qui-vive, on déclenche une alerte enlèvement. J'ai aussi appelé le FBI, une équipe est en route.

Elle laissa échapper un long soupir de fatigue.

— Je viens de parler aux médias. Ils vont diffuser ça immédiatement, alors espérons qu'on la retrouvera vite. Elle a dit à ses parents qu'elle allait à une soirée pyjama avec une amie hier, mais elle n'est pas allée à l'école ce matin. (Jenna passa une main dans ses cheveux noirs.) Sa mère s'en est aperçue en passant à l'école : elle voulait lui donner de l'argent pour s'acheter à déjeuner. Son amie a dit qu'elle n'était pas avec elle.

Bordel. Cette ville est en train de devenir le centre de tous les crimes.

— La mère a-t-elle vérifié auprès d'autres amis ?

— Oui, Maggie a déjà posé toutes ces questions quand madame Doïg a appelé. Elle a dit que Sandra allait souvent dormir chez Peta Braun, sa meilleure amie et que madame Braun s'assurait qu'elles ne restent pas à veiller toute la nuit. (Jenna se mordit la lèvre.) Le principal a fait passer des annonces au haut-parleur. Deux élèves l'ont vue s'éloigner de l'école et prendre un chemin de randonnée dans la forêt de Stanton, après les cours, hier.

Le souvenir des meurtres sur lesquels ils avaient travaillé plus tôt dans l'année lui revint à l'esprit.

— Ça ne sent pas bon, tout ça. J'espère qu'il n'y a pas de nouveau un tueur qui rôde dans la forêt.

— Je suis plus préoccupée par le réseau pédophile, visiblement toujours actif.

— Oui, surtout avec un délinquant sexuel qui travaille

en pleine ville pendant le festival. Demandez à la famille de nous apporter un vêtement que Sandra a porté. Ça va être difficile de fouiller la forêt, mais Duke peut pister à l'odeur.

— C'est déjà fait, monsieur Doïg est en route avec une paire de chaussettes. J'avais déjà pensé à Duke, oui.

Jenna plissa les yeux, pendant qu'elle réfléchissait.

— Nous devons avancer, maintenant. J'imagine que c'est un autre enlèvement par les mêmes hommes. Maintenant que Zoé et Jane ne sont plus là, ils ont besoin d'une autre fille. Je vais appeler Rowley et lui dire de revenir ici dès que possible, dit-elle en mordillant son stylo. Stuart Macgregor est le seul prédateur en ville dont nous avons connaissance pour le moment, trouvez-le.

— Oui, madame. Je vais appeler le conseil municipal et voir s'il travaille dans le coin.

— OK. Avez-vous localisé Lizzy Harper ?

Il pouvait presque voir les turbines dans le cerveau de Jenna s'activer ; elle avait énormément de choses à prendre en compte et hiérarchisait les priorités à une vitesse impressionnante.

— Oui, sa mère et elle font le ménage dans une maison sur Clifton Drive. Elle devrait y être jusqu'à 17 h.

— Parfait. Elle ne se doute pas une seconde qu'on va l'arrêter. Dès que nous recevrons le mandat d'arrêt, j'enverrai quelqu'un la chercher, mais pour l'instant, Sandra est notre priorité. Je veux parler à Macgregor dans la minute.

Jenna lui fit signe de partir et décrocha son téléphone ; les adjoints Wolfe et Webber étant à Craig's Rock, le bureau était en sous-effectif.

Kane retourna dans son box et appela immédiatement le conseil municipal et, après tout un dédale administratif, finit par établir que le magicien travaillait dans la rue en face du parc, non loin du bureau du shérif. Kane s'enfonça dans son siège, se remémorant sa précédente conversation avec lui. Il avisa Rowley entrer dans le bureau de Jenna, des dossiers sous le bras. Il le suivit à l'intérieur et attendit que Jenna ait fini avec l'adjoint. Alors qu'elle se tournait vers lui, il s'éclaircit la gorge.

— Stuart Macgregor travaille près du parc. Il semblerait que ce soit sa place attitrée pendant un festival. Je me suis entretenu avec lui à ce même endroit la semaine dernière.

— Très bien, allons lui parler. Rowley, pendant que je suis sortie, assignez Bradford au bureau pour aider Maggie avec les appels concernant la fille disparue et assurez-vous qu'elles me tiennent au courant.

— Oui, madame.

Le téléphone de son bureau se mit à sonner et elle jeta à Kane un regard inquiet.

— Ce pourrait être une information sur Sandra Doïg. Allez voir Macgregor. Vous irez plus vite à pied.

— Oui, madame. Mais j'ai besoin des infos sur la fille.

— J'ai déjà tout envoyé sur votre téléphone, lui lança-t-elle avec un regard noir. Je viendrai vous rejoindre au parc quand j'aurai fini ici et nous ferons du porte-à-porte, en commençant par l'endroit où Sandra a été vue pour la dernière fois. Je vais faire revenir Wolfe et Webber, ils pourront s'occuper de Lizzy Harper.

— OK, dit simplement Kane en se dirigeant vers la sortie.

La lumière le frappa de plein fouet et il dut enfiler ses lunettes de soleil avant de se frayer un chemin parmi la foule de festivaliers. Le nombre d'enfants dans la rue le stupéfia. Il esquiva un groupe de maternelles qui agitaient des doigts collants et mangeaient des caramels. De nombreux artistes, musiciens de rue, clowns et magiciens, s'étaient installés sur les parkings des magasins. Il repéra Macgregor au sein d'un groupe d'enfants et se força à ravaler sa colère. Un type comme lui irait-il travailler comme d'habitude s'il avait kidnappé une enfant et la gardait chez lui dans sa cave ? Probablement. Est-ce qu'il aidait d'autres pédophiles à se procurer des enfants ? Probablement aussi.

Les prédateurs sexuels, comme les psychopathes, ont cette capacité à apparaître normaux et adoptent la plupart du temps une façade de personne sympathique et de confiance. Et là où les psychopathes ne ressentent aucun sentiment envers leurs victimes, les pédophiles, eux, ont vraiment l'impression d'aimer les enfants qu'ils maltraitent. Le problème qu'il rencontrait en tant que profileur était que les deux personnalités s'entrecroisaient souvent. Il pouvait très bien avoir affaire à un pédophile doublé d'une personnalité psychopathe, qui avait soif de sexe, mais ne ressentait aucun remords dès qu'il s'agissait de blesser ou de tuer.

Il se déplaça jusqu'au premier rang du groupe de personnes qui regardaient le spectacle de magie. L'homme le remarqua immédiatement et Kane put voir ses mains trembler alors qu'il finissait son tour. Le magicien annonça qu'il partait pour une courte pause et la foule poussa un gémissement déçu, puis commença à s'éloigner. Kane s'approcha de lui et se tint droit, les mains sur les hanches.

— Vous venez de Blackwater tous les jours ou vous avez un endroit où loger ici ?

— Je loue une maison. Un endroit délabré en dehors de la ville, sur la route de la cascade. Pourquoi ?

Macgregor faisait mine de s'occuper de ses accessoires, pour ne pas croiser le regard de Kane. Il était inquiet.

— Stanton Road, ça me paraît plutôt haut de gamme, pourtant.

— Pas Stanton Road, plus loin sur l'autoroute, près du Triple Z. Une vieille baraque sur Weller's Road.

Kane se rapprocha.

— Avez-vous emmené une petite fille là-bas la nuit dernière ?

— Non.

Macgregor refusait toujours de le regarder.

— Je ne sais rien sur la disparition de cette petite fille.

— Je n'ai pas dit qu'elle avait disparu, si ? Emballe tes affaires. On va faire un petit tour au bureau du shérif. Tu vas attendre sagement en cellule pendant qu'on fouille ton domicile.

— Vous n'avez pas de mandat pour fouiller chez moi.

Kane s'approcha encore plus, si près qu'il pouvait sentir la sueur de l'homme.

— Vous êtes en liberté conditionnelle, je n'en ai pas besoin. Et j'ai assez de preuves pour vous détenir en garde à vue pour suspicion d'enlèvement.

Il sortit son téléphone et relaya l'information à Jenna.

— Donnez-moi vos clés. Vous êtes un délinquant sexuel reconnu et une fille a disparu.

Il le poussa un peu en direction du bureau du shérif.

— Avance ou je te passe les menottes devant les enfants.

52

Pour une fois, elle était de bonne humeur. Elle avait une journée de libre pour profiter du festival d'automne. Après avoir erré dans la ville en faisant de son mieux pour éviter les gens, elle repéra Stuart Macgregor, mais à vrai dire, elle ne s'en inquiétait pas vraiment. Il ne l'avait jamais touchée, ni elle ni aucune des filles, et il n'était plus le même depuis son séjour en prison. Le procès avait englouti tout son argent et sa famille ne voulait rien savoir de lui. Les adjoints l'avaient dans le collimateur. C'était un homme fini. Mais elle ne l'avait pas oublié, dans son journal intime. Elle y avait tout consigné, tous les détails dont elle arrivait à se souvenir de cette période et tout ce qui concernait ses meurtres récents, car elle savait une chose : le shérif Alton ne lui permettrait pas de rester en liberté bien longtemps.

Chez Tante Betty pour le déjeuner, elle se remémora la mort de Chris et savoura cette victoire silencieusement. Le tuer avait été satisfaisant et elle avait apprécié la chaleur de son sang jaillissant sur elle. L'odeur de la mort l'intriguait, par ses multiples facettes et elle aurait presque eu envie de se rouler dans son sang, comme un animal ou une païenne. Elle laissa échapper un petit soupir de satisfaction.

Mais alors qu'elle levait les yeux vers la télévision, tout l'espace autour d'elle sembla disparaître. Sa chaise s'effondra sur le sol et elle se précipita vers le comptoir pour suivre les dernières nouvelles.

Elle resta bouche bée devant l'écran. La jeune fille qu'elle avait croisée devant la cabane était portée disparue. Alors que la colère montait en elle, ses mains se mirent à trembler. Son cœur s'emballait et elle ne pouvait plus détacher ses yeux de la télévision, puis la voix de Susie Hartwig la ramena à la réalité.

— Seigneur, regardez cette pauvre enfant. J'espère qu'elle ne s'est pas noyée en tombant dans la rivière.

Oh non. Il y a des choses bien pires qui arrivent aux filles de Black Rock Falls. Elle se ressaisit et échangea un regard avec Susie.

— Je n'espère pas. Vous pouvez monter le volume, qu'on puisse entendre ce qui s'est passé ?

— Oui, bien sûr, dit Susie en repassant derrière le comptoir.

Le visage sévère du présentateur s'affichait à l'écran.

« Sandra Doïg, 13 ans, a été vue pour la dernière fois hier, sur son vélo, quittant le collège de Black Rock Falls par la porte arrière. Si vous avez vu Sandra, veuillez appeler le numéro qui s'affiche sur votre écran. »

Merde, mais qu'est-ce qui lui est arrivé ? Chris était mort et ne pouvait pas l'avoir blessée. Et la forêt était déserte quand elle était partie. Sandra aurait dû arriver sans encombre jusqu'à la route. À moins que. Elle repensa à

Bobby-Joe et eut envie de hurler. *Bordel de merde. Bobby-Joe l'a emmenée dans sa cabane.*

Un filet de sueur coulait entre ses omoplates, mais elle ne pouvait pas se détourner de la télé. Son regard glissa vers Susie, qui la dévisageait d'un air perplexe. Elle essaya de se détendre et de réfléchir. Ses plans pour tuer Bobby-Joe étaient complexes, les adjoints du shérif étaient partout dans la montagne, elle avait peu de chance de pouvoir le torturer à mort. Mais rien d'autre ne ferait l'affaire. Ce salopard devait payer pour tout ce qu'il avait fait.

Elle força sa mâchoire à se desserrer pour reprendre une expression plus posée, puis lança à Susie :

— Je me demande si le shérif va demander des volontaires pour participer aux recherches.

— Je suppose, mais il y a les gardes forestiers, dit Susie en haussant les épaules, avant de sortir un crayon de derrière son oreille. La table 3 est prête à commander. Je suis désolée, mais je dois y aller, dit-elle en s'empressant de partir.

Faisant preuve de la plus grande nonchalance possible, la jeune femme retourna à sa table, ramassa sa chaise et se rassit. Elle devait abattre Bobby-Joe. *Dès aujourd'hui*. Il serait son dernier acte de vengeance. Après avoir englouti son café, elle déposa quelques billets sur la table et partit. Elle avait un appel à passer.

Le temps qu'elle se glisse derrière le volant, les sirènes hurlaient au loin, tandis que les véhicules de patrouille se dirigeaient vers Stanton Forest. L'idée de manipuler l'adjoint Kane l'amusait beaucoup. Elle démarra sa voiture et se dirigea vers son appartement. Cette fois-ci, elle prendrait son couteau, mais aussi son pistolet et un taser. Bobby-Joe la terrifiait. Il était cruel et calculateur, mais après tout, ce n'était qu'un homme. L'expérience avait prouvé qu'ils avaient tous leur point faible, mais le tuer, lui, serait spécial.

Je vais te tuer lentement, Bobby-Joe.

Tu vas crier, tu vas voir.

53

Jenna décida d'envoyer Bradford et Rowley fouiller la cabane de Macgregor dès l'arrivée de Kane.

— Gyrophares et sirène. Appelez-moi dès que vous y êtes. Si la fille n'y est pas, revenez ici illico.

Elle leva les yeux de son bureau, heureuse de voir Kane conduire Stuart Macgregor en cellule.

— Kane, donnez à Rowley les clés de la maison de Macgregor.

— Oui, madame.

Quelques instants plus tard, il l'informa d'un appel qu'il avait reçu au sujet de la jeune fille disparue. Cette information donnait une tout autre perspective à l'affaire.

— Quelle est la qualité de cette piste ?

— La personne a donné des détails sur son vélo et ce que la fille portait. Elle dit l'avoir vue sur un sentier en direction de la cabane forestière hier après-midi. L'idée qu'elle y soit allée de son plein gré correspond à nos hypothèses. Vous savez comment les prédateurs opèrent. Ils l'ont probablement convaincue de les rejoindre à la cabane.

Merde.

— Il est donc possible que Macgregor la détienne dans les bois, près de l'endroit où elle a été vue pour la dernière fois et non chez lui ?

— C'est possible, mais au moins on a un endroit où commencer les recherches.

Il s'appuya sur le bureau.

— La forêt est sacrément grande, elle pourrait être n'importe où. Et pour l'instant, Macgregor nie en bloc. Cette mystérieuse informatrice est tout ce que nous avons pour l'instant.

Tiraillé entre la fouille de la cabane et celle de la maison de Macgregor, le shérif se retint de soupirer. *Si j'avais Wolfe et Webber ici, ce ne serait pas un problème.*

— Nous allons attendre que Rowley et Bradford finissent de fouiller sa maison. Ça reste l'endroit le plus logique. Il aurait pu la rencontrer en forêt puis la ramener chez lui comme les autres. Je vais reprendre contact avec les médias et organiser une battue. Comme vous le savez, les premières quarante-huit heures sont cruciales dans les affaires d'enfants disparus. Vous pensez que Duke saura la retrouver grâce à la paire de chaussettes ?

— Oui.

Jenna se dirigea vers son armoire et en sortit son sac à dos réservé aux urgences.

— Allez le chercher, gyrophares allumés, puis prenez la route secondaire de la forêt de Stanton. Je vous envoie les coordonnées par SMS. Walters peut prendre le relais ici. Je vous retrouve sur la route menant à la cabane.

— Bien reçu, dit Kane en franchissant la porte.

Elle s'inquiétait énormément pour Sandra, au point d'en avoir l'estomac noué. Elle s'arrêta un instant pour demander à Maggie d'appeler Walters, afin qu'il procède à l'arrestation de Lizzy Harper. Puis son téléphone retentit.

— *Shérif Alton, nous n'avons trouvé aucune trace de la fille. C'est une cabane avec une seule chambre, pas de cave*, annonça la voix de Bradford, les sirènes hurlant en arrière-plan. *Nous serons bientôt de retour au bureau.*

— OK, merci, lâcha Jenna en soupirant.

Elle appela Kane et lui transmit l'information puis se dirigea vers le bureau d'accueil, impatiente de croiser Rowley. Dès que la porte s'ouvrit et que Bradford entra la première, elle se jeta sur son adjointe.

— Où est Rowley ?

— Ici même, madame.

— Prenez vos sacs à dos et suivez-moi.

Quelques instants plus tard, ils la suivaient jusqu'à son véhicule, puis filaient vers Stanton Forest à toute vitesse.

— Appelez Wolfe. Je veux que tout le monde cherche la fille.

— Oui, madame. Ils sont en route.

Une fois en lisière de forêt, elle prit un virage serré et se dirigea vers l'ouest. Les lignes de grands pins défilaient en bandes vertes. Et leurs ombres donnaient à la route un aspect de film noir. Elle ralentit pour chercher l'entrée du sentier en question. La forêt, avec son abondance de fleurs sauvages, était magnifique sous le ciel d'azur, les montagnes en toile de fond, mais Jenna n'était que trop consciente des dangers qui se cachaient dans ces profondeurs.

Elle faillit passer à côté du petit chemin de terre, caché par les hautes herbes, mais le remarqua en faisant demi-tour.

— Assurez-vous d'avoir vos récepteurs allumés et vos écouteurs dans les oreilles. Je veux que nous restions tous en communication.

Jenna se glissa hors de la voiture puis entendit une sirène au loin qui se rapprochait.

— Ça doit être Kane. Attendons qu'il arrive.

— Peut-être qu'on devrait se garer un peu plus haut sur le chemin, madame, interrompit Rowley. Selon le GPS, la cabane n'est pas tout près.

— OK. Quand Kane sera là, on prendra son SUV et on laissera le mien ici. Ça fera un bon repère pour Wolfe quand il arrivera.

Quelques instants plus tard, Kane était là et même les sirènes hurlantes ne parvenaient pas à étouffer le son puissant de son moteur. Alors qu'il se garait juste à côté de leur véhicule, Jenna ouvrit la porte passager.

— Nous allons monter avec vous. La cabane est plus loin sur cette route.

Elle se tourna vers Bradford.

— Attrapez les sacs à dos dans ma voiture. Rowley, apportez un fusil.

— Oui, madame. Ça va aller, là-dedans, avec le chien ?

— Oui, il ne touchera à rien, affirma Kane. Mettez vos équipements à côté des miens.

Ils s'entassèrent dans le véhicule et Jenna servit de copilote alors qu'ils s'enfonçaient dans la forêt.

— Éteignez la sirène, mais laissez les gyrophares. C'est une enfant effrayée, mais elle s'approchera peut-être si elle est perdue.

— Je pense que la piste est sur la droite, dit Rowley avec un mélange d'enthousiasme et d'anxiété.

— OK.

Kane engagea le SUV sur le sentier étroit.

— Par ici ?

— Oui, je pense. Regardez, il y a un panneau un peu plus loin sur le chemin.

Jenna sauta de la voiture.

— OK, prenez vos sacs à dos et laissez le fusil. Si vous trouvez quelque chose, marquez la zone avec un drapeau et appelez-moi. Kane, allez chercher Duke.

— Oui, madame.

Kane fit sortir le chien du véhicule et attacha une longue laisse à son collier.

— Faites-lui sentir les chaussettes. Maintenant, tout ce qu'on peut faire, c'est se diriger vers la dernière position connue de la fille et espérer que ça fonctionne.

Jenna ouvrit le sac en plastique et le fit sentir au chien, qui, à sa grande surprise, émit deux aboiements brefs, puis colla son nez au sol et chercha autour de lui. Quelques instants plus tard, il s'enfuit sur la route, loin de la cabane.

— Ça ne me dit rien qui vaille. Nous savons qu'elle était à la cabane.

— Peut-être qu'elle est partie par là après que la femme l'a vue.

Kane tenta de faire revenir Duke, mais le chien aboya bruyamment et tira sur la laisse.

— Il semble déterminé à aller par là. Est-ce que je le suis ?

— Oui. Prenez Bradford avec vous. Rowley, venez avec moi fouiller la cabane. On reste en contact, Kane.

— Bien reçu.

Kane lui fit un signe de tête, puis suivit le chien, Bradford sur ses talons. Sans hésiter, Jenna s'engagea sur le chemin menant à la cabane et fut vite rassurée d'avoir

Rowley à ses côtés. Elle avait du mal à imaginer une jeune fille emprunter ce chemin de son plein gré. Les pins et le sous-bois dense formaient comme un mur impénétrable qui se refermait autour d'eux. Et de longues ombres s'étiraient sur le sol comme des barreaux de prison. Un frisson lui parcourut l'échine. Hormis le doux son de leurs pas et le craquement des brindilles, un silence sinistre s'était abattu tout autour. Elle se crispa en remarquant qu'il n'y avait pas un chant d'oiseau. Sur le qui-vive, elle scruta les alentours.

— Quelque chose ne va pas, murmura-t-elle.

— Je vois des corbeaux là-haut, dit Rowley en fronçant les sourcils. Ils nous regardent tous. C'est terrifiant.

— C'est pas bon signe. Quelque chose doit être mort par ici.

Elle lui fit signe d'avancer.

— Restez sur vos gardes. On n'a aucune idée de ce qui nous attend là-bas.

Un léger bourdonnement se fit entendre alors qu'ils approchaient de la cabane. Étonnée, elle observa la porte d'entrée. Sous cette chaleur, les panneaux de bois semblaient bouger et elle crut d'abord à un mirage. Puis elle fit quelques pas et constata avec horreur que la masse noire était en fait un essaim de mouches qui se pressaient contre les rondins qui formaient les murs et se répandaient sur les fenêtres.

— Oh, mon Dieu, ce sont des mouches ?

— Oui, Rowley. Ça n'augure rien de bon.

Le son de la voix de Kane dans son oreillette la fit sursauter.

— Oui, Kane, qu'avez-vous trouvé ?

— *Un vélo correspondant à la description. La roue avant est déformée. J'ai marqué l'endroit. Sur un sentier juste à côté de la route principale. Puis Duke nous a conduits au bout de la route. Ici, elle s'élargit, je suppose que les camions de pompiers l'utilisent comme aire de retournement. Il y a un pick-up garé et le capot est froid, ça fait un moment qu'il est là.* (Kane s'éclaircit la gorge.) *J'ai vérifié la plaque. Il appartient à un certain Chris Jenkins et devinez quoi ? Il vit dans les montagnes. Le problème, c'est que la piste de Sandra s'arrête ici. Il semblerait qu'elle soit montée dans un autre véhicule. On pourrait avoir deux gars qui travaillent ensemble, peut-être un proxénète et un client ?*

— Bien reçu. Je pense que nous avons quelque chose de significatif ici aussi.

Elle lui expliqua pour les mouches autour de la cabane.

— Je vais laisser le micro activé et jeter un coup d'œil à l'intérieur.

— *OK. On fait route pour vous rejoindre.*

Jenna sortit son Glock de son étui et se tourna vers Rowley.

— J'y vais seule. On ne sait pas si quelqu'un nous observe depuis l'intérieur. Planquez-vous dans les arbres et surveillez mes arrières.

— Oui, madame.

Rowley sortit son arme à son tour et lui adressa un bref signe de tête avant de disparaître dans l'ombre.

Elle connaissait l'exercice : rester près des arbres puis se déplacer depuis le coin de la cabane et regarder à travers une fenêtre. Les cabanes de ce type étaient généralement constituées d'un carré d'une pièce, elle devrait être capable de voir si quelqu'un était à l'intérieur. En atteignant le côté, elle tendit l'oreille en quête de mouvement.

Rien.

Alors qu'elle se dirigeait vers la fenêtre, une immense nuée de mouches s'éleva dans les airs, dans un bourdonnement insupportable. Elles vinrent se poser sur elle, couvrant son visage, comme assoiffées de chair. Elle les repoussa et jeta un coup d'œil par la fenêtre, mais ne vit pas grand-chose tant il faisait noir à l'intérieur. Les mouches s'agglutinant sur les fenêtres bloquaient complètement les rayons du soleil. Elle frappa sur le mur pour les chasser.

— Bureau du shérif ! Il y a quelqu'un à l'intérieur ?

Silence.

Merde, merde, merde. Elle rangea son arme juste le temps d'enfiler une paire de gants, puis parla au micro.

— Ça m'a l'air vide. Je vais forcer la porte.

Craignant de trouver une fille assassinée à l'intérieur, Jenna se faufila le long du mur jusqu'à l'avant de la cabane et tourna la poignée d'une main tremblante. Lorsque la porte s'ouvrit, le nuage de mouches se précipita à l'intérieur et la puanteur lui attrapa les narines. Dedans, un homme mort, allongé sur le dos dans une mare de sang. De multiples coups de couteau ornaient son torse nu et ses yeux la fixaient, dans une expression horrifiée qui ne la quitterait pas de sitôt.

Un essaim de mouches rejoignit les fourmis qui rampaient sur son visage et Jenna s'éloigna en faisant de son mieux pour ne pas vomir. Elle se força à regarder le cadavre pour le détailler à Kane en utilisant son micro :

— Cadavre d'homme, nu, 35-40 ans environ. Des coups de couteau à la poitrine. Je peux clairement voir une cicatrice sur son genou ; il pourrait très bien s'agir de l'un des membres du réseau pédophile. Je dirais qu'il est mort depuis environ douze heures. (Elle soupira.) Je vais prévenir Wolfe et organiser une fouille des alentours, mais si c'est un autre meurtre de la justicière, je doute que nous trouvions quelque chose.

Elle entendit un chien aboyer et fut heureuse de voir Duke s'élancer vers elle, avec Kane non loin derrière. Elle dégaina son téléphone.

— Wolfe, on a un autre homicide.

54

Rien ne se passait comme prévu. Agacé, Bobby-Joe força la fille à retourner sous le lit.

— Retourne dans ta cage et pas un bruit, compris ?

— Je veux rentrer chez moi ! dit-elle en levant vers lui de petits yeux obstinés. Vous aviez dit que vous me ramèneriez chez moi !

Il l'attrapa par les cheveux et tira de toutes ses forces, appréciant la manière dont elle se tordait de douleur.

— Mais tu *es* chez toi. C'est ici, chez toi, maintenant. À partir de maintenant, tu feras tout ce que je veux, quand je veux et comme je veux.

Il rit devant son expression horrifiée.

— Tu ne rentreras jamais à la maison. Et si tu essaies de t'enfuir, je te traquerai, je te retrouverai et j'irai chercher ta jolie petite sœur. Et je trancherai la gorge de ta jolie maman pendant que j'y suis.

En sortant de la douche, une serviette autour de la taille, il remonta les marches en sifflotant et traversa le garde-manger pour entrer dans la cuisine. Là, il tomba nez à nez avec une jeune femme appuyée contre le comptoir, une arme pointée sur lui. Elle tenait le pistolet à deux mains et semblait se préparer au combat. L'arme paraissait immense entre ses petits poings et son visage lui paraissait familier. *Non, mais c'est qui ? Qu'est-ce qu'elle veut ?* Jetant un œil autour de lui à la recherche d'une arme, il repéra un couteau sur le comptoir. Confiant dans le fait qu'il n'aurait aucun mal à la maîtriser, il leva les deux mains et s'avança.

— C'est quoi, ton problème ?

— Tu m'as dit ça, à moi aussi.

La femme tenait son arme avec une assurance déconcertante.

— Que tu me traquerais et que tu tuerais mes parents. Mais tu ne m'as pas retrouvée, n'est-ce pas ?

— Je ne vois pas de quoi tu parles, mais je tiens à dire que tu es sur une propriété privée. Le portail est verrouillé et s'il y a un panneau, c'est pour une raison.

— Je me suis occupée du portail. Tu aurais dû acheter une chaîne plus épaisse. Mes coupe-boulons l'ont traversée comme du beurre. (Elle lui sourit.) Tu ne t'attendais pas à ce que je revienne ici, n'est-ce pas ?

— OK. Manifestement, tu es déjà venue ici. Qu'est-ce que tu veux ? On a couché ensemble, tu viens m'annoncer que je suis papa ?

— Non, lui lâcha-t-elle avec un regard noir.

Son expression était terrifiante.

— Vous avez toujours été prudents, tes amis et toi,

enchaîna-t-elle. Ça, je veux bien l'admettre. (Un sourire se forma lentement sur ses lèvres.) Mais tu n'as plus d'amis maintenant, hein ?

C'est à cet instant que l'angoisse s'empara de Bobby-Joe. Comment savait-elle que deux de ses potes étaient morts et où était Chris, bordel de Dieu ? Il s'attendait à ce qu'il débarque la veille pour utiliser la cage, mais après avoir effrayé sa copine dans la forêt, l'idiot avait sûrement décidé de se terrer dans sa cabane. Bobby-Joe haussa les épaules, essayant de paraître détendu et en contrôle de la situation.

— Tu racontes n'importe quoi, ma jolie.

— Ah oui ? Voyons voir. Amos est mort, puis Ely. J'ai croisé Chris près de l'endroit où tu as récupéré Sandra. Il n'amènera pas sa copine ici aujourd'hui.

Pour la première fois de sa vie, Bobby-Joe commença à réellement paniquer. Comment savait-elle pour l'autre fille ?

— Tu dois faire erreur, je ne connais pas de Sandra.

— Ah oui, c'est vrai, tu ne demandes jamais les noms, n'est-ce pas ? (Ses lèvres se tordirent dans une grimace de dégoût.) Je parle de la fille enfermée dans la cage, crétin.

Putain. Comment sait-elle ça ?

Une seule de ses filles s'était échappée. Stu en avait perdu une aussi et il en avait payé le prix. Alors, lorsque la sienne avait disparu, il avait épluché les journaux pendant des mois, mais pas un seul mot à son sujet. En observant la jeune femme qui se tenait devant lui, il se dit que c'était peut-être elle ; il y avait une vague ressemblance.

— Est-ce que c'est une blague ?

— Est-ce que j'ai l'air de plaisanter ?

Elle en savait trop et avait tout l'air d'une flic avec des renforts derrière elle. Il la quitta des yeux une fraction de seconde pour jeter un coup d'œil par la fenêtre, s'attendant à voir des véhicules de patrouille à l'extérieur, mais non. Rien que la forêt à perte de vue.

— Si c'est le shérif que tu cherches, il ne sera pas des nôtres malheureusement, dit la femme comme si elle avait lu dans ses pensées. J'ai de grands projets pour toi, Bobby-Joe. Tu me reconnais, n'est-ce pas ?

Son esprit turbinait à toute allure. Oui, elle devait être une des anciennes filles. Heureusement, elle n'avait rien dit aux flics. Elle avait sûrement apprécié son séjour chez lui, ce n'était pas possible autrement.

— Tu me sembles familière maintenant que tu le dis, lâcha-t-il avant de s'éclaircit la gorge. Tu veux quoi exactement ?

La fille sourit d'un air hautain, comme si pointer une arme sur lui était amusant.

— J'ai rendu visite à de vieilles connaissances et j'ai eu envie de passer. Je n'arrivais pas à me sortir de la tête les moments que nous avons passés ensemble.

Soulagé, il lui décocha son plus beau sourire, comme pour lui dire : « Viens me chercher ».

— Tu n'as jamais trouvé quelqu'un d'aussi bien que moi, hein ? Pas besoin de pointer un flingue sur moi, hein, si tu veux baiser, y a qu'à demander.

Il ouvrit grand les bras et rentra le ventre pour que la serviette tombe à ses pieds. Il voulait attirer son attention ailleurs, le temps d'attraper le couteau, mais le regard de la femme restait rivé sur son visage. Elle n'avait pas flanché et ne clignait même pas des yeux.

— Tu aimes ce que tu vois ?

— Je vois le mal. Une personne qui se cache derrière un masque.

Sa bouche se déforma de nouveau en une affreuse grimace.

— Tu n'es qu'un petit ver pathétique, reprit-elle. Même pas digne d'être appelé un homme.

— Alors, pourquoi tu es là ?

— Pour égaliser le score.

Elle passa la langue sur ses lèvres comme pour savourer ses mots.

— Je sais qui tu es et j'étais à l'hôpital quand tu as assassiné Jane. Maintenant, c'est à toi de payer. Mais d'abord, je veux ton ordinateur, avec toutes les images des filles que tu gardais ici et aussi les masques.

— Pas question.

Une balle frôla son oreille dans un sifflement assourdissant, fendant le mur derrière lui et éclaboussant sa chair nue d'éclats de bois. Il jeta un coup d'œil par-dessus son épaule et regarda le trou béant dans le mur. *Bon sang, elle utilise des balles à tête creuse*. Ses genoux tremblaient et la sueur coulait à flots dans son dos. Il leva les mains en l'air.

— OK, OK. Tout ça est en sécurité dans le garde-manger.

— Va me chercher tout ça. Je veux tout, sans exception. Et réfléchis-y à deux fois avant de m'attaquer ou d'attraper une arme. Je peux t'abattre en moins de temps qu'il ne te faut pour respirer.

Les yeux fixés sur lui, elle lui adressa un grand sourire et lança :

— Je vais prendre tellement de plaisir à te tuer.

Terrifié, il se dirigea lentement vers le garde-manger.

— Je vais devoir baisser ma main pour ouvrir la porte.

— Garde une main sur ta tête.

— Bien sûr, tout ce que tu veux.

Il ouvrit la porte en grand et, de ses doigts tremblants, ouvrit la cachette secrète. Gardant un œil sur la folle au pistolet, il déverrouilla le coffre-fort et en sortit l'ordinateur portable. Il empila par-dessus une boîte pleine de photos et de clefs USB dans laquelle il ajouta les masques de clown.

— Vous voulez que je pose ça où ? demanda-t-il timidement.

— Sur la table de la cuisine. Déverrouille l'ordinateur et montre-moi ce qu'il y a sur les clés USB. Un seul geste de travers et ta tête quitte ton corps, *capiche* ?

Il obtempéra et tourna l'écran vers elle pour qu'elle puisse voir les images.

— Et maintenant ?

— Maintenant, on s'en va faire une petite promenade. Tourne-toi. Mains derrière le dos.

Elle allait le menotter.

— Pas question. Tu plaisantes ou quoi ? Tire-moi dessus, salope, il faudra bien ça avant que j'accepte d'aller je ne sais où avec toi, pieds nus et cul nu.

En une fraction de seconde, il se jeta sur le couteau posé sur le comptoir, mais une douleur fulgurante lui traversa tout le corps. Ses membres se raidirent et il heurta le sol, face la première, et elle reconnut le craquement caractéristique d'un nez qui se brise.

Un goût de sang se fit sentir dans la bouche de Bobby-Joe. Il avait des palpitations et ne pouvait plus bouger un muscle. *Merde, elle a un pistolet paralysant.*

— Comment tu te sens, Bobby-Joe ?

La femme se pencha sur lui et le ligota, les mains derrière le dos, avec des colliers de serrage en plastique. Puis elle en attacha plusieurs ensemble pour former une chaîne et lui entrava les chevilles également, laissant assez d'espace pour qu'il puisse marcher.

— J'ai choisi un bel arbre près des chutes, qui m'a l'air parfait pour toi.

Elle lui sourit de nouveau, mais son regard était à glacer le sang.

— Et à moins que tu veuilles que j'utilise mon taser sur tes couilles la prochaine fois, je te suggère de faire ce que je te dis. Mais je te promets une chose, Bobby-Joe, avant de mourir, tu vas crier. Oh oui, tu vas aimer crier.

55

Kane reconnut l'odeur de décomposition avant même d'atteindre la cabane. Duke tirait sur sa laisse et aboyait, et l'adjoint se tourna vers Bradford.

— Avez-vous déjà été sur une scène d'homicide ?

— Non, monsieur.

Elle se redressa comme pour avoir l'air efficace et accéléra le pas.

— Ça sent très mauvais.

— Et ça ne va pas aller en s'arrangeant. Utilisez un des masques dans votre sac à dos. Si on vous demande de pénétrer sur la scène de crime, vous devrez porter une combinaison et des chaussons. Surtout, ne touchez à rien sans porter de gants.

Il jeta un coup d'œil autour de lui, scrutant à travers les arbres.

— Restez vigilante, on ne sait pas ce qui se cache par ici. Le tueur pourrait être juste à côté.

Ils passèrent un virage en épingle à cheveux et il put entendre le shérif parler au téléphone.

— Heure d'arrivée prévue ?

Il comprit qu'elle parlait à Wolfe et fit signe à Duke d'aller s'asseoir sous un arbre. Il rejoignit ensuite Rowley qui l'accompagna jusqu'à l'entrée de la cabane. Des flaques de sang noir et poisseux entouraient le corps, enseveli sous les mouches et autres insectes.

— Pas d'empreintes de pas, mais je vois des traces sur le sol, comme si le tueur avait nettoyé. Avez-vous vu le corps avant l'arrivée des mouches ?

— Oui, mais je n'ai rien à ajouter à ce que le shérif vous a déjà dit.

Rowley se gratta la tête.

— Je crois que je connais cet homme, c'est Chris Jenkins. Je lui ai donné une contravention pour un feu arrière cassé il y a à peine une semaine.

— Ce ne sera pas difficile à vérifier, dit Kane alors que Jenna lui faisait signe. Avez-vous fouillé la cabane, madame ?

— Non, Wolfe est à cinq minutes, on va l'attendre. Mais on a un autre problème : Walters n'arrive pas à localiser Lizzy Harper.

Elle enleva son chapeau et essuya la sueur qui perlait sur son front.

— Sa mère a dit qu'elle n'était pas venue travailler et elle n'est pas non plus chez elle.

Kane balaya la zone du regard.

— Je doute qu'elle reste dans le coin.

— Je n'ai vu aucune trace d'elle par ici. Nous avons vérifié les environs immédiats, mais n'avons rien trouvé d'intéressant, en dehors de traces de vélo par là-bas.

Elle désignait le bord de la clairière.

— La terre y est plus meuble et on dirait bien que quelqu'un a appuyé son vélo contre un arbre.

Kane sortit son téléphone portable et prit en photo les traces de pneus.

— Je ne pense pas que ce soit le vélo de Sandra, les marques sont trop étroites, ça me fait plus penser à un vélo de course.

— Ça pourrait être celui de la tueuse ?

Jenna fut interrompue par son téléphone et sa sonnerie de hard rock.

— Oui, Walters. Un instant, je vous mets sur haut-parleur.

— *Toujours aucune trace de Lizzy Harper, mais je continue à chercher, peut-être qu'elle ne sait pas que nous sommes après elle. Si elle est en ville, je la trouverai bien assez tôt.*

— Demandez de l'aide à Maggie. Appelez les magasins du coin, quelqu'un a bien dû l'apercevoir quelque part. Autre chose ?

— *J'ai trouvé quelque chose d'intéressant.*

— Je vous écoute.

— *J'ai repris la liste du personnel de l'hôpital et il y en a quatre qui possèdent ou louent des cabanes près de Craig's Rock. Trois d'entre eux ont été innocentées sans trop de problèmes, mais il y a un homme, Bobby-Joe Brandon, qui travaille dans l'équipe de nuit et qui a pris quelques jours d'arrêt-maladie, pour cause de grippe. Il était censé être de service la nuit où Jane Stickler est morte, mais il n'est pas venu, soi-disant qu'il était toujours malade. Pratique, vous ne trouvez pas ? J'ai trouvé son numéro de portable et j'ai appelé, mais je suis tombé sur son répon-*

deur. Je me dis qu'il y a une chance, même minime, qu'il soit l'un des quatre hommes mentionnés par les filles. Si c'est le cas, il pourrait avoir enlevé Sandra.

— Où vit-il exactement ? demanda Kane, paniqué.

— Avez-vous passé une route privée avec beaucoup de panneaux quand vous êtes allés à Craig's Rock ?

— Oui, je me souviens de l'endroit.

Dave et Jenna échangèrent un regard inquiet.

— Sa cabane est à environ un kilomètre sur cette route. Il faut rouler jusqu'au portail puis continuer à pied. Il a clôturé la propriété, à ce qu'on m'a dit.

— OK, merci. Continuez à essayer de l'appeler. Des pistes concernant la fille disparue ?

— Pas vraiment. On a eu pas mal d'appels, dont quelques cinglés et pour le reste, je fais les vérifications au fur et à mesure. La plupart communiquent des informations que nous avons déjà : elle a été vue à vélo et se dirigeait vers ce coin de la forêt.

Il fit une courte pause, le temps de taper sur son clavier.

— Autre chose : madame Dempsy a vu une berline blanche de modèle assez récent se diriger vers votre position hier en début d'après-midi. Elle n'a pas fait attention à qui conduisait. (Il prit une profonde inspiration.) *Il y a des volontaires qui font des recherches, ils sont partis de l'école, ils traversent la forêt et viennent vers vous. Les gardes-chasses les supervisent.*

— OK, merci. S'il y a du nouveau, appelez-moi, mais continuez à chercher Lizzy Harper.

— Oui, madame.

Jenna raccrocha, puis regarda Kane d'un air absent, comme si elle réfléchissait. Après quelques instants, elle se racla la gorge et dit :

— Et si la justicière avait appâté Chris ? Vous avez mentionné que les pédophiles repèrent les enfants en ligne. Elle aurait pu se faire passer pour une jeune fille. C'est bien la seule manière de se retrouver seule avec ses victimes. Regardez cet endroit : c'est assez loin de la ville, mais assez proche pour venir à vélo et c'est isolé.

— Oui, dit Rowley en chassant les mouches qui s'attaquaient à son visage. Si ces hommes pensaient rencontrer une jeune fille, ils ne se seraient pas montrés trop prudents. De fait, certainement qu'ils ont donné à l'enfant tout ce qu'elle voulait, pour ne pas risquer de la perdre.

— Si on considère que la justicière se fait passer pour un enfant, oui, c'est parfaitement logique, dit Jenna en soupirant. Si Bobby-Joe Brandon fait partie de tout ça, il est probablement déjà mort.

— On passe à côté de quelque chose, interrompit Kane. Et si l'appel que j'ai reçu au sujet de la fille disparue était de la part de la justicière ? Elle n'aura pas déguisé sa voix cette fois-ci, sinon ça n'aurait pas marché.

— Elle n'a jamais fait ça avant. Pourquoi maintenant ? répliqua Jenna, d'un air dubitatif.

— Je pense qu'elle se sert de nous comme de pions sur un échiquier. Pensez-y ! D'abord, elle bombarde ma maison de sang et nous laisse les coupures de journaux pour justifier les crimes qu'elle commet, peut-être dans le but de nous faire abandonner l'enquête. Ensuite, elle a voulu qu'on quitte la ville, pour être libre de tuer Jenkins en notre absence, c'est pour ça qu'elle a appelé pour révéler l'emplacement des tombes à Craig's Rock.

— Elle a ensuite attiré Jenkins ici.

Jenna avait compris son raisonnement.

— Il est évident qu'elle connaît les noms des hommes

du réseau pédophile et si Bobby-Joe Brandon est le quatrième, il est le prochain sur sa liste. Je suppose que Bobby-Joe avait prévu de rencontrer une fille ici aussi. Il est possible qu'elle ait tué Chris, puis aperçu Bobby-Joe avec Sandra et qu'elle les ait suivis. Nous savons que quelqu'un d'autre était ici et que Sandra a disparu dans un second véhicule. (Kane se frotta l'arrière du cou.) Mais ce n'est pas la justicière qui a emmené Sandra. Sinon, elle serait déjà chez elle.

— Oui. Je pense qu'elle utilise cette scène de crime comme un leurre. Et qu'elle est partie tuer le quatrième homme. Craig's Rock est proche de la cabane de Bobby-Joe et comme par hasard, elle vous appelle pour dire qu'elle a vu Sandra ici. Elle savait que je mettrais tout le monde sur le coup, à la recherche de la fille disparue et le temps qu'on trouve le corps et qu'on appelle le légiste, elle avait la voie libre pour le tuer !

— Merde, lâcha Rowley, les yeux écarquillés dans une expression d'effroi. Vous dites qu'elle nous a éloignés de Craig's Rock pour pouvoir tuer Bobby-Joe ?

— C'est ce que je pense, oui. Il faut qu'on dégage d'ici illico.

56

Wolfe et Webber arrivèrent sous les aboiements de Duke et Jenna se précipita vers eux pour leur expliquer la situation.

— Je pars pour la cabane de Bobby-Joe, on perd du temps à chercher ici.

— Si vous laissez Webber avec moi, je peux m'occuper seul de la scène de crime. J'ai rassemblé une énorme équipe venue d'Helena et des comtés voisins pour exhumer tous les corps de Craig's Rock. Ils seront là à la première heure demain matin.

Wolfe se dirigea vers la cabane et jeta un coup d'œil à la porte avant d'ajouter :

— Et j'ai déjà appelé le croque-mort pour ce qui est du transport du corps.

— Nous pensons qu'il s'agit de Chris Jenkins, expliqua le shérif. Il correspond à la photo de son permis de conduire. Kane a trouvé son pick-up garé un peu plus haut sur la route principale. Voyez si ses empreintes sont dans nos fichiers. J'ai besoin que vous confirmiez son identité et que vous découvriez s'il a de la famille proche.

Elle se frotta la bouche, se souvenant des fourmis qui rampaient sur le visage de la victime.

— Vous devrez le nettoyer avant d'obtenir une identification formelle.

— C'est prévu, madame, dit Wolfe d'un air légèrement agacé.

Avec son esprit embué par l'affaire, Jenna avait du mal à se rappeler à qui elle parlait.

— Oui, pardon, évidemment. Excusez-moi, Wolfe, vous connaissez votre travail mieux que moi.

Elle tourna les talons, embarrassée, et rejoignit le reste de l'équipe.

— On va prendre votre véhicule, Kane. Rowley, Bradford, suivez-moi ! Webber, ramenez ma voiture au bureau quand vous aurez fini ici.

— Oui, madame.

Le visage de Webber était blanc comme neige, mais une fille était en danger et Jenna n'avait pas le temps de lui remonter le moral. Elle lui décocha tout de même un petit sourire.

— Je sais que vous avez une image pour le moins macabre de Black Rock Falls, mais ce n'est pas tout le temps comme ça. Vous serez de retour à écrire des contraventions avant même de vous en rendre compte, vous verrez.

— J'en ai déjà vu, des morts, madame, mais ce n'est jamais facile.

— Il fait du très bon travail, interrompit Wolfe avec une grande tape dans le dos de Webber. Allez ! Équipez-vous, on a du pain sur la planche.

Jenna se détourna pour faire face à Kane.

— Allons-y.

Inquiète pour la sécurité de Sandra, elle courut jusqu'au véhicule.

— Gyrophares et sirènes ! Il faut qu'on soit chez Bobby-Joe le plus vite possible.

Elle tira sur la porte de la voiture, jeta son sac à l'arrière et grimpa sur le siège passager.

— Dépêchez-vous !

Kane hissa Duke à l'arrière et s'installa au volant, puis lança un regard en direction de Rowley et Bradford.

— Attachez-vous, ça va être une course folle. Mon fusil de sniper est sous le siège, dans un étui. Sortez-le pour moi, s'il vous plaît.

— Bien reçu, dit Rowley avec un signe de tête.

Plaquée contre son fauteuil alors que le SUV démarrait à toute vitesse puis effectuait un virage à cent quatre-vingts degrés, Jenna s'agrippa aux accoudoirs. Elle avait confiance en la conduite de Kane, mais son expression sinistre l'inquiétait quant à son humeur. Son opinion sur les pédophiles était très claire et elle savait qu'il tuerait sans sourciller si elle en donnait l'ordre. Elle allait devoir garder la main sur ses adjoints si Bobby-Joe était toujours vivant.

— Allez tout droit à l'intersection puis prenez la première à droite. La route parallèle à Stanton Road, qui nous permettra d'éviter la ville, dit Rowley, penché en avant sur son siège. C'est une route résidentielle, mais ça débouche sur Stanton Road près de l'école.

— Bien reçu, dit Kane en faisant rugir le moteur.

Jenna se concentra sur la route devant elle, alors que la forêt n'était plus qu'un nuage vert sous les sirènes hurlantes, puis observa la manière dont Kane passait les vitesses, ralentissant à peine pour négocier les virages. Derrière elle, elle pouvait entendre Rowley vérifier ses armes et assembler le fusil d'assaut. Ils dépassèrent des voitures qui s'arrêtaient pour les laisser passer et atteignirent l'intersection à plus de cent kilomètres-heure.

— Bon Dieu, Kane, ralentissez ou vous allez tuer quelqu'un !

— On est bon. Je pouvais voir à une bonne trentaine de mètres de chaque côté.

Son regard bleu se posa sur elle pendant une fraction de seconde.

— Faites-moi confiance.

Alors qu'ils frôlaient les maisons, leurs habitants sortaient la bouche ouverte pour les regarder passer. La fin de la route arriva rapidement et, jetant des regards rapides dans les deux directions, Kane appuya sur l'accélérateur pour s'engager sur l'autoroute. Jenna regarda l'aiguille du compteur de vitesse : cent trente, cent cinquante. Elle détourna le regard lorsque le chiffre dépassa les deux cents. Un étrange sifflement retentit dans ses oreilles alors qu'ils dépassaient voitures, camions et bâtiments. Le virage menant à Craig's Rock arrivait à toute vitesse.

Une pluie de grêlons s'était abattue lors de la dernière averse et avait recouvert une partie de la route, formant une large tache boueuse sur le bitume. Jenna retint son souffle. Le véhicule ralentit, puis le moteur gronda comme un taureau enragé et elle ferma les yeux lorsque Kane s'engagea dans le virage en épingle à cheveux. Sa conduite lui faisait une peur bleue désormais. Cœur battant à toute allure, elle fit de son mieux pour rester impassible.

— Vous devriez participer à des compétitions de *drift*. Vous gagneriez.

— Non, c'est débile et je ne risquerais pas ma vie pour quelque chose d'aussi stupide.

— Je suis contente de l'apprendre. Éteignez les lumières et les sirènes. À partir d'ici, on va tâcher de se faire discrets.

— Oui, madame.

Alors qu'ils grimpaient lentement le flanc de montagne, Jenna scrutait la forêt à la recherche de cabanes. Elle ne pourrait plus jamais randonner tranquillement maintenant. Des centaines de maisonnettes en rondins étaient disséminées partout dans les bois et elle se demanda combien de personnes les utilisaient pour des activités peu légales. La route serpentait dans toutes les directions et Jenna déglutit difficilement alors que le SUV s'approchait dangereusement du bord du ravin, projetant des cailloux le long de la paroi rocheuse. Puis, à son grand soulagement, Kane finit par prendre une route secondaire en direction de la forêt. Alors qu'ils s'enfonçaient à travers la masse d'arbres, l'ombre des grands pins était comme la nuit noire. Peu de temps après, ils approchèrent enfin de la route privée qu'avait mentionnée Walters et qui menait à la propriété de Bobby-Joe. Son regard se posa sur le portail resté ouvert malgré les panneaux interdisant l'entrée.

— C'était cadenassé quand on est passés la dernière fois.

— Ce n'est pas bon signe. Quelqu'un a coupé la chaîne.

— C'est peut-être Lizzy Harper. Elle pourrait être venue à pied.

Une poussée d'adrénaline s'empara de Jenna et ses mains se mirent à trembler.

— Balayez la zone. Rowley, regardez à gauche, je prends la droite. Kane, procédez avec précaution.

— Il y a une berline blanche garée en dehors de la route devant. On s'arrête ou on continue, madame ?

— Non, continuez. Garez-vous juste avant le virage, on fera le reste à pied. Rowley, vérifiez la plaque.

— Nom de Dieu… C'est impossible.

La voix de Rowley était spectrale, comme venue d'outre-tombe.

— C'est la voiture d'Alison… conclut-il.

57

La façon dont Kane pouvait se transformer en soldat en un clin d'œil ne cessait d'étonner Jenna. Elle observa combien son regard semblait changer, avec son expression quasi robotique et sa manière de se déplacer sans un bruit.

— *Si on traverse la route, on peut contourner la cabane et arriver par-derrière,* lança-t-il à l'oreillette.

— Bien reçu.

Elle l'aperçut, quelques mètres devant, qui sortait ses jumelles pour observer la cabane.

— Y a du mouvement dedans ?

— *Non. Mais il y a un pick-up garé pas loin.*

Un cri étranglé s'éleva dans les airs, suivi d'une volée d'oiseaux. Devant elle, Kane se figea. Jenna fit signe aux adjoints de se mettre à couvert derrière les arbres.

— Bobby ?

Un autre cri. Long et plaintif cette fois.

— S'il te plaît, arrête !

Tiraillé entre l'idée de fouiller la cabane pour sauver la fille et celle d'empêcher un meurtre potentiel, Jenna échangea un regard avec Kane.

— Allez voir qui crie. Si Alison est en danger, agissez immédiatement. Je prends Rowley et Bradford avec moi, je fais évacuer la cabane.

Kane lui adressa un signe de tête puis disparut dans un petit sentier sans même un craquement de brindilles. Sans attendre, elle traversa la route et se mit à couvert. Quelques secondes plus tard, Rowley et Bradford étaient à ses côtés. Sans le chien.

— Où est Duke ?

— Je lui ai dit de se coucher, il est dans les buissons, expliqua Bradford avec un regard inquiet. Je me suis dit que c'était trop dangereux pour lui et qu'il valait mieux ne pas l'avoir dans les pattes.

— OK, suivez-moi.

Jenna s'approcha lentement de la porte arrière ; aucun son ne provenait de l'intérieur et les cris n'avaient visiblement pas dérangé les habitants. La porte était restée ouverte et elle pouvait clairement voir la cuisine.

— Bureau du shérif ! dit-elle en s'élançant. Monsieur Brandon, vous êtes là ?

Arme en main, elle fit quelques pas prudents à l'intérieur. L'endroit empestait l'homme et surtout la bière. La cuisine était vide, mais son attention se porta sur le trou béant dans un des murs et les éclats de bois qui jonchaient le sol. Seul un pistolet pouvait faire autant de dégâts. Elle pressa le bouton du micro.

— Kane, il y a impact de balle ici. Un trou dans le mur plus grand que le Texas.

— *Du sang ?*

— Pas que je puisse voir et tout est calme.

Après une grande inspiration, elle s'aventura dans la cuisine.

— La porte arrière était ouverte. On dirait bien qu'il y a eu un tir et peut-être même une poursuite.

— Je ne vois personne de là où je suis. Les cris semblent provenir d'un endroit près de la cascade. Je suggère qu'on décolle, madame.

— OK.

Elle pouvait voir à travers le petit salon. Une autre porte était ouverte sur la droite.

— Monsieur Brandon ?

Rowley qui lui emboîtait le pas, elle longea le mur et jeta un coup d'œil dans la chambre. Elle pouvait sentir l'odeur de literie sale depuis la porte. Le cœur battant, elle s'avança pour aller vérifier la petite salle de bains.

— RAS !

Il n'y avait personne ici, pourtant un pick-up était garé dans l'allée et la voiture d'Alison au bord de la route. L'angoisse commençait à monter. *Où est-ce qu'ils ont bien pu aller, bon sang ?* Elle se dirigea vers la cuisine et ouvrit les placards à la recherche d'une entrée secrète.

— Cherchez s'il y a une cave, lança-t-elle à Rowley. Une trappe sous un tapis, quelque chose !

— Oui, madame.

— L'endroit est vide, Kane. Je suis toujours à la recherche d'Alison et de la petite fille.

Jenna fit signe à Bradford d'entrer.

— Les cris ont cessé. Ce n'était pas du tout une voix d'enfant, plutôt un homme. Sandra et Alison doivent être dans la maison. Je vais me placer en hauteur pour mieux voir.

Soulagée d'avoir Kane à l'extérieur pour surveiller leurs arrières, Jenna rengaina son arme.

— Bien reçu.

Dans la cuisine, Bradford se tenait debout, une main sur la bouche, les yeux rivés sur un ordinateur portable.

— Qu'est-ce qu'il y a ? lança Jenna en s'approchant.

— Jetez un œil, dit Bradford en grimaçant.

Une rage incommensurable s'empara de Jenna à la vue des images sur l'écran et, d'un rapide coup de coude, elle ferma l'ordinateur. Armée de gants en latex, elle se prépara à l'embarquer, puis aperçut un carton non loin de là. À l'intérieur se trouvaient des masques de clown, une vingtaine de clés USB et des piles de photographies.

— Oh, mon Dieu, je reconnais certaines des filles des articles de journaux.

— Vous pensez qu'il a tué Sandra ? demanda Bradford d'une voix tremblante.

— Non, les types comme lui préfèrent les garder vivantes le plus longtemps possible. Elle doit être ici, quelque part ; il les a probablement cachées, Alison et elle.

La voix de Kane les interrompit alors qu'elles cherchaient désespérément.

— *J'ai continué sur le sentier, mais je ne vois toujours personne. Il y a une corniche plus haut ; je vais grimper et observer la zone avec mes jumelles. Vous avez trouvé Sandra et Alison ?*

— Non. La cabane est vide, nous cherchons une cave. Elles doivent être ici quelque part. On a la confirmation que Brandon est l'un des pédophiles. Il a laissé un ordinateur portable avec des fichiers encore ouverts. Il y a une boîte contenant masques de clown, clés USB et photos. Certaines des filles sont clairement celles des journaux.

— Bien reçu. Donnez-moi une minute. Je vois du mouvement au sommet de la montagne. Je suis près des chutes d'eau et je crois voir des silhouettes non loin.

— OK, restez en position. On jette un œil au garde-manger et on se retrouve sur le sentier.

— Madame, interrompit Rowley. J'ai trouvé un coffre-fort, vide, laissé ouvert.

Il l'invita à le suivre dans le garde-manger puis désigna une porte encastrée dans le mur du fond.

— Ça pourrait être la porte de la cave. J'y vais.

— Attendez !

Jenna se jeta sur lui et le plaqua contre le mur.

— Vous devez toujours supposer que quelqu'un vous attend en bas avec une arme. Restez dos au mur et ouvrez très doucement.

La porte s'ouvrit sans un bruit. En bas des escaliers, l'obscurité totale.

— Ici le shérif Alton ! Avancez-vous au pied des marches que je puisse vous voir.

— Je ne peux pas.

La voix était jeune et apeurée. Une lueur d'espoir s'empara du shérif.

— C'est toi, Sandra ?

— Oui.

Elle échangea un regard avec Rowley, dont les yeux brillaient d'une rage qu'elle n'avait encore jamais vue chez lui. Elle prit une grande inspiration.

— Est-ce qu'Alison est avec toi ?

— Non. Je ne connais pas d'Alison.

— Tu es toute seule ?

— Oui.

Réprimant l'envie de dévaler les escaliers, elle retourna

dans le garde-manger et détacha sa lampe de poche de sa ceinture.

— C’est le noir complet en bas. Il y a un interrupteur quelque part ?

— Non, ça doit être à l'intérieur.

— Bradford, surveillez la porte ! Rowley, suivez-moi !

Lampe de poche plaquée contre leur Glock, ils inondèrent la cave de lumière. Jenna poussa un soupir de soulagement en trouvant la fille manifestement seule. Mais Bobby-Joe pouvait être caché sous le lit ou tapi dans l'ombre, et elle resta sur ses gardes en descendant les marches.

— Je te vois, Sandra. N'aie pas peur. Si quelqu'un d'autre se cache ici, sachez que nous sommes armés ! Sortez, les mains en l'air !

— Je suis seule. Il n'y a personne ici, dit la petite fille d'une voix presque inaudible.

Jenna rengaina son arme et courut à sa rencontre.

— C'est bon, on va te faire sortir. Kane, nous avons Sandra, elle va bien. Aucun signe d'Alison ni de Bobby-Joe.

— *Bien reçu.*

— Recule vers l'arrière de la cage, Sandra.

Rowley apparut à ses côtés avec une hache et fracassa la porte en quelques coups. Jenna posa les yeux sur la silhouette recroquevillée, aux yeux écarquillés et tremblants, et son cœur se brisa en mille morceaux. Quel genre de salopard pouvait faire ça à une enfant ?

— Tout va bien, tu es en sécurité, maintenant.

Avec un soin délicat, elle l'extirpa de la cage et jeta un coup d'œil autour d'elle à la recherche de quelque chose pour la couvrir.

— Attrapez-moi ces serviettes de bain et remontez à l'étage, ordonna-t-elle à Rowley.

À son grand soulagement, les serviettes étaient pliées et propres. Elle se tourna vers la fille et tenta du mieux qu'elle put de contrôler sa voix avant de parler.

— Je vais attraper l'homme qui t'a fait ça. Je veux que tu restes à l'étage avec l'adjoint Bradford, euh, Paula, pendant quelques minutes, d'accord ? Elle est très gentille, tu verras.

— Je veux rentrer à la maison.

— Très bientôt, c'est promis.

Une fois dans la dans la cuisine, elle demanda à Bradford de trouver quelque chose à manger pour Sandra, puis ferma la porte d'entrée et partit avec Rowley par l'arrière, soulagée d'entendre Paula verrouiller de l'intérieur. Elle retourna chercher Duke, convaincue que le chien les mènerait directement à Kane.

— Sandra a besoin d'être examinée, lança-t-elle à Bradford au micro. Ne la laissez pas se laver, quoi qu'il arrive, d'accord ? Restez vigilante, on ne sait pas où se trouve Bobby-Joe et on ne sait toujours pas où est Alison.

— *Oui, madame.*

— Kane, à vous.

— *Je me suis mis en position derrière un rocher en hauteur, sur le côté ouest du sentier. J'ai un homme en visu, attaché à un arbre. Son état est inconnu, mais il est ensanglanté. Je dirais que quelqu'un lui a tranché la gorge. Laissez-moi jeter un œil avec mes jumelles.*

Le silence se fit lourd pendant quelques secondes.

— *Putain de merde !*

Kane fit une pause et Jenna put l'entendre prendre une grande inspiration.

— Alison est la tueuse, je répète, Alison Saunders est la tueuse.

La prise de conscience frappa Jenna comme un boulet de canon. Elle ravala sa salive alors que les pièces manquantes du puzzle se mettaient en place.

— Ce n'est pas possible, Alison ne ferait pas de mal à une mouche, il doit y avoir une erreur ! lança Rowley, abasourdi.

Jenna échangea avec lui un regard inquiet, mais continua d'avancer.

— Nous le saurons bien assez tôt. Vous avez entendu ça, Kane ?

— Oui, je suis désolé, mon vieux, mais c'est bien elle. Elle est couverte de sang et fait les cent pas devant le corps mutilé. Elle a un pistolet et scrute la piste comme si elle attendait quelqu'un.

— OK, on va rester hors de portée.

Jenna s'arrêta un instant pour examiner la zone.

— Nous partons à gauche du sentier principal. Vous pouvez nous couvrir depuis votre position ?

— Oui, j'ai la cible dans le viseur.

— Non, par pitié, Kane, ne la tuez pas ! Il doit y avoir une erreur, ce n'est pas possible !

La panique poussa Jenna à accélérer le pas. Elle savait que Kane éliminerait Alison sans hésitation. Mais l'idée de faire subir ça à Rowley était insoutenable.

— Retirez-vous, à moins qu'elle ne soit une menace. On ne connaît pas la situation pour le moment. Si c'est elle la justicière, rappelez-vous que je la veux vivante ! Je veux pouvoir l'interroger.

— Oui, madame. J'attends vos ordres.

La réponse abrupte de Kane était à glacer le sang.

58

Tapi dans l'ombre, Kane s'allongea à plat ventre et appuya son fusil contre le rocher. À travers la lunette de visée, il suivit les mouvements d'Alison Saunders. Ses cheveux d'ordinaire soignés étaient emmêlés, sa jupe blanche et son chemisier rose, éclaboussés de sang. *Négligée*. C'était le mot pour décrire son apparence. Jenna et Rowley se trouveraient bientôt dans sa ligne de mire s'ils continuaient à longer le sentier jusqu'en haut de la cascade. Il reporta son attention sur le corps nu et ensanglanté de Bobby-Joe. Plaies béantes sur la partie supérieure du torse, un couteau qui dépassait de sa poitrine et sa tête qui pendait. Jenna lui murmura à l'oreillette.

— *J'entends la cascade, mais vous êtes où ? Duke nous entraîne sur la droite.*

Kane roula sur le côté et balaya la forêt du regard.

— Je vous vois. Je suis sur la droite, en hauteur, dans l'ombre. Alison regarde toujours le sentier, comme si elle attendait votre arrivée.

— Si on continue, on va tomber droit dans le piège, c'est ça ?

— C'est ça. Je vous suggère de faire le tour en utilisant les arbres comme couverture jusqu'à ce que vous soyez plus près de sa position.

Il prit une grande inspiration.

— Je ne la laisserai pas vous tirer dessus, Jenna.

— Bon sang, Kane, on n'est même pas sûrs que ce soit elle, la justicière.

— D'après l'état de Bobby-Joe, c'est sa plus belle œuvre à ce jour… Et pour info, je peux la toucher sans la tuer.

— Je peux la convaincre de se rendre.

Kane regarda à travers la lunette la jeune femme aux yeux sauvages qui faisait les cent pas au sommet de la cascade. La mettre définitivement hors d'état de nuire n'était apparemment pas une option.

— D'après ce que je vois, elle a dépassé le stade des négociations.

La voix de Rowley se fit entendre à l'oreillette.

— Je vais lui parler. Elle m'écoutera.

Kane secoua la tête malgré lui.

— Ce n'est pas une bonne idée.

À sa grande horreur, Rowley traversa les arbres et se retrouva à découvert. Il pouvait entendre la conversation à travers son oreillette.

— Qu'est-ce que tu veux, Jake ? demanda Alison en posant son pistolet sur un rocher. *Ne t'inquiète pas, je n'ai pas l'intention de te tuer.*

— J'aimerais savoir ce que tu fais ici avec Bobby-Joe.

La voix de Rowley était étonnamment contrôlée.

— Tu n'as plus à t'inquiéter pour lui. J'imagine que le shérif est avec toi ? dit Alison avec un petit rire. *J'avais*

imaginé qu'elle découvrirait assez vite qui j'étais. À vrai dire, je ne pensais pas attendre si longtemps.

— Oui, elle est là. Alison, pourquoi tu ne m'as pas demandé de l'aide ?

— Tu n'aurais pas compris. Aucun homme ne peut comprendre.

Alison écarta ses longues mains ensanglantées.

— Tu m'aurais dit de me rendre ! Mais ça n'arrivera pas, Jake.

La voix de Jenna s'immisça dans la conversation.

— Je suis là. Parlons-en tous ensemble.

— Oh oui, bien sûr, venez, mettez-vous à l'aise ! Mais que Jake reste en arrière. Et ne pointez pas d'arme sur moi. Je ne suis pas une menace. Pas pour vous.

— OK, mais si vous faites ne serait-ce qu'un mouvement vers votre arme, Kane a l'ordre de tirer. Est-ce que c'est clair ?

La voix de Jenna n'avait pas flanché.

— Oui, c'est compris.

Alison croisa les bras sur sa poitrine dans une pose nonchalante. Kane ouvrit son micro.

— Faites en sorte qu'elle reste dans ma ligne de mire.

— Compris.

Alors que Jenna se faufilait entre les arbres, Kane l'entendit prendre une grande inspiration.

— J'ai les yeux sur la victime. Elle l'a effectivement égorgée. Kane, utilisez la réponse appropriée si elle sort son arme. Je garde mon micro ouvert. Rowley, surveillez mes arrières, mais restez hors de vue.

— Oui, madame.

Kane pointa son fusil sur Alison.

— Cible verrouillée.

Sous l'effet de la concentration et des années d'entraînement, son cœur se mit à ralentir et sa respiration se fit plus régulière. Le calme dont il avait besoin pour tirer – pour tuer, mettre hors d'état de nuire et protéger – s'invita en lui comme une sensation familière.

Jenna se déplaçait à travers les arbres, les yeux rivés sur Alison alors que le bruit de l'eau bloquait les sons de la forêt. Alison avait reculé de quelques pas, loin de son pistolet et se tenait maintenant dangereusement près du rebord de la cascade ; si bien que lorsque la jeune fille parla, elle eut du mal à la comprendre. Elle allait devoir se rapprocher. Et si Alison avait une arme cachée dans son dos et la menaçait, eh bien, espérons que Kane soit le plus rapide.

— Approchez-vous, je ne peux pas vous entendre d'ici.

— Je ne peux pas ! s'écria Alison. Vous voyez, je ne fais confiance à personne des forces de l'ordre et vous avez un adjoint qui pointe son arme sur moi.

Jenna hurla par-dessus le bruit de l'eau.

— Vous pouvez me faire confiance. Et si Bobby-Joe vous a fait du mal quand vous étiez enfant, j'imagine que vous aviez de bonnes raisons de vous venger.

Elle analysa l'expression presque vide sur le visage d'Alison et, ne voyant aucune menace évidente, se rapprocha.

— Parlons en, mais mettez vos mains là où je peux les voir.

— Vous n'allez pas laisser Kane me tirer dessus ? dit Alison en tendant les bras sur les côtés. Je ne suis pas armée.

— Allons droit au but. Pourquoi avez-vous tué Bobby-Joe Brandon ? A-t-il abusé de vous quand vous étiez petite ?

— « Abusé », c'est un mot si beau, si propre, vous ne trouvez pas ? Laissez-moi vous expliquer, shérif. Il m'a kidnappée il y a huit ans, il me violait et me gardait dans une cage sous son lit. J'étais là pour son plaisir et celui de ses amis. Je les ai regardés, sa clique et lui, violer et tuer des filles innocentes. (Elle lança vers Jenna un regard froid.) Bobby-Joe était un vrai fils de pute. Il riait quand elles hurlaient. Ces fillettes ne signifiaient rien pour eux, dit-elle en pouffant doucement. Si elles mouraient, ils disaient qu'ils allaient « faire du jardinage » à Craig's Rock, ou bien sous le plancher du vieux Corkey.

Un frisson parcourut l'échine de Jenna alors qu'elle repensait aux ossements.

— Pourquoi ne pas l'avoir dit au shérif ?

— Oh, je suis sûre qu'il était dans le coup.

Alison lâcha un grand rire hystérique puis reprit :

— Ça aurait pu être l'un des leurs, un de ceux qui portaient les masques, alors j'ai gardé le silence. Et dès que j'ai pu, je l'ai tué.

Elle sourit presque joliment, ce qui était très troublant.

— Quelle surprise que de croiser Amos Price en ville ! enchaîna-t-elle. Peu après, j'ai appris que les autres aussi étaient revenus à Black Rock Falls. Il m'a fallu un certain temps pour les retrouver sur les forums de discussion, mais je suis une femme patiente.

— Qui sont ces hommes ? Dites-le-moi et je les ferai enfermer à perpétuité.

— Oh, mais c'est trop tard ! Amos Price, je l'ai assassiné au sulfate de nicotine. Ely Dorsey, celui du motel, je l'ai embroché par l'oreille. Et ce bon vieux Chris Jenkins, eh bien, je l'ai poignardé à mort.

Elle fit un geste en direction du cadavre de Bobby-Joe.

— Quant à Bobby chéri, il est juste là. Vous pouvez voir que je lui ai fait payer ce qu'il avait fait.

Elle s'essuya la bouche comme pour effacer son dégoût de ces hommes.

— J'ai laissé un journal intime chez moi, précisa-t-elle. Avec tous les détails : les noms, les dates et les filles que je les ai vus tuer.

Incapable de concevoir comment Alison pouvait rester aussi froide et détachée en parlant des hommes qu'elle avait assassinés, Jenna déglutit. Elle devait continuer à la faire parler et obtenir le plus d'informations possible.

— Stuart Macgregor avait-il un lien avec le réseau pédophile ? Nous savons qu'il est allé en prison pour avoir kidnappé Angélique Bouval et elle a mentionné que d'autres hommes étaient aussi mêlés à ça.

— C'était lui, le proxénète. Quand Bobby-Joe lui en donnait l'ordre, il choisissait une fille. Mais Macgregor n'a pas participé pendant la période où j'étais chez Bobby-Joe. Je suppose qu'il a arrêté de kidnapper des filles depuis qu'il est sorti de prison. J'ai lu qu'on l'avait castré chimiquement, c'est la seule raison pour laquelle il n'est pas mort. (Alison ouvrit grand les bras, dans une position christique.) J'ai éliminé les monstres qui m'ont fait du mal, mais le réseau s'étend au-delà de Black Rock Falls. J'ai fait en sorte que Bobby-Joe me montre ses photos et ses clés USB, mais si vous fouillez la cave, vous trouverez un appareil photo rempli d'images de sa dernière victime. Vous avez trouvé la fille ? Enfermée dans la cage. Je l'aurais bien libérée, mais j'étais un peu occupée.

Jenna la toisa d'un air incrédule.

— Oui, Sandra est en sécurité.

— En « sécurité » ? Quel mot stupide, dit Alison en ricanant. Le souvenir d'avoir été violée ne disparaît jamais. Mais je suppose que vous avez une idée de ce que c'est. Que d'avoir des hommes qui vous retiennent contre votre volonté, n'est-ce pas, shérif ? Pouvez-vous vous imaginer, piégée dans une cage crasseuse, face à des hommes qui font la queue pour vous violer chacun à leur tour ?

Pendant un instant, Jenna ressentit de l'empathie pour elle. Oui, elle avait voulu tuer les hommes qui l'avaient kidnappée et avaient tenté de la violer. Elle n'avait ressenti aucune pitié pour eux, mais ôter la vie d'un agresseur en état de légitime défense était différent. Elle s'était défendue et ne les avait pas pourchassés pour se venger. Un frisson lui parcourut l'échine alors qu'elle réalisait ce qui se passait. Devant elle se tenait une tueuse en série, qui essayait de la manipuler. Sa vision se brouilla alors qu'elle sombrait dans un nouveau flash-back, puis la voix rassurante de Kane lui parvint à l'oreille.

— Jenna, elle joue la carte de la sympathie en utilisant votre passé contre vous. Ne la laissez pas entrer dans votre tête.

Le flash-back se dissipa et elle tapa deux fois sur son micro pour signaler qu'elle allait bien. L'instant d'après, elle aperçut Rowley qui se déplaçait dans sa vision périphérique. *Mince, Rowley, qu'est-ce que tu fous ?*

— Madame, implora le jeune adjoint, laissez-moi lui parler à nouveau.

Jenna murmura sa réponse, espérant que son micro capterait sa voix.

— Reculez, elle a clairement fait comprendre qu'elle ne

voulait pas vous parler et vous ne feriez qu'empirer les choses.

Elle se rapprocha lentement de quelques pas d'Alison. Si elle parvenait à gagner sa confiance, elle pourrait peut-être la convaincre de se rendre. Mais en attendant, il fallait utiliser ses talents de négociatrice et la faire parler.

— Connaissez-vous les noms d'autres hommes impliqués dans le réseau pédophile ? Ou d'autres victimes que vous n'auriez pas mentionnées dans votre journal ?

— Non, mais vous êtes au courant pour Lizzy Harper, Angélique Bouval et Pattie McCarthy. Jane Stickler a dû arriver peu après moi, mais je l'ai aussi mentionnée. Vous savez, j'étais à l'hôpital la nuit où Bobby-Joe l'a tuée et j'ai pris une raclée pour la peine. Je me suis échappée, cette nuit-là, mais elle est morte devant moi, comme les autres. Vous saviez qu'il avait utilisé la carte d'un mort pour entrer dans l'hôpital ? Il était intelligent. Les psychopathes sont intelligents. (Elle poussa un long rire sarcastique.) Je voulais me venger au nom de toutes les filles qu'ils ont tuées et de toutes les vies qu'ils ont détruites.

Elle se frotta la bouche de nouveau puis enchaîna :

— Allez-y, vous pourrez dire aux autres qu'elles sont en sécurité maintenant. Maintenant que j'ai tué tous les clowns.

La sueur perlait à grosses gouttes sur le front de Jenna. Craignant de perdre le contrôle, elle prit une grande inspiration et se força à rester stable.

— Je vais le leur dire, mais venez avec moi maintenant, je vais m'assurer que vous puissiez raconter votre histoire.

— Oh oui, raconter mon histoire.

Le regard d'Alison se posa sur elle, alors que ses cheveux noirs semblaient bouger au ralenti dans la brise. Un arc-en-ciel se dessinait derrière elle, au bord des chutes d’eau. Ses lèvres se retroussèrent en un petit sourire, puis elle ouvrit les bras et se laissa tomber en arrière, sa silhouette disparaissant dans la brume.

Jenna se précipita, mais tout ce qu'elle voyait, c'était l'eau qui dévalait à toute vitesse le flanc de montagne. Elle pressa une main sur sa bouche, incrédule. Des bruits de pas retentirent derrière elle, mais elle ne put détacher son regard de l'eau déferlante.

— Oh mon Dieu, oh mon Dieu, non. Alison, oh mon Dieu, non.

Jenna tendit le bras et attrapa fermement Rowley, avant que lui aussi ne tombe dans la cascade.

— Je suis désolée, Rowley. Elle est partie.

59

À son retour au bureau, Jenna libéra un Stuart Macgregor très mécontent et qui, vu comme il s'était fait remonter les bretelles par Kane, ne reviendrait pas en ville de sitôt. Après avoir remis au FBI une copie des informations recueillies dans la cabane de Bobby-Joe, elle découvrit avec horreur que le réseau pédophile s'étendait dans tout le pays. Les hommes qu'Alison avait assassinés n'étaient que la partie émergée de l'iceberg. Elle lut le journal intime d'Alison, si détaillé que c'était à s'en rendre malade. Cette femme avait visiblement beaucoup souffert. Après s'être échappée de la cabane de Bobby-Joe, persuadée de ne pouvoir faire confiance à personne, elle avait attendu patiemment de trouver les hommes qui avaient abusé d'elle, puis s'était fait justice elle-même, plusieurs années plus tard.

Jeudi, deuxième semaine

Le lendemain, Jenna réunissait tous ses adjoints dans son bureau.

— J'ai transmis au FBI les informations que nous avons récoltées chez Bobby-Joe Brandon. Celles-ci comprennent des filles venant de tout l'État. Nous serons toujours impliqués dans une certaine mesure, mais enquêter à plus grande échelle est hors de notre portée. Je crois que Bobby-Joe a utilisé beaucoup de ces photos pour faire du chantage. J'ai en effet identifié un certain nombre d'hommes de pouvoir sur les clichés. (Elle lança un regard vers Wolfe.) Qu'avez-vous découvert ?

— Tout ce qu'Alison vous a dit était vrai : le poison, le pic à viande... Le couteau trouvé sur Bobby-Joe est le même que celui qui a été utilisé sur Chris Jenkins. Les équipes médico-légales travaillent à l'exhumation des restes des autres filles.

Wolfe se racla la gorge, comme conscient, peut-être, de l'horreur de ce qu'il venait de dire.

— La seule chose que nous ne savons pas, reprit-il, c'est la façon dont elle a tué le shérif précédent. Sa mort a été enregistrée comme étant de cause naturelle.

— Et il a été incinéré, nous n'avons plus rien pour avancer. Autant laisser tomber sur ce point-là.

Jenna se frotta les tempes ; la journée avait été longue et on n'en était même pas à l'heure du déjeuner.

— Tant de pièces du puzzle se sont mises en place à la lecture de son journal intime. Au moment de vérifier les dossiers des filles disparues dans tout l'État, j'avais lu un vieux dossier sur une fille du coin qui avait fugué et qui était réapparue cinq mois plus tard, avec à peine quelques égratignures. Le rapport disait qu'elle souffrait de pertes de mémoire, probablement causées par un traumatisme crânien, mais il ne disait pas comment elle avait survécu seule dans les montagnes. Je me suis demandé pourquoi il n'y avait pas de rapport médical pour exclure l'abus sexuel. Mais le shérif avait classé l'affaire comme étant une simple fugue. Il avait noirci les noms, pour la protéger, je suppose. Je comprends maintenant que c'était Alison.

— Les preuves étaient juste sous notre nez, dit Kane avec un soupir. Elle possédait une Ford blanche dernier cri, avec de petites taches sur la peinture. Vous vous souvenez de la nuit où Ely Dorsey a été assassiné ? Rosa, la femme de ménage du motel, avait remarqué une berline blanche, garée sous des arbres qui perdaient leurs fruits. (Il soupira de nouveau.) Et elle était en ville au moment des meurtres et avait accès à la propriété où Amos Price est mort. Sa voiture avait été paerçue se dirigeant vers l'endroit où on a trouvé Chris Jenkins. Mais comme on n'avait pas de mobile à lui attribuer, elle a échappé à nos radars.

— Je ne savais pas qu'elle avait un passé ici. Je pensais qu'elle était nouvelle en ville, dit Jenna en se penchant en arrière, pour éviter de croiser le regard de Rowley. Elle ne vient pas de Blackwater ?

— Si, mais elle a vécu à Black Rock Falls quand elle était enfant. Elle n'a jamais mentionné le fait qu'elle avait été maltraitée.

Rowley se frotta le visage, visiblement toujours aussi bouleversé, puis continua :

— Elle est revenue quand elle a su que les Rockford vendaient leurs propriétés. Elle avait un diplôme d'agent immobilier et a tout de suite contacté Davis quand il a publié une annonce.

— C'était quand ? demanda Jenna en se forçant désormais à le regarder. Vous sembliez déjà bien la connaître au moment où on a trouvé Amos Price.

— Quelques semaines avant, je crois. On était sortis dîner, c'est tout.

Jenna repensa aux larmes d'Alison lors de leur première rencontre et à la façon dont elle s'était réfugiée dans les bras de Rowley. Tout ça n'était que comédie. Alison avait « trouvé » le corps parce que personne n'était finalement passé alors qu'elle voulait que le monde sache qu'Amos Price était mort. Jenna s'éclaircit la gorge.

— Je crains que personne n'ait encore repéré le corps d'Alison. Les riverains sont prévenus et une équipe de volontaires l'a cherchée, mais sans succès.

— C'est impossible qu'elle ait survécu, dit Kane d'un ton solennel. Et c'est peut-être mieux ainsi.

— Vous pensez qu'elle n'était rien de plus qu'une tueuse insensible, mais moi, je la connaissais mieux que ça ! s'exclama Rowley. Je sais qu'elle aurait dû payer pour ses crimes, mais, après tout ce qu'elle avait traversé, je me dis que le jury aurait peut-être été clément, au tribunal.

Kane lança un regard compatissant en direction du jeune adjoint.

— Il est évident qu'elle a mis fin à ses jours parce qu'elle voulait qu'aucune femme n'ait à comparaître au tribunal. Elle voulait leur éviter une expérience difficile.

— Je suppose, admit Rowley en passant une main sur son visage. Elle s'est dit qu'elles avaient déjà assez souffert.

Jenna se leva d'un bond. Remotiver les troupes après des crimes aussi atroces allait s'avérer difficile.

— OK. Webber et Bradford, partez en patrouille. Kane, appelez notre contact du FBI et assurez-vous que tous les dossiers ont bien été transmis.

— Et moi, madame ? demanda Rowley en levant de grands yeux bruns vers elle.

— Vous pouvez partir déjeuner plus tôt, lui dit-elle avec un demi-sourire.

Alors qu'ils s'en allaient, Jenna stoppa Kane d'un geste de la main.

— J'espère que Black Rock Falls va se calmer un peu. J'aurais bien besoin d'une pause, moi aussi.

ÉPILOGUE

Le corps d'Alison Saunders fut retrouvé le dimanche suivant, échoué un peu plus en aval de la cascade. Jenna lui organisa des funérailles en bonne et due forme. Rowley était si triste d'avoir perdu sa petite amie qu'elle avait insisté pour qu'Alison soit enterrée sous l'unique arbre qui trônait au milieu du cimetière, relativement loin d'une rangée de tueurs qui datait d'un siècle auparavant.

En route vers le cimetière, deux semaines plus tard, alors que Kane conduisait, elle aperçut Lizzy Harper, Angélique Bouval et Pattie McCarthy, rassemblées autour de la tombe d'Alison.

— Qu'est-ce qu'elles font là ?

— Je ne lis pas dans les pensées, madame, mais je pense qu'elles se recueillent sur sa tombe, dit Kane avec un sourire. Vous voulez que j'aille les voir ?

Ignorant son sens de l'humour douteux, elle hocha la tête.

— Je ne voudrais pas les déranger, mais l'une d'elles a placé quelque chose sur la tombe d'Alison, je veux voir ce que c'est.

Jenna savait que Rowley avait fait ériger une pierre tombale et qu'il y déposait des fleurs, mais voir ces trois femmes rassemblées au même endroit attisait sa curiosité. Toutes avaient été suspectées dans cette affaire et on s'était longtemps demandé si elles se connaissaient.

— Jenna, je vous vois venir, mais je vous assure que ce n'est pas un complot. Ces femmes sont innocentes, vous le savez. Alison a agi seule.

— Je croyais que vous ne lisiez pas dans les pensées.

Une fois les femmes parties, elle s'extirpa de la voiture et tous deux se dirigèrent vers la tombe. Le regard de Jenna se posa sur le marbre, où le nom d'Alison Saunders était gravé de manière simple, mais élégante.

Les fleurs de Rowley avaient un peu fané au soleil, mais à côté d'elles, il y avait un joli bouquet dans un petit pot rose. Ainsi qu'une carte avec un simple mot, en jolies lettres calligraphiées : *Merci*.

FIN

ET MAINTENANT ?

L'autrice et toute l'équipe des éditions Chambre Noire tiennent à vous remercier pour cette lecture et espèrent de tout cœur que vous l'avez appréciée. N'hésitez pas à publier un avis et une note à propos de ce roman dès maintenant, alors que vos souvenirs sont encore frais !

Prenez également quelques secondes de plus pour en parler sur vos réseaux sociaux ou sur des sites spécialisés comme : **Babelio.com** ou **Bepolar.fr**

D'un côté, vous aiderez les éventuels lecteurs·rices à faire leur choix et d'un autre, vous permettrez à une petite structure indépendante comme la nôtre de bénéficier d'un peu plus de visibilité dans cet océan de livres où les grandes maisons d'édition et les auteurs célèbres tiennent le haut du pavé.

Merci d'avance et à très vite pour une prochaine lecture.

DE LA MÊME AUTRICE

Alton & Kane, tome 1

Alton & Kane, tome 2

MOTS DE L'AUTRICE

Chère lectrice, cher lecteur,

Je suis ravie que vous ayez choisi mon roman et que vous m'ayez rejointe dans le monde palpitant d'Alton et Kane avec *Pas une cri*.

L'écriture de cette histoire m'a fait froid dans le dos, mais j'espère qu'elle permettra de faire la lumière sur les dangers que courent les enfants dans les forums de discussion en ligne apparemment innocents.

Si vous avez aimé mon histoire, je vous serais très reconnaissante de laisser un avis et de recommander mon livre à vos amis et à vos proches. J'adore avoir des nouvelles de mes lecteurs, car lorsque j'écris, c'est comme si vous étiez là, avec moi, à suivre l'histoire des personnages.

Pour ça, n'hésitez pas à me contacter via ma page Facebook ou Twitter, ou via mon site Web (en anglais).

Merci beaucoup pour votre soutien

D.K. Hood

www.dkhood.com

facebook.com/dkhoodauthor
twitter.com/DKHood_Author

CHAMBRE NOIRE

465 route d'Epagny, 74320 Sevrier

www.chambre-noire-editions.com

Achevé d'imprimer en Pologne
Dépôt légal août, 2022

Printed in France by Amazon
Brétigny-sur-Orge, FR

16693956R00237